DEZEMBROS SELVAGENS

Edna O'Brien

DEZEMBROS SELVAGENS

Tradução
CYANA LEAHY

BERTRAND BRASIL

Título original: *Wild Decembers*

Capa: Raul Fernandes

Editoração: DFL

2003
Impresso no Brasil
Printed in Brazil

CIP-Brasil. Catalogação-na-fonte
Sindicato Nacional dos Editores de Livros, RJ

O14d O'Brien, Edna
Dezembros selvagens / Edna O'Brien; tradução Cyana Leahy. — Rio de Janeiro: Bertrand Brasil, 2003
304p.

Tradução de: Wild Decembers
ISBN 85-286-0891-3

1. Romance inglês. I. Leahy, Cyana. II. Título.

CDD – 823
03-0196 CDU – 821.111-3

EDITORA BERTRAND BRASIL LTDA.
Rua Argentina, 171 — 1º andar — São Cristóvão
20921-380 — Rio de Janeiro — RJ
Tel.: (0XX21) 2585-2070 — Fax: (0XX21) 2585-2087

Atendemos pelo Reembolso Postal.

... quinze dezembros selvagens
daqueles morros castanhos
se derreteram em primavera —
fiel mesmo é o espírito que lembra...

Emily Brontë

AGRADECIMENTOS

Tantas pessoas na Irlanda me ajudaram enquanto eu pesquisava a trilogia. Para este livro destaco Billy Loughnane, Francis Neilan, Michael e Mary Blake, Jack Keane, Rory Smith, Karl Smith, Michael Hayes, T. J. e Brenda McGuinness, Carole Guyett, Gerry Allen, Dermot e Rosemary Gleeson, Albert Kelly, Sean Corcoran e, do outro lado do mundo, o inimitável Pete Barry. A cada um deles e para os outros que porventura tenham escapado da minha memória, uma enorme gratidão.

Finalmente, não teria completado o trabalho sem a ajuda iluminada de meu filho Sasha Gebler, um magistral construtor.

NOTA DA TRADUTORA

As construções lingüísticas de Edna O'Brien foram respeitadas em todos os aspectos, incluindo-se as aparentes idiossincrasias gramaticais, por concordar com Jonathan Culler que a literariedade de um texto reside na "colocação da linguagem em primeiro plano". Embora tradutores sejam traidores — *traduttori traditori* — tentei interferir o mínimo possível no desenho lingüístico da autora, mantendo sua pontuação incomum, transitividade verbal inusitada e a comunhão pouco convencional dos tempos verbais.

Agradeço ao lingüista e tradutor Michael McCann, de Kildare, Irlanda, cuja assistência foi crucial neste trabalho.

Cyana Leahy

PRÓLOGO

Chama-se Cloontha — um lugarejo à distância da curva de um braço. Umas poucas casas aqui e ali, o velho forte, úmido de limo e falante; e do chiado do barrigão do lago entre o gramado e a terra inexperiente sai uma estrada, servindo de eclusa para a pequena fortaleza de cinza e sabugueiro, uma estrada torta até a boca da montanha. Campos que significam mais que campos, mais que a vida e mais que a morte também. Nos meses de verão bezerros ficam suga suga suga, a baba azul descendo em fio de seus lábios negros, suas caras brancas sóbrias como palhaços. Espinheiro e coroas-de-cristo, os limites do rosa sonhador. Estrada lateral e estrada de atoleiro. A grama dourada cor de bronze oscilando tácita mas incessantemente. Ouça. Arrepio de capim selvagem e cacarejo de aves selvagens. Acelerando.

*Braças aprofundam lâminas de pás frágeis e enferrujadas, relíquias de antigas batalhas, e nas pias de pedra calcária, em silêncio de morte, os bebês de ossos, e as mães de ossos, e pais também. Os senhores. Os homens-alvo e os homens de longas pernas que talharam e talharam; e dentro do solo, respirando espinhos, plantaram a primeira colheita de batatas, os tubérculos cortados que viriam a ser o pão da vida até o fungo chegar.**

---

* Referência à Grande Fome, em 1845, quando as plantações de batata que alimentavam o povo irlandês foram atacadas por um fungo que as destruiu, causando uma migração em massa e a morte de milhões de pessoas. (N.T.)

Segundo os anais isso aconteceu na Véspera de Nossa Senhora. A ferrugem chegou com a noite e vagou pelos campos, de modo que de manhã os talos erguidos eram fitas negras de putrefação. Morte lenta para homem e animal. Um manto podre sobre a paisagem, gente faminta caminhando, dócil e insensata, acreditando que não havia acontecido em outras partes. Mas havia. A morte a cada virada. As faces mortas amarelas como pergaminho, os lábios um alcaçuz preto de terem se empanturrado da coisa doce e venenosa, as maçãs da morte.

Dizem que o inimigo veio à noite, mas o inimigo pode vir a qualquer hora, madrugada ou crepúsculo, porque o inimigo está sempre lá e aquelas pessoas não o sabiam, trancadas numa fome tribal que borbulha no sangue e se esconde nas montanhas, uma carcaça velha esperando para se levantar novamente, esperando para rugir novamente, para jogar vizinho contra vizinho e cachorro contra cachorro na luxúria enlouquecida e fantasmagórica por um lábio de terra. Campos que significam mais que campos, campos que se traduzem em núpcias e em sangue; campos perdidos, reconquistados e perdidos mais uma vez naquela seqüência frágil e fraturada de coisas; os filhos de Oisin, os filhos de Conn e Connor, os filhos de Abraão, os filhos de Seth, os filhos de Rute, os filhos de Dalila, os filhos guerreiros de filhos guerreiros amaldiçoados com aquela mesma escravidão de loucura que é o desígnio do homem vivo como se ele tivesse que caminhar de volta no tempo e no espaço, de volta ao vazio inválido para tomar posse outra vez do solo perdido para sempre.*

---

* Oisin é um herói da tradição oral irlandesa, e Conn e Connor são heróis guerreiros da história mítica da ilha. (N.T.)

Heráldico e firme ele resfolegava subindo a estrada da montanha, o som, um som novo maculando a paisagem profundamente pensativa. Um som novo e uma nova máquina, sua frente achatada da cor de tijolo cozido, as faixas dos grandes pneus cobertas de esterco, esterco molhado e esterco seco, deixando trilhas que pareciam feitas de larvas.

Era o primeiro trator na montanha e sua chegada seria lembrada e recontada; o dia, a hora da tarde e o modo como os corvos voaram em círculo sobre ele, escurecendo o céu, margeando, silenciosos, um augúrio. Havia pássaros sempre; corvos, pegas, tordos, cotovias, mas raramente daquele jeito, tantos e tão juntos. Era começo de outono, um daqueles dias parados de outono, vários campos vazios de feno, os tocos de um ouro manchado, flores e frutos nas roseiras silvestres e uma roseira do mato que devido à cor roxa havia sido batizada *Sangria Jesu*, o sangue de Cristo.

No topo do morro a máquina desacelerou e então entrou no pátio sem calçamento de uma fazenda e parou num declive gramado sob um espinheiro. Bugler, o motorista, sentado em sua cabine de vidro, acenou para Breege, a moça que, apanhada de surpresa, levantou a lata que segurava, numa saudação desajeitada. Para ela, a máquina com fumaça saindo da chaminé de metal era como um quadro do Velho Oeste. O quintal já estava movimentado, a cadela Goldie latindo, sem saber que pedaço morder primeiro, galinhas e patos se aproximando, perplexos e curiosos, e, vindo da casinha de fora, seu irmão, Joseph, a faca na mão lhe emprestando um jeito bandido.

— Estou emperrado — falou Bugler sorrindo. Ele parecia dirigir aquilo desde sempre de tão seguro parecia estar ali em cima, força e habilidade à mostra quando saltou e fez um cumprimento cortês levantando o chapéu de feltro mole. Se podia deixar ali por um ou dois dias até dominar as marchas. Apontou para o manual que estava no painel, um livreto, manuseado e com algumas páginas dobradas onde um dono anterior havia consultado com freqüência.

— Oh, não esquenta... Não esquenta — Joseph disse, cordial demais. O contraste entre os dois homens era extremo, Joseph de roupa velha como um espantalho e Bugler de camisa escarlate, protetores de couro sobre as pernas da calça e um cinto com pontas que pareciam letais. Voltara recentemente para casa, herdando uma fazenda de um tio, e dizia-se que estava cheio do dinheiro e pretendia recuperar uma boa parte de sua terra pantanosa. Como havia trabalhado numa estação de rebanho na Austrália, fora apelidado de Pastor. Um solitário, não tinha ido à casa de ninguém nem convidado ninguém à sua. O Caco Velho, o vizinho mais ardiloso de todos, que ia de casa em casa toda noite, pegando restos e espalhando as fofocas, já tinha se arrastado até lá mas não passara da varanda carcomida da frente. Ele espalhava que a casa não era mais que um acampamento e, sarcástico, se referia a ela como o Congo. Bugler era um cavalo escuro. Quando ia dançar era sempre a mais ou menos sessenta ou oitenta quilômetros de distância, mas o Caco acreditava que as mulheres se atiravam sobre ele e agora ele estava ali, em seu quintal, o sol pintando luzes vermelhas naquela barba e naquelas costeletas negras. Era a primeira vez que Breege o via de perto. Até então ele tinha sido uma figura alta passando depressa como uma aparição, tão ansioso por dominar seu entorno que raramente abria ou fechava um portão ou degrau, simplesmente saltava por cima. O irmão dela e ele haviam trocado algumas palavras sobre um estouro do rebanho. As famílias, apesar de aparentadas, mantinham hostilidades iniciadas centenas de anos antes e agora sedimentadas em ressentimento sombrio. O feito que Joseph mais gostava de contar era o de um ancestral de Bugler, um certo Henry, tentando arrancar milho de um campo que fazia fronteira com o deles e seu tio Paddy o empalando numa estrada e pondo uma arma em sua cabeça. O resultado disso foi Paddy, como qualquer réu comum, ter que emigrar para a Austrália, onde sobressaiu como boxeador, agraciado com a faixa vermelha. Outras desavenças incluíam mulheres, jovens esposas de diferentes províncias, que não se entendiam e que gritavam umas com as outras como latoeiros em guerra. Ainda assim, os dois homens eram cordiais, aquela cordialidade excessiva que tenta esconder o constrangimento. Joseph era o falante, expressando descrença e maravilhamento à medida que cada e toda particularidade do trator lhe era explicada, a alavanca, as marchas, a manivela do motor, que, como Bugler disse, podia tirar as calças de um homem ou, pior ainda, até um braço ou uma perna; e vieram assobios de espanto quando Bugler recitou seus muitos usos — arar, revolver, preparar a forragem, fazer silagem e naturalmente ir de A a B.

— É uma cangalha — Joseph disse, dando tapinhas na lateral.

— Se me perguntar, ela é ele — Bugler falou, lembrando os perigos, homens em tratores a que não estavam acostumados, tendo que ser arrancados de buracos nos brejos na calada da noite e um fazendeiro no planalto atropelando uma mulher na estrada, achando que havia passado por cima de um galho. A gente dela vindo dia após dia cobrindo o chão com ramos de sabugueiro e enchendo o ar de lamento furioso.

Eles passaram então a assuntos de fazenda, cada um perguntando quantas cabeças de rebanho o outro tinha, embora eles bem o soubessem, e trocavam opiniões sobre os novos e grandes mercados, os barões da carne vestidos de macacões marrons e botas como se fossem operadores da bolsa de valores.

— Como os tempos mudaram — Joseph disse em tom excessivamente dramático e passou a citar um artigo que havia lido recentemente, descrevendo a maneira científica de se criarem porcos. O macho tinha que ficar bem longe da fêmea adulta para evitar conviver com filhotes pequenos, mas, de qualquer forma, precisavam ficar perto o suficiente para sentir os cheiros mútuos, o que obviamente não era o mesmo que se tocarem.

— Nem um pouco de toque... Nada supera o toque... — Um falou, e o outro confirmou.

— Gostariam de dar uma volta? — Bugler então disse a cada um deles.

— Eu passo — Joseph falou, mas acrescentou que Breege iria. Ela se afastou deles, olhou para a máquina e então montou nela, porque tudo que ela queria era subir e descer de novo e sumir. Pelas costas da blusa fininha um colchete do sutiã estava quebrado e Bugler ia ver. Uma vermelhidão subiu e desceu em suas bochechas como se tivessem despejado tinta. Era como estar no alto de um trono com os campos e os muros baixos muito insignificantes, e ela se sentiu boba.

— Tudo bem... Tudo bem... Ele não vai fugir com você — disse Bugler baixinho e se inclinou sobre ela. Seus hálitos quase se uniram. Ela pensou como ele parecia diferente agora, assim conciliador, tão menos abrupto e dominador. Aqueles olhos da cor de melado escuro eram profundos como lagos, olhos castanhos, parecendo feridos como se um alfinete de fralda tivesse sido enterrado neles na infância. Ele percebeu sua agitação, viu que ela estava sem jeito e para aliviar o momento confidenciou ao irmão que o sujeito de quem comprara o trator era um esquisitão.

— Como assim? — disse Joseph.

— Ele disse que, se eu não conseguisse dar a partida, que achasse uma criança, a fizesse pôr o pé na embreagem mas a preparasse para saltar assim que o motor pegasse.

— Você não vai achar uma criança por aqui — Joseph falou e em silêncio eles pareciam esperar algo em resposta. Nada. Era como se estivessem suspensos encarando os campos, marrons e beges, indescritíveis na poeira que se juntava; campos sobre os quais muitos haviam passado, soldados, peregrinos, andarilhos, crianças também, campos que eles agora domariam e preparariam para o plantio, mas que teimosamente a eles sobreviveriam.

— Entra pra tomar chá — Joseph falou para aliviar o ar.

— Não posso... Tenho muito que fazer — Bugler falou e, se virando para Breege, pensando que de algum modo lhe devia desculpas, disse: — Se a qualquer hora você precisar de compras da cidade, sabe a quem pedir.

Meu irmão ficou lá fora com o trator bem depois que escureceu. Ficou falando com ele, tocando nele e talvez o desejando, desejando. Tive que chamá-lo para jantar três vezes, logo ele tão ligado naquela comida, ele que gosta do assado de domingo e da pururuca, o pudim feito em banho-maria de água morna para ficar na consistência certa.

— Seu jantar está esfriando.

— O Bugler não é mesmo um cara e tanto — ele disse, mal conseguindo se afastar daquilo. Dava para acreditar ele custar a se afastar de uma pessoa, mas não de uma máquina.

Aí começou. Ou talvez já tivesse começado um tempo antes. Não sabemos o que se passa dentro de nós, que demônios estão dentro da gente, amor e ódio, partes do mesmo caldo. Meu irmão, meu irmão tão controlado, sempre batendo na tecla dos grilhões sagrados da terra e do sangue. Fios de sangue voltando à enchente. Nossa participação no Livro do Domesday.* Os ancestrais. Ele é ótimo para falar dos ancestrais. No inverno ele inventava de descer ao Centro Patrimonial, para consultar livros e almanaques, ele e a Srta. Carruthers, a responsável, mulher esperta, sabida, os dois fazendo estudos genealógicos, as raízes

* Domesday Book (1085-86): registro da primeira investigação intensiva na Inglaterra, feita pelo rei William I, o Conquistador, cobrindo propriedade de terras, cidades, seus valores, com o propósito de taxação. Listava as famílias e os seus membros. (N.T.)

da vida antes de Cristo. E Helena de Tróia — mares azuis, mares azuis e uma mulher engraçada. Ele ficava falando dos homens de Tróia e dos homens de Argos que deixavam suas criações e iam em barcos compridos fazer uma guerra de dez anos, tudo por causa de Helena dos braços alvos, a mulher engraçada.

— Que tempos, que tempos — ele dizia quando voltava para casa cheio de mitologias e alguma bebida. Eu tinha que ordenhar e alimentar os animais. Nossos antepassados, ele dizia, tiveram que labutar centenas de quilômetros para plantar a si mesmos na infinitude maravilhosa de Cloontha. Segundo os anais eles tinham sido expulsos das terras aráveis de Kildare — um homem, uma mulher, uma horda de crianças descalças saindo numa carroça, catando, mendigando ou talvez até mesmo roubando e constantemente ouvindo dizer vão embora, vão embora, que praga essa gente. A carroça, ele achava, teria sido seu abrigo à noite, todos aqueles corpos amontoados como ovas de sapo. Ele sempre se inflamava quando contava a parte da chegada deles na estrada de baixo, impressionados pela beleza do lago e uma casa grande com jardins e pés de rododendro, terrenos para acampar, mas o pai, o severo Moisés, teve a perspicácia de conduzir sua família macilenta montanha acima onde ninguém os poderia achar e dessa maneira ninguém os poderia expulsar. Não havia estrada alguma então, como ele dizia, apenas uma trilha pesada de junco e capim, Moisés tendo que foiçar o caminho à frente para levar os seus em segurança. Nada no alto da montanha, nem uma cabana ou abrigo. Onde teriam dormido? O que teriam achado para comer? Frutinhas talvez ou uma planta ou outra. Seus prognósticos eram de que eles tinham chegado ao poço da primavera, o O escuro do poço espumoso de algas e agriões, e ao vê-lo o pai teria se ajoelhado e bebido dele e então mandado sua família beber — as águas da vida. A isso ele chamou de momento batismal.

Ele tomou gosto pela narrativa, decorou-a, misturou-a com os gregos, suas dificuldades, sua carnificina, Ajax e Aquiles e nossos lanceiros, tudo uma só raça, uma língua antes do Dilúvio. Ele treinava para as visitas que vinham no verão, vinham, "Ih-hu... Tem alguém em casa", entrando em nosso quintal procurando parentes ou máquinas de costura velhas para se convencer de quem eles eram. Lá fora com eles até altas horas. Eles bebem aquelas histórias. Ele me manda trazer chá para eles e eu ponho uma mesinha dobrável lá embaixo em meu pequeno jardim, com suas dálias vermelhas. Amo minhas dálias vermelho-profundo e amo Nosso Senhor. Meu irmão chega ao extremo de trazer seus ouvintes ao Campo dos Cadáveres. Ele lhes pede para meditar ali. Eles ficam então muito quietos, calados pelo pensamento dos restos espalhados, ficam reverentes como talvez ficassem defronte dos imperadores enterrados do Oriente com suas mulheres e bens e cavalos de bronze.

— Então parece que estamos de conversa com o Pastor — eu disse.

— Estamos — ele disse.

— Engraçado você o convidar pra entrar e tomar chá — eu disse.

— E por que eu não iria... Um homem simpático daquele. — Enquanto se levantava eu vi sua mão pegando atrás do prato a carta do advogado, a que o tinha ferroado tanto na manhã em que chegou. Sabíamos as palavras, as duras palavras, nós as sabíamos bem.

Caro Sr. Brennan

Temos instruções de seu vizinho, Sr. Michael Bugler, para lhe escrever sobre a invasão contínua de suas vacas no terreno de quatro acres que a ele pertence. Suas vacas já destruíram totalmente o campo. Também derrubaram cercas, causando assim maiores prejuízos. As vacas lhe foram devolvidas, flagradas no ato de invasão. No entanto, o senhor não fez qualquer esforço para as conter.

Recebemos outrossim instruções de lhe cobrar, dentro de cinco dias após o recebimento desta, a soma de 55 libras, acrescidas de nossos honorários de 25 libras. Os danos são contínuos e, a menos que estejamos de acordo nesta exigência, tomaremos as devidas providências.

Ver queimar o papel o deixou alegre e então ele anunciou que devia a si mesmo uma bebida.

— Estou de ótimo humor, Breege — ele disse e estava mesmo, e depois de uns goles começou a parábola sobre os pés de tordo macio com suas auréolas douradas, o Brejo de Yellow Dick, nossos falecidos pais, o Livro de Lecan, o broche antigo, a viagem de Maol Duin, a cama de Diarmid e Grainne, Brodar, o Dinamarquês, que matou o velho Brian Boru em sua tenda. Coisas nobres.

— Pensei que você tinha dito ao Caco Velho que nunca ia dirigir a palavra àquele homem para começar.

— Eu estava errado — ele disse, penitenciando-se.

Pus uma concha de maçã cozida em seu prato, despejei creme em ziguezague em cima e esperei que ele provasse. Comeu sem pensar, sem provar, seus olhos brilhando, cheios de uma estranha excitação falante como se o trator tivesse aberto um caminho amigo entre Bugler e a gente.

Fazia muito tempo que eu não me sentia tão leve, tão excitada — como se estivesse valsando.

Aí começou.

De manhã o trator parecia adaptado, arrumado sob o espinheiro, contra a mureta, a tinta vermelha reluzente suavizada pelos efeitos da chuva e zilhões de gotas no capô. Três pessoas tinham vindo vê-lo, o Caco Velho e as irmãs atrevidas, Reena e Rita.

— Cês vieram depressa — o Caco falou.

— E por que não viríamos? — Rita, a mais velha, disse e Reena reforçou. Uma máquina nova em folha como aquela e um tipão como seu dono. Eles nunca o tinham visto nadando pelado nas docas? Cabelo puro. Um homem das cavernas. Escapulários no pescoço com o relicário do Agnus Dei, o cordeirinho de Deus.

— Lama e músculo — Reena disse e Rita riu.

— Cês são uma coisa — o Caco Velho falou. Suas habilidades eram lendárias. Num salão de dança, estudam todas as possibilidades, há um cara amaciado por duas doses de rabo-de-galo, é tanto por um beijo, é tanto mais por um beijo de língua, é tanto por outros favores, mas nunca o cardápio completo até elas o levarem para casa.

— Você sempre seria bem-vindo em nosso pequeno ninho — Reena falou.

— Mais essa agora! — o Caco disse, um toque de amargura na voz porque ele sabia que por trás elas o chamavam de Carrapato de Ferro por causa de sua deformidade.

Afastam-se todos do trator então, ultrapassando uns aos

outros nos elogios, conjecturando se será novo ou de segunda mão. O Caco acha que é de segunda mão. Ele se arrastou até lá na noite passada com sua lanterna meio quebrada para dar uma conferida, cuidando para que nem Joseph of Arimathea nem Ivory Breege aparecessem. Chegou então à conclusão de que era de segunda mão e disso tinha certeza.

— Ele encara a gente como um touro — Rita falou, e então levantou sua saia e fez que estava toureando. Tinham chegado a cavalo, Rita segurando as rédeas e Reena montada de lado na égua baia solta pastando a uns metros dali, rinchando atrás de um retalho de grama fresca. Naquela agitação de tafetá havia uma amostra de sua bolsa de truques. Ele podia muito bem ver a cena sem nunca ter estado lá — sua casinha, abaixo do caminho de terra, a cortina fechada, flores secas, luz de vela, algum pobre-diabo que se deixou levar num miasma de calor e carne, aquela Reena desfazendo a trança para bater no peito dele. Encanto. Bruxaria. Até então a bruxaria delas lhes havia garantido uma fazenda de terras do outro lado da província e vários pequenos campos dentro dos grandes campos de outras pessoas. Era assim que elas tinham poder, seu jogo de Monopólio como Rita chamava.

— Quantos campos ocês têm agora? — ele perguntou, deixando escapar uma risada amarga que era sua marca registrada e por que não, ele mesmo com seu pé barulhento, uma corcunda, um campo úmido com moitas de junco balançando inutilmente e um trêiler esburacado.

— Vamos indo bem — Rita falou. Ela era o cérebro e Reena a ninfeta. Ela fazia os arranjos, comprava e vendia animais e fazia seu amigo advogado escrever cartas, para infernizar essa ou aquela pessoa que atrapalhava seu caminho. As pessoas a temiam. Até as que não a conheciam a temiam. Nas discotecas os homens se esgueiravam para longe, mas isso não tinha a menor importância. Rita os atraía para fora e logo em seguida Reena os seguia para perguntar se gostariam de aparecer para um café mais tarde. Os solteiros, especialmente os visitantes, eram a presa mais fácil. Reena havia mandado tirar sua caixa de marchas uns anos antes. Ela contava vantagem, que havia dito ao bobinho do cirurgião que aquilo não tinha qualquer utilidade para ela e que o levaria ao tribunal se não fizesse o que ela queria. Rita tinha que ser vigiada, não os tostões guardados. De tempos em tempos vinha o assunto de amor ou, pior ainda, um bebê. Foda-se o amor, foda-se um bebê.

— Não é maravilhoso... Vai botar Cloontha no mapa — Rita falou.

— Engata uma marcha — o Caco falou.

— Eu adoraria... Adoraria dar partida e subir lá e dar os parabéns ao homem das cavernas — Reena disse.

— Eu não faria isso... Ele pode ter uma amiga — o Caco falou.

— Quem... Não a tal Breege?

— Ele gostaria de algo mais arrumado.

— Como eu — Reena falou e levantou a saia até a barriga. Jamais se viu pior roupa de baixo em qualquer estação do ano.

— Uma filha da natureza — Rita disse e se lembrou de um dia numa feira de cavalos a alguns quilômetros de distância quando um homem de Kerry lhes fez uma simples pergunta e uma semana depois estava refestelado em sua cozinha, as duas à sua volta, a seu serviço, e o mapa dele na mesa da cozinha delas. Ela pensa no guardinha que veio atrás de um documento do cachorro e, bobinho, deixou Reena fazer um cafuné para logo depois ela pular numa cadeira com a mata à mostra, gritando estupro, estupro, e um rapazola bobinho foi chamado para servir de testemunha. Ganharam uns bons trocados com aquela.

De repente Bugler apareceu e foi saudado efusivamente, cumprimentos caindo como chuva nele e na novidade.

— Seu criado — o Caco Velho bradou e levantou seu melhor boné com deferência.

As irmãs ultrapassavam uma à outra em elogios, se afastando e se aproximando, fazendo agrados e gracinhas como se aquilo fosse um bebê. Depois, se desculparam humildemente por estar em tal excitação mas confessaram que não era todo dia que tal farra aparecia na paróquia. A cada e toda oportunidade elas tocavam na máquina e então tocavam em Bugler como se fossem intercambiáveis. Divertido e um tanto intrigado ele lhes agradecia pela bondade. Elas têm uma perguntinha de nada a fazer. Será que ele já o batizou?

— Não tinha pensado nisso — Bugler disse.

Nomes foram propostos, nomes de boxeadores famosos, jogadores de *hurley** e, finalmente, com alguma ajuda, Reena veio com Dino, o Dinossauro.

— Dino, o Dinossauro — Bugler falou, achando graça.

— Desculpe a insolência de batizar seu filho — disse Rita e apertou a mão dele com muita formalidade, apresentando-se e à irmã mais nova e afirmando que o pai delas e o caro defunto tio dele sempre se deram muito bem.

— Não diga — Bugler falou, se divertindo com as estratégias, as duas alisando o pára-lama e em seguida seu braço, e perguntando se havia algum nome que ele gostasse mais, um nome de santo, talvez. Reena aí imaginou se seria um atrevimento se sentar na coisa.

— Pode ir — disse ele sem pegar na mãozinha roliça e macia cheia de anéis prateados.

---

* Jogo de campo irlandês semelhante ao *hockey*, com bastões curvos e uma bola pequena e dura. (N.T.)

— Reet — ela falou com voz de bebê e em seguida se acomodou bem comportada no assento, suas coxas cor-de-rosa apertadas uma contra a outra, confessando que podia explodir de excitação.

— Reen faz o gênero romântico — Rita falou.

— Não diga — veio de Bugler.

— É sim... Uma rosa na sua bandeja de café-da-manhã.

— Rosa de que cor? Seus olhos encontram os de Reena enquanto ela separa as coxas ligeiramente e diz: "Adivinha." O convite sendo assim tão direto ele dá uma meia risada. Então, para dar um polimento na conversa, Rita fala que se ele precisar de uma costura ou remendo já sabe aonde ir.

— Maria e Marta — o Caco diz com um floreio de voz.

— Quem é Maria e quem é Marta? — pergunta Bugler, descendo os olhos a um par de pernas de diâmetro colossal dos tornozelos aos joelhos.

— Você vai me ajudar a desmontar? — pergunta Reena. Há um ar cigano nela, olhos castanho-amarelados, a pele morena manchando os brancos. Elas mais parecem ser meias-irmãs. De novo ela pede com gemidinhos que ele a ajude.

— Eu não — diz Bugler.

Ela salta com insolência e atravessa o quintal e monta na égua enquanto Reena segue, desamarra as rédeas e as leva embora. Rita olha para trás, na direção deles, e encara o Caco.

— Quem são.... Onde moram?

— Elas são as famosas irmãs e moram a quase cinco quilômetros acima do cemitério.

— Chegaram aqui depressa.

— É isso aí. Sarsfield é a palavra, e Sarsfield é o homem.*

* Patrick Sarsfield, Duque de Lucan, figura histórica irlandesa da metade do século XVI, lutou na Irlanda ao lado do rei católico Jaime II da Inglaterra na Guerra de Sucessão contra William III (de Orange). Com a derrota de Jaime II na Batalha do Boyne, em 1690, Sarsfield, do lado derrotado, defendeu a cidade

O Caco Velho tem o maior prazer em contar histórias acumuladas, algumas verdadeiras, outras nem tanto. Ele conta do tempo em que Reena processou um homem, um pobre roceiro das montanhas, por ter jogado pedras nela. A defesa do coitado foi que jogar pedras em seu lado do mundo, no meio do mato, era uma forma de paquera. O juiz ficou perplexo e pediu adiamento da sentença por duas semanas enquanto ele deliberava sobre esse curioso hábito. Quando continuaram na data marcada, parecia ter havido mais encontros ocasionais e mais apedrejamentos.

— Você não parece ter posto muita objeção — foi o que o juiz lhe disse e colocando seus braços rosados macios no banco ela lhe pediu que olhasse sua carne e imaginasse as marcas roxas, *etcetera*. Acabou ganhando cem libras por perdas e danos.

— Entendi seu recado — Bugler disse.

— Jesus, ela escutou — o Caco falou quando viu Reena caminhando em sua direção, sorrindo, olhos pintassilgados de dourado e atrevidos, um talo de grama entre os dentes. Ela caminha até Bugler como se tivesse esquecido alguma coisa.

— Vou lhe dar um anel um dia desses, não vou? — ela diz.

— Você vai me dar um anel um dia desses, não vai? — Bugler repete em resposta.

Ela fica lá em pé, o talo de grama acompanhando o circuito da língua sem esforço. Ela se vai.

— Demônios... Demônias — diz o Caco quando ela já não pode escutar.

— Posso te deixar em algum lugar? — Bugler disse, descansando na máquina como se fosse uma poltrona.

---

de Limerick do exército de William, inspirando uma grande lealdade em seus homens. Seu nome era a senha das forças de defesa, dando origem à famosa frase da história anglo-irlandesa "Sarsfield é a palavra, e Sarsfield é o homem". (N.T.)

— Não, obrigado... Prefiro o ar fresco — disse o Caco. Para poder montar uma coisa daquela precisaria de um pedregulho ou um toco. Ficou vendo a coisa descer a estradinha, pastoreando as cercas, fazendo uma sonoridade ritmada. Uma sonoridade nova por aquelas bandas, nova para os pássaros e roseiras-bravas e nova para os moradores. Ele viu aquela Breege olhando, meio que acenando e meio que se escondendo atrás de um lençol molhado que pendurava no varal.

Ivory Mary e Micky Estonteante. Moças e homens em todo o canto se entendendo, menos o Caco Velho, o exilado. Que pecado aquela bosta de mãe tinha cometido para fazer um filho anormal? Um toco por perna, uma ponta de ferro por mão e uma corcunda de duende. A sua mãe de bosta. Será que ela fez de propósito, fez aquilo acontecer enquanto ele estava sendo gestado dentro dela?

— A criança mais feia que já se viu — era o refrão dela às visitas. Um capitão da marinha em casa no feriado tinha vindo ver o recém-nascido, o sexto filho, e se afastado repugnado pela deformidade. Um capitão da marinha, acostumado à morte e ferimentos, ficou visivelmente revoltado. Os pares de sapatinhos feitos à mão deixados na penteadeira todos aqueles anos não por sentimento mas como prova do alto preço pago.

A Breege meio que acenando para Bugler, um aceno leve mas insinuante. O sinal antes que qualquer coisa seja dita. Moças e homens no mesmo joguinho,* todos menos o Caco. Sua única satisfaçãozinha vinha do livro que guardava sob o colchão. Reis e rainhas fenícios. Trilhas desertas. Romãs. Cedro e bálsamo e valeriana. De noite ele se derramava nele, escolhendo rainhas de sandálias à sua vontade, sua excitação terminando num rugi-

* No original, *hoopla*, jogo de aros com prendas. (N.T.)

do agonizante que sacudia o trêiler. Às vezes seus rugidos o preocupavam mas nem tanto assim nem por muito tempo. Só precisava se recompor, voltar às piadinhas, aos insultos, em casa, na escola, nos bailes, nas discotecas; voltar àquele dia no trem quando tinha doze anos e soube do que homens e mulheres são feitos. Ele tinha ido ver um ortopedista, seu nome e endereço pregados no bolso da camisa, aquilo e a passagem de ônibus para o hospital. Nem um extra, nem mesmo para uma xícara de chá. Um casal subiu e minutos depois de sentar começaram aquilo. O moço de chapéu de palha começou a cuidar da mocinha. Ambos estavam de *short* e eram muito louros, quase albinos. Ela olhou para seu albino com um suspiro e então fechou os olhos. As mãos do moço, bem-lavadas, entraram por baixo das pernas do *short*, uma mão para levantar uma nádega, a outra para colher.

Ele observava com concentração intensa e compenetrada, medindo a mão refinada, o ímpeto, o poder nela que era mais que a mão, mais que uma foda; sua senhoria com os olhos fechados, levando aquilo mais e mais, o cara falando coisas na orelha dela, não interessa o quê, gritinhos preparatórios para os gritos maiores, a mão se movendo com sua aspereza doce e sábia, os gritos arrancados dela, mais e mais altos, uma vibração que ela pedia em silêncio, porque já tinham jogado aquele joguinho antes, muitas vezes em público ou em particular, a mão espremendo aquela mesma elevação de carne, a excitação tão extrema para um quanto para o outro e então a buzina dela, como gansos se espalhando no campo, selvagens, ejaculantes, o som se elevando até um céu que o espera, para dentro de um comboio de trem com assentos rasgados e duas malas de couro. Então ele viu um olho se abrir, um olho azul como uma conta e observador, então o segundo olho e sua raiva de estar sendo observada, se levantando, alisando o *short* e se precipitando pelo corredor, resmungando. O condutor, que retornou com ela, foi puxado para um pequeno compartimento ao lado do maquinista, e um homem grande e gordo lhe disse quão torpe ele era e perguntou por que havia ficado olhando um casal de namorados tão simpático lendo o livro deles. Ela levou um livro para que o seu conteúdo fosse verificado. Sonetos. O gordo então lhe disse que ele poderia ser mandado para uma casa de correção e ficar lá para sempre, e apenas devido à bondade inerente aos seres humanos não seria mandado para lá. Ele foi obrigado a se ajoelhar e pedir desculpas a ela. Ele assim fez.

— Você devia ficar com vergonha — o gordo disse e a moça concordou. Ele começou a rir, a rir de algo que o matava por dentro e sua risada seria sua arma por toda a vida, bem diferente dos pensamentos que ele pensava e das vinganças que incubava. O condutor lhe disse para se confessar quando chegasse em casa e ele fingiu que iria porque isso não tinha a menor importância. Eles eram podres do mesmo modo que ele era podre.

— Vou feri-los de algum modo... Vou sempre achar um jeito de ferir os amantes — foi o que prometeu a sim mesmo. Mães, pais, mentirosos, amantes.

— Breege — ele diz, vindo por trás dela, seus braços desejando sentir aquela cintura, seus dedos contraídos, espasmos. Sua rainha de sandálias, a escolhida.

— Sai daqui, Caco Hanrahan — ela diz, seca.

— Uma mulher flagrada em adultério — ele diz e ri, e então segue seu caminho pulando e se balançando pelos campos, rindo sua risada sem alegria. Breege o viu se retirar a um passo dolorido e claudicante, o corpo como um saco de batatas inflando e soprando, dependendo do caminho ser de morro ou vale. Ela o temia. Ela sabia a música que ele havia espalhado sobre ela.

Ela tem o rabo ondulado
E é enrugada no coco
E em vinte anos de vida
Ela nunca viu um toco.

A mata. O anoitecer. A hora de escapar. O anoitecer quando o pássaro pequeno e escondido voa procurando a comida da noite. Joseph explica para Bugler do jeito que sempre soube, esperando aquela silhueta solitária contra o céu, o bico longo, a marca típica, curvo como uma agulha de crochê. De pé à beira da capoeira, Goldie entre eles, agachada em expectativa, adivinhando a excitação futura, uma excitação que transcende o sangue, uma coisa dos nervos, da raça. O vento sopra na folhagem, o som como o som do mar enorme, firme, incessante. Falam aos sussurros, de pé em seus postos, cada um com uma espingarda carregada e um bolso cheio de cartuchos. Como Joseph se sente orgulhoso de ser o senhor da terra, cedendo sua arma extra e seu fogo, mostrando a Bugler como carregá-la sob o sovaco e quando a hora chega como armar e mirar.

— Está com frio?

— Nem um pouco.

Encaram a impenetrabilidade da madeira escura aonde pássaros acabaram de chegar em sua longa migração da Sibéria ou outro lugar qualquer, para hibernar em vãos de solo fértil, escondendo-se durante o dia e se aventurando a sair ao anoitecer para buscar um pouco de água ou lama que pudessem achar. Joseph temera ter que cancelar por causa do denso nevoeiro que amortalhava e ocultava a montanha e transformava a mata num cinzento mágico e infinito, um nevoeiro feio e mal-humorado diferente da névoa branca, a senhora branca, que vez por outra corria e dançava em partes da montanha, uma mulher dançarina que os bêbados acreditavam ser a *banshee.**

A lua vai alta, a mesma lua que era a chave da natureza para sua migração agora está prestes a traí-los, mostrando a passagem das penas, tão pálidas que parecem descoloridas, os longos bicos, sua bússola no céu antes de aterrissar na suculência do brejo ou do esterco de vaca. Ela o surpreende, a primeira da estação, não dançando e saltitando aqui e ali como às vezes fazem devido à visão precária mas um vôo leve e radiante ao qual uma de suas saraivadas de tiros pede um intervalo.

— Na mosca! — Bugler diz, espantado.

Ela cai sem um gemido, suas asas batendo, consternadas.

— Eu não a matei — Joseph diz e Goldie dispara e os dois homens a vêem voltar com aquilo, preso delicadamente na boca como um pedaço de pano; as asas ainda batem embora não tão rapidamente.

— Não gosto de fazer isso — Joseph diz e tirando o pássaro da boca de Goldie torce o pescoço no cabo de sua arma com a mesma facilidade com que quebraria uma noz.

Daí ele a entrega a Bugler.

— Não há uma marca nela — Bugler diz, apalpando as penas e a carne.

— Não... Goldie prende com as gengivas, não com os dentes... Ultra, ultradelicada, não é? — ele diz, pegando em seu focinho úmido, que treme. Ele procura entre as penas por uma, a especial, e a arranca.

— Há um lugar na Inglaterra para onde as mando... Eles estão tentando determinar as espécies em extinção.

---

* Figura feminina da mitologia irlandesa associada à morte e ao mal. (N.T.)

— E nós estamos tentando matá-las — Bugler diz brincando.

— Psiu... Psiu... — Joseph corre como se levitasse e os tiros ressoam macabros em surdina no silêncio da montanha e uma vez mais o pequeno embrulho semi-invisível aparece cambaleante mas dessa vez as asas estão silentes.

— Você atira muito bem — Bugler diz.

— Vai ver que foi você quem atirou nele.

— Não foi.

— A finalidade última é pegar um da esquerda e um da direita... Mas você dificilmente consegue porque eles voam sozinhos.

— E por quê?

— Ninguém sabe... São pássaros solitários... Voam sozinhos, comem sozinhos, são sozinhos, você só vê um par quando a mãe está com o filhote sob o peito.

— Sob o peito! — Bugler diz, emocionado.

Goldie depositou o segundo pássaro no chão com a mesma delicadeza e segurando-o Joseph explica que há tão pouca carne porque essas criaturas não têm estômago, tudo o que fazem é sugar. Joseph estava feliz por sair com Bugler, sua inimizade anterior parecendo se dissolver como a névoa, amigos agora por conta da primeira lua de novembro e milhares e milhares de pássaros vindo dos climas salgados para enfiar seus bicos, como seus pais haviam feito, nos buracos e brejos de Cloontha.

— A gente não estripa... Eles são cozidos com as entranhas e tudo.

— Continua.

— São deliciosos — Joseph diz, segurando os dois, garantindo que Breege vai depenar, que ela tem uma mão boa para aquilo.

— Não posso levar os dois.

— Sim, pode... Ainda vamos fazer de você um atirador de elite... Vamos pôr garrafas no portão, e você vai ficar surpreso com quantas consegue derrubar.

Sentam-se num tronco caído, um leve cheiro de queimado das cascas, os dois pássaros mortos insignificantes e as poucas estrelas que saíram no céu leitoso e a uma grande distância umas das outras.

— Você está no Campo dos Cadáveres — Joseph diz.

— Esse é um nome triste.

— Temos todos os tipos de nomes... O Parque do Bezerro, os Inexperientes, o Morro do Pônei... o Brejo de Yellow Dick... Apelidos que foram passando e ficando.

— Você foi criado aqui?

— Fui... É Deus pra mim — Joseph disse e olhando para as poucas estrelas declarou que Deus não era um homem barbudo no céu mas aquele lugar... Em Cloontha, especialmente à noite, só com a natureza.

— Você nunca sentiu falta de luzes acesas? — Bugler perguntou.

— De jeito nenhum — Joseph disse, e descreveu como quando era jovem tinha saído da cama de noite para matar pombos, posto uma lanterna acesa ao pé de uma árvore, ajustado o facho de luz e esperado. Sua voz ficou aguda à medida que rememorava a chuva deles saindo das árvores, árvores, folhas e pássaros nervosos, tudo doido.

— Quem lhe ensinou?

— Um homem chamado Danno... Ele botava uma carreira de garrafas no alto do portão... Minha pobre mãe ficava louca... Assassinos, ela nos chamava... Minha pobre mãe, ela quase morreu quando descobriu que eu ia lá duas noites por semana depois que ganhei minha primeira bicicleta. Eu ia a um parque de tiro lá em Limerick. — Então, relembrando o pesado sargento-ajudante, ele se levantou e repetiu as ordens numa voz ríspida:

— Encham os pulmões de ar.

— Estão com tudo cheio.

— Soltem metade do ar.
— Apertem o gatilho.
— Exalem o ar.
— Seus corações não vão parar.
— Fechem o olho livre.
— Fogo.
— Fogo.
— Fogo.

Ele parou então, pensando nas coisas malucas que um jovem faz.

— Você gostaria de ter sido soldado?

— Acho que sim, está no sangue... Um tio foi morto a tiro a trinta e poucos quilômetros daqui... Ele e um companheiro... Suas últimas palavras teriam apertado seu coração... Vou mostrá-las a você qualquer dia desses... Um padre as copiou para minha mãe... Um tio-avô teve que emigrar ou encarar o pelotão de fuzilamento e um bisavô lutou no Morro do Vinagre... Ferido... Andava com uma bengala depois disso... Chamavam-no O Graveto... Homens valentes ou homens imbecis — ele disse e parou, tímido. Um nó crescia dentro dele como acontecia toda vez que começava a rememorar. Pensou em seus planos de ir embora e ser alguém e como esses planos goraram, sua mãe achando a carta, implorando que ficasse, dizendo que se ele partisse, o que poderia acontecer, sua fazendola seria dividida, como num açougue, gente diferente tomando pedaços diferentes, estranhos cruzando e passando defronte à janela da cozinha. Assim ele ficou e agora havia ele e Breege, a mata vazia à espera quando ele saía à noite, o suspense, cada noite era como a primeira vez, humilde e excitado, buscando uma razão para viver e uma razão alegre.

— É um vício... Um vício — ele disse então, abrindo os canos da arma.

— Você nunca se casou — Bugler falou depois de um longo intervalo.

— Quase me casei... Uma moça chamada Catherine... Linda... Ela foi embora para ser enfermeira... Me telefonava todo sábado à noite... Não tínhamos telefone em casa naquele tempo... Eu esperava na cidade do lado de fora do quiosque... Ah, claro, ela estava lá e eu cá... Centenas de quilômetros — Então sua voz falhou como se ele não agüentasse.

— Casamento é coisa séria — disse Bugler.

— Você pode grelhá-los ou assá-los, do jeito que preferir.

— Eu não os mereço... Eu errei o alvo.

— O que é seu é meu... Somos amigos — Joseph falou. Ele nunca havia mencionado Catherine, pelo menos não naqueles quinze anos, muito embora revivesse com freqüência o caso, a carta, o selo com a figura de um herói forte e decidido e as breves palavras: "*Estou me mudando para Londres. Terei melhores chances por lá. Escrevo quando as coisas estiverem menos confusas. Boa sorte, Catherine.*"

Estavam quase em casa quando Bugler revelou, de modo casual, como que por acidente: — Estou noivo e vou casar.

— Ah, pára com isso... É do Novo Mundo?

— Do Novo Mundo.

— Que bom. Espero que ela goste disso, vai ser uma mudança, um desafio.

— Eu gosto. Mas será que ela vai gostar?

— Lá fora eu achei que você estava solitário.

— Na verdade não, amigos, ovelhas... Você junta as ovelhas... Você tosa as ovelhas... Você come carneiro... Você sonha com carneiro... Então as moças chegam, e, sem se dar conta, você está noivo. Rosemary.

— A gente faz com que ela se sinta em casa... Breege e ela podem ir à cidade uma vez por mês.

— Breege — Bugler diz, a menção dela tirando um pouco de seu sossego, a lembrança de tê-la visto no domingo, andando para cima e para baixo na estrada usando bons sapatos e boa roupa, como a pintura de um quadro.

— Ela é bem novinha, não é?

— Ela é... Órfã... Sou como um pai para ela... Você vê, ela veio tarde... Sempre penso que foi isso que matou minha mãe... Meu pai morreu um ano depois... Dizem que isso é amor.

Continuaram andando e então Bugler disse muito formalmente: — Ah, por falar nisso, eu prefiro que o noivado fique em segredo.

— Sou um túmulo — Joseph disse e se separaram como amigos.

* * *

A chuva caiu, os sons chegando primeiro, não uma chuva comum; pesada com granizo, e um vento oriundo dos quatro cantos do mundo juntando forças, golpes de vento em tormenta nas copas das árvores, galhos enlouquecidos, o prato de Goldie rodopiando e descendo pelo quintal e os dois pássaros mortos que ficaram na pia para ser depenados, revivendo, as penas do peito se abrindo como se respirassem e fizessem um breve circuito que parecia liberdade, parecia vida. Quando ela os segurou eles eram macios e peludos como luvas frias deixadas ao relento.

O lugar estava vazio para a tempestade, para as coisas serem reviradas, remexidas e depositadas em outros locais, da maneira como ela tinha estado vazia de alguma coisa e agora estava lá. Seu irmão e Mick Bugler eram amigos.

— Meu irmão e Mick Bugler são os melhores amigos — ela escreveu com um pouco de farinha de trigo em cima do forno depois de fazer pão. Ela costumava escrever coisas daquele modo, para fazê-las durar.

Caro Bugler

Você me pediu para lhe contar alguns de nossos velhos costumes, coisas que nosso povo fazia e que pude ver na infância. Bem minha gramática não é lá essas coisas, nem minha pontuação mas você vai conseguir dar conta disso. Vou começar com as pedras porque elas eram o problema de nossas vidas. Elas surgiam nos campos como cogumelos, quantidades delas, pedras grandes, pedras médias e pedrinhas que se recusavam a deixar a terra. Era um trabalho humilde mas tinha que ser feito. Para dar uma idéia melhor vou voltar um pouco e explicar a importância disso nas fases da colheita. O campo verde era arado em novembro para a geada deixar o solo mais solto e fácil de preparar para plantar. A aveia era semeada em março e colhida em agosto e setembro. Os tocos eram arrancados para poder plantar batatas ou nabos na primavera seguinte. Quando eram colhidos, era a vez do trigo ou da cevada e antes da colheita seguinte que seria de feno era tempo de remover as pedras. Depois que o feno crescia as pedras se disfarçavam e quebravam as pás da ceifeira. As pedras maiores já tinham sido removidas dois anos antes, reviradas pelo arado e levadas a cavalo e carroça para consertar uma parede, para separar o rebanho de uns do rebanho de outros. Agora algumas pedras eram grandes demais e não podiam ser movidas, então tinham que ser quebradas com gelignita.* Essa era a parte perigosa e naturalmente a parte mais excitante, então vou deixar para contar no final. Quanto às pedras menores a gente tinha que pegar e pôr em um balde. O balde tinha que ser cheio só até a metade por causa do peso. Não podia usar cavalo e carroça porque o cavalo não ia agüentar o frio congelante. Então as pedras eram empilhadas e levadas em baldes. Era uma tortura. Quando geava a hora mais fria era uma hora antes de escurecer. Elas grudavam nos dedos, a mesma coisa que colocar a mão dentro do congelador por um minuto ou mais. Era a época do ano em que o cuco vinha e ao cair da noite meus amigos e eu esperávamos por eles, então a gente ia até a vila e ficava à toa e então voltava para o mato com lanternas para atirar nos pombos. Eu falei que ia contar sobre a explosão das pedras. Era um negócio complicado. Exigia muita habilidade e muita concentração. O procedimento consistia em um tablete de gelignita do tamanho de uma vela, um detonador que é um pequeno cilindro de bronze cheio de fulminato de mercúrio e finalmente, um pedaço de fio de uns cinco ou seis pés de comprimento. Uma ponta do fio era enfiada no detonador, fechada — às vezes com os dentes — e grudada no tablete de gelignita que já tinha sido inserido em um buraco na pedra. Cobríamos com barro para ficar hermeticamente fechado, o fio pendurado, e então o fusível era aceso e a gente ficava atrás de uma parede ou muro de pedra ou outra proteção segura e com sorte a rocha se despedaçava e se espalhava pelo campo todo. Aquele tipo de trabalho agora é passado. As pessoas por aqui

* Explosivo como a dinamite, que mistura nitroglicerina, nitrocelulose, polpa de madeira e nitrato de potássio. (N.T.)

contratam uma pá mecânica ou uma escavadeira, mas quero ser o primeiro a dizer que havia uma coisa excitante naquela espera atrás do muro, o primeiro barulho da explosão e pedaços de pedra voando como pássaros, pássaros sólidos que matariam qualquer um com um só golpe.

Quanto ao presente, nossa maneira de viver está mudando mas algumas coisas continuam do mesmo jeito. Veja os brejos, os brejos cobertos como são chamados, são lugares sagrados e o repositório de nosso passado. Cavar fundo um brejo coberto é cortar o tempo para desencavar a história. Há camadas e camadas de vegetação viva. A turfa* é refúgio para todo tipo de vida selvagem. Fosse você explorá-la encontraria mais pássaros e bichos e insetos do que na Arca de Noé. Ninguém corta turfa agora porque dizem que já não temos verão para deixá-la secar. Preguiça. Ainda assim, de certa maneira estamos preservando nosso passado. Podemos não ser o condado mais rico mas temos mais lembranças e mistério que todos.

Joseph

* Combustível natural do solo irlandês, usado atualmente apenas como complemento aromático em lares tradicionais, é um composto orgânico marrom-escuro, extraído dos brejos, cortado e deixado secar ao sol. (N.T.)

Noite na cidade. O trecho de uma música pulsa. Notas graves. Notas ritmadas. Ta-tam. Ta-tam. Ta-tam. Perto. Longe. O baile do jantar. Amor depois da curva. O doce sabor do pecado. Portas de hotel escancaradas para entrarem os carrinhos com cascos de cerveja.

— Dava para pensar que era Natal — Noreen diz.

— Agora falta pouco — responde Eamonn.

No bom humor da rua, expectativa. Nas ruelas, meninos com cortinas velhas e chapéus de palha se escondem para assustar os adultos. Blusas novas tiradas de sacolas. Cetim com botõezinhos de pérolas que vêm sem acabamento. Solados de plataforma para chutar o ritmo. Mães passando camisas brancas para seus meninos colonizados e selvagens. Flâmulas, amarelo-pálido, rosa pálido, voando na cumeeira. Noreen numa escada grudando suas pontas arredondadas nas cornijas, um braço forte, seu peito inteiro levantado no esforço.

— Cadê teu homem — é Eamonn falando para o monge, uma figura de hábito longo numa janela de vitral, sombras de um tempo em que aquilo era um convento.

— Bota um babado em volta dele — vem de Noreen. Eamonn desafia Noreen a dar uma coisinha ao pobre-diabo. Ela se alonga mais alto, as coxas desnudas, com ligas.

— Aposto que ia gostar de um amasso.

— Como todos nós? — diz Noreen.

Reconfortante. Dançar para acabar num amasso.

Por volta das nove horas o local vai estar lotado, uma caverna de cores, azuis, magentas, cabeças com cabelo molhado com uma umidade de sereia, os homens de camisa branca, os frangotes no caminho da porta, só olhando como é. Mick Bugler também, de camisa vermelha como um bandido. Gritos e berros. E aí, Dessie, e aí, Gussie, e aí, Pat. E aís. Campos esquecidos. Rebanho esquecido. Preço da carne esquecido. Buracos de esterco, a saída gasosa de amônia esquecidíssima. Diversão. O doce sabor do pecado. Só se vive uma vez.

— As freiras estavam famintas... Podiam bater nas casas pedindo ajuda mas eram orgulhosas demais.

— As figuras.

— Será que McQueen teve que dessacralizar o lugar quando comprou... Comprou por uma mixaria.

— Dessacralizar... Com as coisas que a gente vê por aqui... Cinco e seis naquela banqueta... troca de mulheres — Eamonn diz a ela.

Dela sai uma gargalhada estridente com um tom de indignação e pudicícia.

Geada negra o dia inteiro, o chão, os campos, duros como pedra e as estradas traiçoeiras mas ainda assim vai haver uma multidão porque o baile é por uma causa nobre. Uma causa de caridade. O doce sabor do pecado. Na rua de trás saindo da cidade dois jovens atacam as cercas vivas e mortos de medo do escuro, saqueadores catando azevinho.

— Noreen disse que tem que ser com frutinhas de azevinho, senão não fica com cara de festa.

— Ela e suas frutinhas.

Arrancam uns gravetos de um incipiente pé de amora.

Breege não vai ficar sabendo até as seis da tarde se eles vão ou não... Joseph não diz. Ela pôs roupa para arejar perto de um aquecedor de parafina lá em cima. Blusa branca, saia preta pregueada, meias pretas.

* * *

Bugler pára na entrada da porta cumprimentando com o calor castanho de seus olhos. Mais alto que todo mundo. Ta-tam. Ta-tam. Ta-tam. Breege o vê. Arrepio. Toda a empolgação de estar ali — a excitação, os prazeres, fumaça de cigarro, braços nus, ombros nus, copos dourados de vinho precioso nos espelhos do fundo e a música inundando tudo. A Sra. Flannery fica cutucando Breege para reforçar a fúria de ver Patrick J. Flannery não tirar os olhos daquela moça americana falando sabe lá Deus que bobagens.

— Olha. Ele vai acender o cigarro dela agora. — E assim ele faz. Ela prediz como o fósforo vai ficar aceso para passear pelo rosto malicioso da moça e é assim até que ele queima até o fim até suas unhas pretas de sujeira incrustada. Sue-Anne, uma prima de Boston, teve que dormir seu sono de beleza até as seis da tarde. Patrick, como tinha prometido, subiu para acordar sua hóspede. Quando lhe perguntaram por que tinha demorado tanto ele simplesmente disse que estava aprendendo sobre a vida na raia mais rápida.

Joseph e o Caco estão no bar, com canecas de cerveja, cada qual forçando sua hospitalidade no outro para compensar a recente confusão. Joseph tinha flagrado o Caco roubando madeira e mandou que ele e seu carrinho de mão saíssem de suas terras por *saecula saeculorum*.

— Não consigo agüentar mais — disse a Sra. Flannery, procurou no primeiro bolso, depois no outro, achou um lenço e assoou o nariz repetidamente.

— Ela logo vai embora.

— Você não conhece as dores do amor.

Breege sentiu o rubor começando a subir e descer pelo pescoço, ziguezagueando por trás do forro da blusa branca. Bugler está sorrindo para ela do outro lado. O sorriso compensou todas as vezes que ele passou por ela tão abruptamente, saltou o muro procurando um animal porque algum imbecil tinha deixado o portão aberto. Como se ela fosse o tal imbecil que tinha deixado o portão aberto. Ela não deve parecer feliz demais, Joseph poderia suspeitar.

— Os bilhetes, senhoras — Eamonn diz, apontando para os prêmios com a aba de seu chapéu de palha — uma televisão grande, um conjunto de copos de cristal Waterford e um livro de receitas vegetarianas. A Sra. Flannery, petulante, pergunta se pode ganhar um marido junto com a televisão.

— Pensei que a senhora já tinha um.

— Ele — ela diz. Patrick está perto deles com um ar infantil e envergonhado. É forçado a pagar pelos bilhetes. O Caco chegou com duas vodcas com limonada para as senhoras. Bugler atravessa o salão, seu sorriso antecipando o convite para dançar com ela.

— Mais tarde — ela responde ao convite quase inaudível. A pista está vazia, exceto por dois idosos dançando Ceilidh* em desafio à música moderna que estão tocando, gritando entre si. — "Um, dois, três, um, dois, três" — para marcar o ritmo.

— Como você quiser — ele diz e se afasta meio decepcionado, tamborilando as mesas por onde vai passando, com o orgulho ferido. O Caco Velho assobia baixo.

— Aposto que você é a primeira mulher a dizer não a ele.

* Dança típica irlandesa. (N.T.)

— Ah, ele vai gastar todo o talento até chegar a última dança.

Essa veio de Josephine, de pé acima deles, seu corpo parecendo um manjar no vestido bege de crochê.

— Ai, Jesus, olha — dispara o Caco. Eles olham. Eles vêem. Bugler está dançando com Lady Harkness, conduzindo-a solenemente como se ela fosse um transatlântico em seu vestido verde-hortelã; o sorriso dela parece dizer que não há nada no mundo mais lindo que uma valsa à moda antiga.

Aos poucos a pista se enche. Rapazes com moças em improvisações corajosas. Breege pensa que na próxima vez que ele a chamar já estará preparada. Terá ido ao toalete e passado levemente o pó da Sra. Flannery. Ele está numa bolsinha mole cor-de-rosa costurada num lenço de crepe. A visita de Boston trouxe. Cheira igual à farmácia da cidade, o balcão longe dos remédios, com artigos de toucador e embalagens de perfume numa bandeja. As quatro pontas de crepe estão amarradas para não deixar o pó cair. A Sra. Flannery torce as mãos. A atmosfera é confusa agora. Oi. Tudo bem Gussie. E aí Dessie.

Sy, o apresentador, está chamando os felizardos à espera. Primeira metade, qualquer coisa serve; em volta da casa e cuidado com o aparador. Intervalo para jantar com a apresentação dela, a única e exclusiva Magdalene. Segunda metade, balança, beijo babado. Magdalene, a própria, está sentada no palco, o tornozelo colado ao pé do piano com enfeites de crepe com flâmulas vermelhas, para fazer graça. Uma atitude desafiadora cafona. Ela sorri, trêmula. Lantejoulas costuradas no vestido preto também reluzem. Sy diz que é uma honra recebê-la entre eles. Gritos da multidão. Garçonetes, rindo, de lenços amarrados, se misturam na confusão com bandejas cheias. Cabelos nas cabeças varrem o chão.

Rapazes, ardentes, atrevidos, jogam suas acompanhantes para cima, no ar, como se fossem bolas de gás.

— Eu mato... Eu mato aquele homem. — A Sra. Flannery está vendo a mão esquerda de seu marido, aliança no dedo, se mover lentamente sobre as nádegas aveludadas. Ela o chama, apenas chama seu nome, mas determinada. De pé numa cadeira, zombando — ele pensa que é um adolescente com mais de cinqüenta anos. Como uma raposa ela está na pista batendo nele com raiva.

— Ah, um ataque de merda. — Eamonn pula no meio para acalmar as coisas com um "Vamos, gente. Vamos." Pares pausam seus passos agitados para olhar. Pausa no recinto. A música pára. Um dos idosos que dançavam recita um poema ao monge ajoelhado em seu vitral gelatinoso.

Minhas costas de madeira
Minha barriga também
Meus lados estão bem presos com couro do bom.
Meu nariz é de bronze
Na bunda tenho um buraco
E ao frio já estou muito acostumado.

* * *

Quando anunciam o jantar, cadeiras dobráveis são abertas e há uma corrida às mesas preferidas. Bobagem ficar com um bando de chatos. O ensopado bem quente em vasilhas grandes, uma para cada mesa e doze pratos de cerâmica. Noreen grita para os outros: — Quem vai servir de mãe, quem vai servir de mãe. — Ninguém quer ser a mãe.

Na mesa deles cabe a Bugler servir de mãe. Mangas arregaçadas, ele serve o ensopado nos pratos levantados. Diz que não dá para ficar escolhendo quem gosta e quem não gosta de cebola. Dá para o vizinho. O velho Bill Muggavin, desdentado, fica andando à procura de um lugar e conta às flâmulas flutuantes que perdeu seu relógio quinze anos atrás. Elogios à competência de Bugler. Isso vem do tempo no entreposto de rebanho. Cinqüenta homens na bagunça. Meia hora no máximo para almoço ou jantar. Carneiros e ovelhas aos milhares, à espera. Engraçado você nunca ter sido fisgado, Mick. Veio de Josephine. Não responde. O rosto de Rosemary ficando mais pálido com o passar dos dias. Sem poder chamá-la à memória como costumava fazer, deitado sozinho à noite, sua fotografia caindo na última carta. Reprovação.

Vozes de flautas. Fogos roubados. Assobios excitados. Lady Harkness com os dedos nos ouvidos. Os apanhadores de azevinho insistindo com as pessoas para comprar o último bloco de bilhetes. Te manda, Brud. Sai daí, Ned. Sy prometendo aquele momento muito especial. Bugler se senta tão perto de Breege que ela fica imaginando. Terá sido acidental por causa do aperto, quatorze numa mesa arrumada para doze. Joseph está duas mesas adiante de costas para ela. Bugler sabatinado sobre a vida lá nos distritos distantes. — Ora essa — é tudo o que ele diz. Do outro lado dele um aleijado. Paralisado do tronco para baixo. Acidente na estrada. Um sujeito vindo de uma estradinha vicinal a 160 quilômetros por hora. Um grande acordo. Sorte não estar dentro de um seis por três. Palavras de solidariedade. Nunca se sabe a hora ou o minuto. Agradecido por pequenas misericórdias. Bugler oferece ajuda. Corta o carneiro em pedaços com a tesourinha que o aleijado carrega no bolso do paletó. Então um grito. Protesto em voz alta. Cadê o vinho. Cadê a porra do vinho. Garrafas jogadas com força, garrafas com gravuras de vinhedos arrumadinhos, e uma vista de um castelo. Castelo Gandolfo. Não é uma das residências de verão de Sua Santidade o Papa? Uns engolem a comida, outros reclamam que é rango de carregação. Assumpta, que acabou de chegar do Sol e do Mar, pensa que eles podiam pelo menos ter servido uma entrada por aquele preço — 27,50. Um prato de melão ou sopa. Como foi o feriado, Assumpta? Maravilhoso, realmente maravilhoso, nada supera o Sul da França. Lady Harkness canta em falsete. Passou férias lá nos montes acima de Nice. Que clientela. Sir Winston Churchill em uma casa de campo, Lord Beaverbrook na seguinte. Aga Khan mandando um emissário à mesa dela. Sua Alteza a achou a mulher mais linda do salão de jantar. Sir. Clifford enlouqueceu, ficou doido. Comprou uma pistola. Josephine esfregando na cara de Assumpta e seu Sul da França quando foi a Lourdes com um grupo da diocese, inválidos. Dando banho neles em águas sagradas e levando-os em suas cadeiras de rodas para rezar o rosário. Segundos para alguns mas não para todos. Lady Harkness garantindo que a melhor maneira de cozinhar caça é enquanto a carne ainda está quente. Esquece aquela bobagem de deixar pássaros pendurados por uma semana. Caça deve ser cozida imediatamente antes que endureça. Marido e mulher, um casal de posses, que todos achavam que tinham se separado, a uma mesa, namorando. A hipocrisia disso. Brian, um guarda de folga que foi chamado ao local, concordou que a coisa ficou bem feia. Uma certa pessoa, o marido em questão, encontrando outra pessoa em sua fábrica e a atração crescendo. O que começou tudo como uma xícara de café e uma fatia de torta de queijo acabando em um caso escandaloso num hotel na praia. Chocante tudo — a mulher tendo que ir parar no hospital aquela noite de sábado e o marido destruindo dois carros. Pedem a Brian para aumentar mas ele se recusa. Ética profissional. Diz que aquela atração é somente um vício, nada mais. Gritam com ele. Qualquer um ouvia tais besteiras. Atração é atração, né

Breege. Ela não responde. Aquela menina é um problema, o oposto de Lady Harkness. Lady Harkness com uma coleira de pérolas negras educada com todos mas orgulhosa. Não se envergonha de usar o único telex que há para emergências, para acidentes, mortes, cortes de luz, para receber gracinhas como:

> "Bom-dia Lady Harkness,
>
> Linda manhã gelada.
>
> Sua conta na Bunting e Knowles para uma pedra comemorativa — vencida.
>
> Um cartão de Natal de Daphne e John nas Ilhas Seychelles.
>
> As minutas do encontro para a Fundação Real para os Cegos.
>
> Finalmente o orçamento para o muro do jardim defronte à janela da biblioteca que caiu. Um pouco caro."

Magdalene canta enquanto comem. Uma voz leve, doce, trinados. Tudo sobre o amor. Esperando o amor ou somente vendo-o passar como uma pluma no cardo. Ela usa luvas pretas de cetim, seus braços estendidos para a platéia, para agradar. Alguém pergunta a Bugler se ele acha que ela tem charme. Ele olha e ouve. Parece uma boa moça. Ele está perto de Breege. Ela sente seu toque ocasional. Eles falam com todos à mesa menos um com o outro. Dois meses passando no trator e agora isso, isso. Maçã assada e sorvete enfeitado com estrelinhas acesas passam pelas mesas. Um sentimento febril. Escuridão súbita. Gritos. Jesus Cristo. É uma bomba? Sy anuncia:

— Vocês têm que beijar a pessoa sentada do seu lado e se não houver uma pessoa têm que beijar a parede.

— Eu não tenho parede.

— Beija meu rabo.

Bugler se virando para Breege, sua blusa tão fria e engomada, seus lábios cheios e da cor de violeta sob a luz fria. Ele a bebe. Contagem lenta até cinco. — Acordando, acordando — diz Sy. O momento passou. As luzes acesas ardendo. — Seu coisa suja. Isso foi bonito? — Sim. Não. Não. Sim. Sy jura por Deus que ele leu num livro que uma maçã por dia mantém o médico longe e uma avezinha por dia mantém o divórcio longe. Bugler lentamente se afasta com um "Tudo bem com você" para ela. Ela não ousa responder. Não tinha idéia de que seria assim. Assim. Os lábios levemente separados, descobertos na separação. Um problema.

Rita, com uma coroa de repolho e uma minissaia de babados de repolho, atravessa o salão, joga os braços em seu pescoço e diz que foda. Ela estava perto de um cara sem dentes. Dá uma cotovelada no aleijado para o mandar para a cadeira de rodas, se senta junto de Bugler, se inclinando para seu colo. Epa... Aqui vamos nós. Tem um pedido. Sua irmãzinha Reena gostaria que ele a tirasse na próxima rodada. OK? E não se importaria de ser acompanhada até em casa. Vamos convidar você para um café e balinhas de hortelã. Uma rosa na bandeja do café e um ovo fresco de manhã. E pode botar a mão lá nela depois que ela se deitar, que ela fica muito doida e então cluc-cluc-cluc. Ele cria galinha? Não. Que pena. Um consolo. Cluc. Cluc. Cluc. Uma gemada para a saúde. Ela o joga no chão. Cálices de café irlandês, com espuma. Os mais velhos pedem bules de chá.

Vermelha de chorar a Sra. Flannery pede a Breege para ficar com ela e não voltar para lá. Estão no banheiro das senhoras. Alguém pregueou o papel higiênico azul-claro ao redor dos espelhos. A Sra. Flannery lamenta amar tanto aquele homem. Cortaria os pulsos se ele saísse com outra. Pergunta em nome de Deus por que ela se descontrolou. Por que fez tamanho espetáculo. Pedindo para que lhe digam exatamente o que ela fez, implora para que não lhe contem nada. Diz então como Patrick era gentil, afetuoso quando foram ao jardim acertar a situação. Ela chora de novo por causa daquela puta impetuosa dormindo a uma parede de distância deles por mais duas noites. Aplausos barulhentos porque obviamente os vencedores da rifa foram anunciados. Breege quer voltar para lá, para a entrada da pista de dança escorregadia.

— Vem... A gente pode estar ganhando alguma coisa — ela diz e ajuda a mulher a se levantar.

Bugler, sem o paletó, está no palco cantando e segurando o livro de receitas que deve ter ganho. É uma canção sobre uma cidade no Norte devastada pela guerra, sua voz quase embargada quando ele lamenta uma comunidade dividida. Magdalene observa enlevada. Os botões de sua camisa de bandido estão fora das casas, seu peito escuro e ossudo. O povo mostra aprovação fazendo coro. Você é bom. Bem cantado. Bis. Quando ele deixa o palco várias moças o tocam e ele as toca. Alguém ajuda Magdalene a descer e ela caminha ao lado dele, sua longa luva de veludo aninhada no braço nu dele.

— Micky Estonteante — o Caco diz quando Bugler num impulso dá seu troféu vitorioso a uma senhora idosa que pulou para o beijar.

— Micky Estonteante — Joseph está ao lado de Breege agora. Logo é hora de partir. Ela vê a própria mão torcendo e retorcendo uma mecha de seu próprio cabelo no espelho dourado. Cabisbaixa.

* * *

O trator estava de volta. Em seu velho lugar familiar sob o espinheiro. À luz da lua, encoberto na geada, parecia uma carruagem de vidro. Joseph atravessa até ele, ralhando primeiro por ser tão presunçoso que voltou sem ser convidado. Bugler geralmente o levava para casa, lá para o Congo, mas devia estar com uma pressa danada para chegar à pista de dança. Depois de ralhar com ele, amacia de alguma forma e começa a falar com ele de um jeito emotivo.

— Oh, Dino querido, encantado em te ver, como vai você, pensamos que tinha sumido de vez e agora parece que você voltou — você nos prefere, a Breege e a mim... Vai, fala que para você melhor a gente que o Pastor... Micky Estonteante ele acabou de ser batizado caso você não saiba... Oh, que beleza, um homem completo, corta uma risca na pista de dança, alisa um campo, caça e beija as moças. Três gritos para Micky Estonteante, ipi-ipi-hurra.

Encostando a mão no puxador do painel a música começa a jorrar e ele se afasta assustado.

— Jesus... Ele botou um som em você... Ih estou ferrado — ele diz, procurando o lugar onde havia encostado acidentalmente.

— Pelo amor de Deus, Joseph.

— Ouça, Breege... Ouça... — Ela o está puxando dali.

— Qual é a pressa... O que eu digo é verdade... O Pastor é o número um e logo logo vai plantar centeio... Campos de centeio em Cloontha e oxicocos* em sua terra pantanosa. Soube isso esta noite de seus próprios lábios... Mas uma palavra em seu ouvido, Breege... O Micky Trapaceiro quer passar uma rasteira na gente... Traição, estratagemas e saques.

— Qual o problema com centeio... Qual o problema com oxicocos...

* No original, *cranberries*, frutas silvestres azedas. (N.T.)

— Tudo!

Virando-se para a direção da bacia convexa da montanha, vidrada à luz da lua, ele soltou sua ode.

— Quem veio primeiro, Bugler ou Brennan, os Brennans vieram primeiro, os Brennans das charnecas, os Buglers tocaram trombetas e vieram para cá do País de Gales com os soldados... Galeses... E no último dia os Brennans serão os primeiros, pois muitos serão chamados mas os Brennans serão os escolhidos.

* * *

O salão de dança estava deserto, mesas soltas e cadeiras dobráveis empilhadas num canto, com Eamonn e duas moças varrendo o lixo, varrendo para o meio da pista de dança. Havia latas, maços de cigarro, um par de suspensórios vermelhos e vários brincos sem par que brilhavam inconvenientemente na poeira. Rita está procurando Reena. Reena está procurando Rita. Não se acham por ir em duas direções diferentes, uma para o banheiro das mulheres, a outra para o estacionamento. Se encontram de novo no salão em um halo de poeira levantada.

— Onde está Bugler? — vem de Rita.

— Já foi.

— Já foi! Para aonde?

— Ele foi com Magdalene... E a harpa.

— Jesus Cristo, pela porra sagrada, você está me dizendo que o deixou escapar?

— Não dava para segurar.

— Sua idiota incompetente e bunduda, você o deixou escapar... Você nem tentou... Tudo que tinha de fazer era esfregar a boceta nele.

— Ele não estava interessado em mim.

— Plano A — me diga o que era o Plano A.

— A gente ia levar Bugler para casa e pôr os nossos ganchos nele.

— Plano A, a gente ia levar Bugler para casa e Plano B a gente ia levar Bugler para casa e todas as porras de planos do alfabeto. Agora ele está com aquela puta dona de terras em Tipperary... Ela tem grana.

— Ah, Ritinha — Reena começa a chorar, as lágrimas caindo no ramo de crisântemos que ela pegou na mesa. Todo mundo agarrou alguma coisa mas tudo que ela conseguiu foi esse buquezinho e metade de uma vela vermelha. Eamonn varre em torno delas enquanto gritam cada uma mais alto que a outra, lhes diz que a festa acabou. Num instante elas estão gritando com ele, dizendo que não vão sair porra nenhuma, querem a devolução do dinheiro. Espantando-as com os braços e o cabo da vassoura ele as empurra para a saída, dizendo muito baixinho, e muito tranqüilo: — Meninas, meninas. — Então consegue levá-las até a porta da frente, empurra as duas, fecha a porta, tranca por dentro e assobia um Doce Jesus de alívio. A última coisa que ele quer é ser processado por atacá-las.

Uma vez fora da cidade elas se vêem num nevoeiro tão denso que é impossível enxergar pouco menos de vinte metros à frente. O carro é como um trenó na estrada congelada, nem sinal de uma casa ou luz de qualquer tipo, somente Rita xingando e maquinando sua vingança contra tudo e todos. Dirige sem cuidado, sua coroa de repolho entortada, o carrinho igual a uma bolha parecendo um caldeirão devido à violência.

— Desculpa, Ritinha — Reena diz, arrancando pedaços de crisântemos como se fossem cocos, e jogando fora.

— Desculpa o caralho... Duas vezes 27,50 libras, o preço de uma carga de feno.

Quando passaram pela entrada, no alto da cidade, Rita despencou morro abaixo, no meio do nevoeiro, derrubando barris de piche postos ali por causa da obra na estrada.

— Aonde é que nós vamos, Reeninha?

— Ver se aquela lata de terebintina está lá atrás.

— Por quê?

— A porra do trator dele vai ter uma surpresa.

— Como assim?

— Dar àquele filho da puta do Bugler uma lição enquanto ele trepa no Vale Dourado.

Três homens estão ao redor do trator segurando-o como num abraço fervente. Suas mãos e roupas enlameadas e seus rostos retesados com o esforço. Estão lá há quase uma hora e os humores estão perigosos. Primeiro era quase uma piada, Bugler dando as ordens e os outros a obedecendo, Joseph e o Caco nas rodas de trás e o vendedor, um estranho, do lado, Bugler no assento do motorista com o manual aberto gritando os vários comandos, os homens empurrando e suando, tentando levantá-lo de sua inércia.

De madrugada ele tinha voltado e dormido um par de horas numa cadeira e daí ao trabalho. Ele está implicante. Um erro ter demorado em terra de cavalo. A filhinha de papai, a cantora, agindo como donzela indefesa no *foyer* do salão de dança, sem ninguém para a levar em casa. Sua prima não tinha aparecido. Jonathan não tinha aparecido. Quase em prantos. Quieta no carro. Uma tirada de mais de 35 quilômetros, vilarejos mergulhados no sono exceto pelo brilho de néon dos postos de gasolina, e então uma estrada de terra, uma porteira grande, um mata-burro, uma casa grande mas acabando no estábulo com todo o equipamento, os rodos e vassouras e um cavalo de madeira, coisas para deixar um cara ligado. O roça-roça. Onde uma garota boazinha como ela aprendeu esses macetes? — Oh, eu comecei aos doze anos.

— Tem certeza de que não é o óleo *diesel*? — o Caco gritou.

— Absoluta.

Foi a primeira coisa que ele tentou, botar um cabo de metal no tanque achando que algum arruaceiro tinha vindo de noite e aberto o sifão. Finalmente, correu em casa para pegar o manual e igual a um aluno gritando as instruções para um adulto ele conferia e conferia de novo cada coisa — pistões, virabrequim, junta, agulheta, embreagem, estabilizador, trave e chave, tudo.

— Você não devia ter posto ele embaixo da árvore... O solo está sempre adubado — Joseph diz.

— Foda-se o seu adubo — Bugler sibila entre os dentes. Se ao menos eles empurrassem, se eles pusessem alguma força bruta para ajudar.

— Balança gente, só balança — ele diz. Ele alterna incentivo e grosseria. Mais uma vez ele vira a ignição, espera o combustível aquecer e grita para eles empurrarem. Ao mover um tiquinho, voa lama para trás dos pneus traseiros grudando em seus rostos e quase os cegando.

— Empurra... Porra... Empurra — Bugler grita.

— Estamos empurrando — Joseph grita de volta mas ele já parou e afundou mortalmente. Bugler salta, aperta os eixos e diz que acha que sabe o que fazer. É preciso mais pressão de um lado, ele precisa de inclinação para sair.

— Ele podia balançar de volta e nos pegar — o Caco diz.

— Não vai... Está sólido como pedra.

— Vou ter que ir embora daqui a pouco — o vendedor diz. Uma hora de seu dia está desperdiçada, e tão poucas casas à vista, ninguém a quem vender ração.

Bugler escorregou para debaixo dele, suas pernas compridas de novo como a parte de cima de seu corpo se projetando para fora, as caneleiras de couro sem a elegância do salão de baile, enlameadas.

— Dando uma de macho... Dá para ver — o Caco cochicha. De lá debaixo Bugler manda Joseph fazer isso, fazer aquilo.

— Pera aí... Pera aí — Joseph diz.

— Usa os olhos... Usa o cérebro — ele grita de volta mandando Joseph virar a chave, virar a maldita chave. De repente começa a se mover e quando Bugler se engatinha para fora eles dão um grito de vitória. Em questão de segundos emperrou de novo, feio de ver, o capô vermelho-tijolo calado dizendo "Eu não saio deste lugar".

— Vamos amarrá-lo ao carro e rebocar — Bugler diz, apontando para o Fiesta novinho do estranho.

— Esse carro não é meu, é da companhia — o homem diz, se desculpando.

— A companhia não vai ficar sabendo. — Voltando-se para Joseph, pede uma corda.

— Está no galpão — Joseph fala, emburrado. Os bezerros e o rebanho estão indo comer, o leite tem que ser trazido para a cremeira e Breege foi à casa de Lady Harkness com a roupa lavada. É algo que ela faz por conta própria, para um dinheirinho extra. Ele pensa no cuidado que ela tem com aquelas roupas, lavando, enxaguando, engomando e quando as passa elas parecem roupa de rainha na mesa grande da sala da frente.

Bugler desenrola a corda depressa, prende uma ponta duas vezes ao redor do assento e posiciona cada uma delas de modo a uma reforçar a outra como uma equipe, como quatro remadores juntos numa regata, a alegria restaurada, olhos ansiosos, dando um espetáculo de força quase sobre-humana. Eles chegam quase ao portão quando a corda arrebenta e unidos na frustração cada um diz "Foda" no mesmíssimo instante, como se tivessem ensaiado.

— Vai ter que baixar emergência — diz o Caco e passa os dedos pelo pára-lama com um certo carinho.

— Anda... Anda, Dino — Bugler implora e tenta levantá-lo entre os joelhos, abraçando-o, reclamando com ele como se o problema fosse uma mera questão de mau humor, de não querer, ainda sem poder admitir que tinha comprado gato por lebre.

— Acho que vou ter que ir... Tenho alguns compromissos — o vendedor disse.

— Espera... Espera — Bugler falou e pegando um cocho de galinha o enganchou embaixo das rodas traseiras.

— Para que isso?

— O *diesel* não está chegando lá... Está bloqueado.

— Você não está trabalhando igual a um jumento...? São as rodas de trás que você tinha que levantar — diz o Caco.

Os humores estão eriçados novamente e ele pensa naquele pátio de tratores, inúteis, empilhados um sobre o outro e o azar de escolher um que não servia. O dinheiro de Rosemary, ou melhor, o dinheiro do pai de Rosemary, aquele que se orgulhava de sua fortuna e de seu agnosticismo.

— Talvez alguém esteja querendo que ele não funcione — o Caco diz com uma piscadela.

— Ou talvez bruxaria... Eu soube de uma bruxa famosa por aqui, ela tinha uma garrafada azul para curas — o vendedor diz.

— Ela tinha o poder — o Caco devolve.

— Você ou sua irmã notaram alguma coisa esquisita? — Bugler pergunta.

— Não somos seus seguranças — diz Joseph, irritado.

Finalmente concordando que vai ter que pedir ajuda, Bugler pergunta onde fica o telefone.

— Onde você pensa que fica? — Joseph diz, aborrecido pela idéia de que ele vai até a casa onde Breege está, pegando-a de surpresa.

— É um Dino morto — o Caco diz assim que ele sai.

— Tem algum lugar onde eu possa me lavar? — pergunta o vendedor.

— Esta grama é limpa — Joseph diz e, para provar o que diz, se agacha e limpa as mãos nela e o vendedor o imita, receoso. Eles se sentem solidários pelo modo como foram explorados.

— Ele não levantou da porra da cama ainda — Bugler diz, correndo de volta e jogando várias ferramentas na bolsa.

— Está cedo — diz o Caco.

— Se ele estivesse em outro país já estaria de pé.

— E o que você quer dizer com isso? — diz Joseph, ressentido com a crítica de um homem que mal chegou e já tira tais conclusões.

— Eles estão por fora... Todos vocês — Bugler provoca.

— O quanto antes você tirar aquela máquina daqui melhor para todos os envolvidos.

— Estou fora daqui.

O olhar que passou entre eles era tão carregado que poderia ter sido entre os cães Goldie e Gypsy em uma de suas brigas feias.

* * *

Estava escuro quando se ouviu o trator se sacudindo e saindo do quintal.

— Graças a Deus — disse Joseph. O dia todo ele ficara reclamando disso e daquilo, uma novilha doente, uma conta astronômica da ótica e seu próprio quintal servindo de área pública para Bugler. Antes disso quando a viu trazendo chá e sanduíches perguntou sarcástico por que ela tinha esquecido a toalhinha de renda para combinar.

— Elas devem estar congeladas — ela dissera.

Mattie, o mecânico, só veio depois do trabalho e ficaram lá fora trabalhando com lanternas, o motor parando e emperrando como tinha feito de manhã, e então de repente o ruído não mais preguiçoso, mas forte, repetido, pegando, pronto para continuar.

Quando ela voltou para dentro Joseph perguntou se por algum motivo ela tinha sido chamada para empurrar a cangalha.

— Você bebeu demais na noite passada — ela disse.

— Um exibicionista... nada mais que um exibicionista... o jeito como ele encarou os holofotes... lá no palco com a cantora... cantando uma canção que tinha acabado de aprender... o que lá sabe ele sobre o Norte ou mesmo o Sul.

— Alguém pôs terebintina no tanque de *diesel*... por isso ele não pegava.

Bugler mostrou a ela lá fora, apontou para o vômito de óleo verde-escuro, as lâminas mais altas de grama pingando de óleo e por algum motivo ela sentiu vergonha, como se eles tivessem feito aquilo.

— Ele cria caso e também inimigos — Joseph disse e aproximou o relógio de pulso do rosto para conferir a hora que o invasor tinha partido.

Muito mais tarde ela foi ao local onde o trator havia parado. Havia apenas o retalho de grama repisada, o vômito de *diesel* derramado e um pulôver que ele tinha esquecido. Ela ia sentir saudade. Ele tinha sido uma companhia. Ela o podia ouvir a qualquer hora fazendo coisas nele, arrumando por dentro. Uma vez ela estava em sua plantação, tinha ido lá para pensar, e quando ele passou sentiu um aperto ao vê-la na escuridão sozinha, sentada num banco. Ele lhe perguntou que tipo de flores eram as da cerca entre seus campos e ela lhe disse que eram dálias, dálias vermelho-profundas.

*

Querida Rosemary

Sei que você está zangada. O caso é que trabalho do nascer do dia até a meia-noite e depois. Você ficaria surpresa com a quantidade de trabalho que há por fazer. Para onde quer que eu olhe tem mais uma coisa, outro problema e mais outro. Não há folga. Hoje por exemplo foi um drama. O trator não pegava. Alguém despejou terebintina no *diesel*, um dos queridos amigos e pessoas gentis que moram nesta montanha. São dez horas e estou sentado comendo um jantar de sobras. Não se zangue. Vamos ter uma casa maravilhosa um dia mas tudo leva tempo. Pretendo começar a fazenda em alto estilo para ficarmos ricos. Sinto saudade da minha gatinha, principalmente à noite! Mas é melhor que minha gatinha não venha antes da primavera, as margaridas floridas e tudo o mais. Não me pergunte sobre o tempo. Chuva chuva chuva. Está pingando nesta carta. Seu noivo é pedreiro, ajudante de pedreiro, carpinteiro, encanador e fazendeiro mas ainda é o seu pastor.

Ele assinou, releu e por algum motivo acrescentou "Não espere milagres".

Onde em Paris se pode ver uma pirâmide de vidro?

— *Qual é a palavra em swahili para jornada?*

— *Que condado na Irlanda do Norte é conhecido como o Condado Pomar?*

— *Que noz é usada na manufatura da dinamite?*

— *Patrick H. Pearse liderou a Rebelião de 1916 — o que representa o H?*

— *Segundo o Serviço Oficial de Topografia e Cartografia* qual é o ponto em que um morro se torna uma montanha?*

— *Onde Michelangelo pintou "A Criação de Adão"?*

— *Que elemento químico está na composição do Sol?*

Lá pela oitava volta da noite final de testes a tensão e excitação haviam crescido, com aqueles que apoiavam a equipe de Joseph e os que apoiavam a do professor brigando feio, gritando uns contra os outros, alguns acusando Dunny, aquele que fazia as perguntas, de fraude, favoritismo, até mesmo nepotismo. Mas que diacho é nepotismo?, veio do fundo da sala. Era por causa da pergunta sobre o deus grego que fora concebido por uma chuva de ouro e como Joseph era considerado um especialista em grego saberia a resposta com facilidade.

---

* No original, Ordnance Survey, órgão oficial responsável pelos mapas, em Dublin. (N.T.)

— Jesus Cristo — gritou alguém da audiência, mas foi silenciado. Durante nove semanas se reuniram toda terça-feira, se sentaram às mesas indicadas, brincaram, contaram piadas, brigaram, morderam os lápis, se atacaram por não saber essa ou aquela resposta e vociferaram contra perguntas do tipo quantas janelas há na escola vocacional ou que sala de aula tinha um quadro de Granuaile, a rainha pirata. Os eliminados ao longo do caminho receberam prêmios de consolação, canecas de cerâmica que eles batiam na mesa para confirmar ou retirar seu apoio. Sobrava especulação sobre qual seria o grande prêmio, tanto maior quando mais se especulava. Alguns achavam que seria uma vasilha de vidro trabalhado, outros mais por dentro diziam que seria coisa muito grande.

Durante a calma depois do primeiro grupo de perguntas, Derek, o *barman*, um passou pratos com sanduíches como presente surpresa. Estava pau a pau. Joseph e Alfie, o professor, brigando sozinhos por conta de sua erudição, e os outros nas equipes sentados lá apenas para dar apoio moral. Cada cadeira, cada banquinho estava ocupado e os retardatários incluindo Bugler se contentavam em ficar de pé no corredor.

Joseph estava vestindo seu melhor terno e camisa branca com a Srta. Carruthers, o Caco e Eily, a nova funcionária do banco ao seu lado. O lado do rosto perto da lareira estava escaldante e ele bebeu litros d'água. Seu adversário, Alfie, havia tirado o paletó e estava sentado em mangas de camisa, aplicado, ponderado, como um jovem clérigo discutindo algum artigo de teologia com seu próprio grupo.

— Eu errei sobre as esmeraldas — disse Joseph, constrangido. A pergunta fora sobre qual país exportava mais e ele equivocadamente respondera Peru.

— Tentei telepatia — disse a Srta. Carruthers, a voz alta, histérica e repreensiva. Apesar do calor, ela vestia uma gola de pele de raposa e seus olhinhos parecendo botões cor de âmbar pareciam secar Alfie e o homenzarrão ao seu lado, que cochichava em seu ouvido. Sua impopularidade se devia ao fato de que sempre eram os primeiros nos testes e nos grupos de debates. Sempre quando venciam pareciam muito satisfeitos consigo mesmos e apertavam-se as mãos várias vezes, orgulhosos de seu próprio saber.

— Está pau a pau.

— Fica frio.

— Respira fundo — Eily disse. Ela gostava de Joseph, sabia que ele tinha vindo uma manhã ao banco pedir um empréstimo e tinha sido atendido pelo gerente em particular.

— Vou me dar bem se as perguntas forem clássicas ou mitológicas.

— Você vai se dar bem... Ponto final.

Era como se estivessem numa sala de exames com as urnas lacradas sendo abertas, tamanha a solenidade. Dunny ficou em frente ao bar, de braços cruzados, enquanto Derek pedia silêncio — rapazes, moças, rapazes.

— *Qual é a marca de bebida mais vendida nos EUA?*

Joseph olhou de um a um os membros de seu grupo, cada músculo em sua face tenso enquanto ele procurava uma resposta. Seus olhos e os de seu adversário se encontraram e se afastaram.

— *Dê o nome e a idade da mais nova estrela do firmamento.*

Quando saiu a última pergunta, o povo relaxou em seus assentos, aliviado, como se as pessoas tivessem atravessado a salvo um grande perigo e os dois pedaços de papel dobrado foram entregues a Dunny, que se retirou para fazer os cálculos. Pediram bebidas, com Derek tentando parecer imparcial e servindo a todos por vez.

Quando Dunny voltou brandindo as folhas de papel em ambas as mãos todos pensaram que tinha havido empate. Ele avaliou o momento, curtindo sua própria importância, pensando no dever de casa que fizera, semana após semana se esforçando por achar perguntas que nunca tinham sido feitas. Olhou de um competidor para o outro. Os que celebravam agora estavam ansiosos, a sala muito quente, as faixas de néon brilhando e iluminando os rostos, ele pedindo que adivinhassem. Aí, abrindo o calendário caseiro no qual ele anotou todos os resultados, bradou em tom formal: — A mesa quatro marcou 10.94. A mesa cinco marcou 9.72. — Houve aplausos e gritos, gente correndo para abraçar Joseph, compartilhar sua vitória, bebidas derramando das canecas cheias demais e subitamente o homenzarrão subiu numa mesinha redonda gritando "Objeção... Objeção". O resultado, ele garantia, estava errado e anulado por quebra do regulamento.

— Qual? — Dunny falou, seu orgulho ofendido.

— A última pergunta continha duas perguntas em uma... Isso é uma irregularidade.

— Eu faço as regras... E eu as quebro — Dunny disse, triunfante.

— Queremos uma recontagem.

— Pode fazer... Ele acertou as duas e vocês apenas uma. Ele respondeu Bacardi como a bebida mais popular e Protostar como o nome da mais nova estrela.

— Jesus... Era Bacardi? — Eily disse e se soltou na cadeira de volta pedindo a Derek por favor para trazer um Bacardi com Coca-Cola para ela festejar.

— Apostei meu braço no Bacardi — disse Joseph.

— Deixa de ser chorão — Dunny disse quando o homenzarrão se recusou a descer da mesa. Houve gritos e vaias então, as pessoas chamando Maxie, o hoteleiro, para vir com a porra do prêmio.

— Não chegou ainda — disse Derek e foi vaiado, todos concordando que Maxie era um baita sovina assim como a patroa de Maxie e por que não seriam, já que eram estrangeiros.

Quando um carro encostou em alta velocidade Derek pulou o balcão atendendo à buzina que tocava com insistência. A multidão esperou. E então Maxie de chapéu de *chef* de cozinha e a Sra. Maxie ao seu lado entraram carregando algo num cobertor. A Sra. Maxie apagou as luzes como sempre fazia quando trazia um bolo de aniversário ou mesmo uma fatia de bolo de aniversário, enquanto seu marido seguia devagar cantando uma canção de seu país. Primeiro as pessoas especulavam se não seria um bacuri enquanto Maxie abria caminho entre as mesas, abrindo o cobertor um pouquinho, e então ele parou defronte a Joseph e as luzes se acenderam. Era um filhote de galgo castanho-claro com manchas pretas como marcas de tinta no corpo todo, o focinho úmido.

— Cristo — disse Joseph, envergonhado.

— Cumprimentos meus e de Heidi.

— Oh, Breege — Joseph gritou para Breege no canto como se alguma calamidade houvesse se abatido sobre eles.

Então lentamente Maxie tirou o cobertor como uma toga heráldica e pôs o cachorrinho no balcão para todos verem. Parecia tão imaculado, o castanho de seu corpo esmaecendo em um marrom mais claro e as manchas de tinta como se estivessem pingando, os olhos apreendendo esse mundo novo e o monte de gente.

— É demais — disse Joseph então.

— Quer dizer que Heidi e eu podemos ficar com ele? — falou Maxie e fez como se fosse um presente para Heidi. Derek, sem conseguir esconder o que sentia, esmagou umas nozes salgadas no fundo de um saquinho e as espalhou no balcão com um pires de água. O galgo olhou, cheirou e então se decidiu pela água, que bebeu com vontade, derramando as últimas gotas. Os olhos eram verde-claros, de onde o pigmento escuro havia escorrido e tinham a forma de amêndoas.

— Menino ou menina? — alguém perguntou.

— Menina — Cahill, o velho, disse, com delicadeza. A vida inteira ele conhecera galgos e havia criado galgos até que o levaram à falência mas ele ainda os amava.

— Como vai chamá-la? — alguém gritou.

Sugeriram nomes, nomes comuns para cães, e então nomes complicados, nomes de jogadores de tênis e estrelas de cinema e até um nome de santo que foi vaiado.

— Vou chamá-la Cecília — Joseph falou, voltando-se para a Srta. Carruthers, que tinha sido uma partidária tão leal na equipe dele.

— Oh, não — ela falou, cheia de constrangimento e se levantando com lágrimas nos olhos.

— Por que não chamá-la Violet Hill — Morro das Violetas... O lugar de onde ela vem — Maxie falou.

— Tudo bem, Breege? — Joseph disse, e então correndo a mão pela anca do galgo levantou uma das patas e trouxe o focinho para perto dela e a batizou Violet Hill. As pessoas aplaudiram. Acariciando o delicado osso das costas, ele pensou que nunca tinha se sentido tão feliz ou popular em tantos anos, talvez nunca. Olhando para ele Breege pensou: "Ele está feliz agora... Está orgulhoso de si" e olhando na direção de Bugler na porta ela pensou que ele também achava o mesmo.

— Você primeiro vai treiná-la para caçar — Cahill disse e

todo mundo esperou e concordou, porque ele sempre ficava calado até ter algo a dizer.

— Você me ajuda, Cahill?

— Ajudo sim... Vamos ter que fazê-la sentir o gosto de sangue... Deixe-a cheirar sangue porque é o que ela quer... É assim que eles querem.

— É o que você quer, Violet? — Joseph disse e a trouxe para o colo como se fosse uma criança, e a sentiu tremendo por dentro.

Era terreno irregular, o trator sacudindo e abrindo seu caminho pela selva de roseiras agrestes e arbustos, entrançados, lutando para viver, lutando por luz, os galhos arranhando o capô, arranhando seu rosto, fiapos de barba de bode grudando em seu cabelo, os pneus derrapando na lama, então cuspindo e arando adiante.

Ela se sentou atrás, sacudindo de um lado para o outro, uma sensação de sabe lá Deus o quê, a qual lembrava os carros carnavalescos. Bugler tinha lhe dado um tapete que teimava em escorregar de seus joelhos. Ela bem que podia se sentar ao lado dele mas recusou e em vez disso escolheu o carrinho de madeira preso atrás e ficou lá sacudindo e afundando enquanto o trator deslizava no musgo do terreno ou aos solavancos quando as rodas lutavam em outro solo disforme. O lugar cheirava a umidade fria, a limo de folhas, a fungo, um lugar onde ninguém havia se aventurado em anos. Ele dirigia devagar e com grande concentração. Ela sabia que era por causa de suas costas rígidas, os ombros e o jeito como sua cabeça ficava virando de um lado para o outro para se preparar. Vez ou outra ele se virava para olhar para ela com um sorriso grande no rosto mas ela não conseguia ouvir o que ele dizia.

Tinha acontecido por acaso, ela pintando um portão, pintando de prateado porque estava cansada de ver ferrugem e ele passando e perguntando se ela ia dar uma festa.

— Quisera eu — foi o que ela disse e o que o levou a dizer "Sobe aqui... Vamos dar uma volta".

Quando subiram mais alto ouviram o som de um rio. Vinha de longe, intocado e vigoroso e veloz, e então a visão dele tão emocionante lá naquele vazio, um rio profundo cor de violeta, limpo e claro e muito frio. Transitório.

Saltaram e ficaram de pé na corcova da ponte para observar, para se encantar com o jeito como ele corria, tão despreocupado.

— Sempre pensei que rios eram verdes ou marrons — ele disse.

Por uma treliça de árvores havia as ruínas de uma casa, uma cabana, mato e grama brotando no telhado, fruteiras e roseiras ensandecidas, trançadas, desfiguradas, tudo em mutação, em mudança, exceto pelo pezinho de bétula tão longo e fino que parecia uma bailarina solitária.

— Minha mãe costumava falar deste lugar — ele disse, a surpresa em sua voz por tê-lo encontrado sem querer. E passou a contar a ela como sua mãe costumava caminhar morro acima aos domingos, sozinha, para ganhar um biscoito, e um dia, quando ela foi, a mulher estava lavando o cabelo numa bacia e quando levantou a cabeça o rio comprido de cabelos negros lhe deu um ar de bruxa. Sua mãe pensou que a mulher ia ao baile mas era para o asilo que foi mandada.

— Qual era seu nome?

— Tenho vergonha de dizer que esqueci.

Eles olharam para a pequena ruína, absorvida e diminuída pelo mato criado, e para o jardim selvagem, único testemunho de uma mulher cujo nome ninguém lembrava.

No rio abaixo, um salmão saltou da água, se curvou, como uma espada brilhante desembainhada no ar e depois se enfiou na água de novo, e para fora de novo, brilhando, brincalhão.

— Aquele salmão já deu a volta ao mundo — ele disse.

— Como você — ela disse.

O cume tinha o vazio do deserto, sem árvores, sem pássaros, sem abrigo, uma paisagem de um marrom acinzentado, e os dois deles tão próximos como se tivessem se aglutinado e a voz dele baixa, pensativa, dizendo a ela como ele sempre tinha querido voltar porque sua mãe tinha preservado a memória dali viva para eles e instilado nele a certeza de que um dia ele ia voltar para casa.

— Um pouco disto foi seu dote — ele disse e desejou que a pudesse ter trazido de volta antes de morrer.

— Como ela era?

— Linda... Tinha uma bela voz. Havia uma canção que ela costumava cantar sobre uma moça nas terras de um castelo... O Castelo de Dromore. Talvez você a conheça.

— Não conheço.

— Vou tentar achar para você — disse ele.

— Você se sente em casa?

— Agora, sim, aqui... Com você... Mas não de outro jeito... Não sou querido... Dizem que trago má sorte... Não sei por quê.

Sem perguntar ele tirou o casaco e o ajeitou nos ombros dela. — Você está congelando — ele disse. Um rápido calafrio foi sentido por eles, solitário em sua vigília. Curvando-se, ele retirou um talo de grama dura, cor de ocre. E dá para ela. Uma recordação em forma de trança.

Reena está alisando o cabelo com ferro quente, a bochecha quase assentada na tábua de passar, alisando mecha por mecha como se fosse um vestido longo, e inalando o cheiro de limpeza e sabão e imaginando-o mexendo nele. O fogo está aceso, as chamas crepitando e brincando nas paredes caiadas, fazendo sombras engraçadas de coelhos. Abriram uma garrafa de água tônica e a puseram na lareira para aquecer, pilhagem de Desi, o dono do bar, por um beijo no corredor da passagem dos fundos. Louco para ver suas ligas. Ela pôs as de domingo para Bugler, renda preta com rosinhas vermelhas.

Aqui em sua casinha ele vai entrar, ficar de pé no meio da sala provavelmente, olhar em torno, esfregar os olhos e alisar a barba, surpreso de ver como tudo é tão agradável. Acenderão velas para aquele toque romântico extra. Cabelo completamente passado a ferro, sem uma curva ou ruga, ela começa a prender os cachos de organza e se olha em frente ao espelho grande soprando as bochechas rosadas como se soprasse bolhas ou bolas de gás. Não consegue parar de beijá-lo no pensamento, beijo gostoso, beijo animal, não como o estalinho que deu a Desi com seus dentes manchados e sua língua saburrenta, tentando fazer daquilo um banquete.

— Quer parar com essa ansiedade e vestir alguma roupa — Rita diz, apressada e largando as compras — pão de fôrma, manteiga, galinha e patê de presunto e uma torta de maçã caseira com um desenho de cruz na crosta dourada.

— Acho que estou apaixonada — Reena diz, arrumando o último cacho de organza na testa para dar um ar engraçadinho.

— Pára de falar merda.

— Imagina, Ritinha, imagina se ele se apaixonar por mim e eu por ele e tivermos um bebê.

— Agora vê se me escuta, isso é negócio... Está me ouvindo... Negócio.

— Estou ouvindo.

— Feno... E grama... Então pastando... Então um terreno pequenininho... E então um terreno.

— Você é um crânio, Ritinha.

— E você só tem corpo... Espera só ele ver teus peitos.

— Você não gostaria de afogar o ganso dele?

— Se eu quiser afogar o ganso dele, eu vou à luta.

— Imagina! Imagina se eu me apaixonar por ele e você também... A gente ia se atracar e se unhar e arrancar os olhos uma da outra.

— Veste a roupa — Rita disse pela segunda vez.

— Estou coçando. Estou assando.

— Vai lá fora e toma um banho de assento no rio.

— Você foi a primeira a pôr os olhos nele lá nas docas... Você disse que os membros dele podiam quebrar os quadris de uma mulher... Diz para mim, Ritinha, devo usar uma anágua? — ela diz, simulando indecisão.

— Claro que você vai usar uma anágua... Vai vestir combinação, calcinha e anágua combinando... Da nossa saudosa avó.

— Com os botõezinhos!

— Com os botõezinhos.

— Ritinha... Pensa se ele não vier depois disso tudo.

— Ele vai vir... Ele vai vir... Eu sei quando um homem está com fome ou sede.

— Jesus... Estou de cabeça pra baixo... Estou toda arrepiada.
— Vai se lavar e vê se não demora.

* * *

Foi à luz da lanterna que Bugler jogou as pilhas de feno e as viu cair, se imprensando, como adversários difíceis saltando atrás de uma bola.

— Cê é tão boa quanto os homens.

— Somos melhores — Rita disse. A conversa passou a homens e mulheres, a diferença entre os sexos e logo chegou aos homens casados que estavam de volta ao jogo e uma nova massagista, que insistia que seus clientes tirassem toda a roupa desde que ela também tirasse a dela.

— Nós a vimos pela janela... o Guarda Cuddity teve o azar de estar lá — Reena disse.

— Cês são mulheres terríveis todas juntas.

— Nós mulheres terríveis juntas — Rita falou, tirando o ancinho dele quando o trabalho terminou.

Ele sacudiu o feno de si e chutou a poeira da ponta dos sapatos enquanto esperava o pagamento, um meio sorriso nos lábios.

— Entra pra tomar chá — as duas falaram.

— Não vou. Vou picar a mula.

Elas começaram a provocá-lo então, perguntando o que havia que ele não se garantia com mulher alguma e principalmente com tipos tão maravilhosos como elas duas.

— Venho um domingo desses quando tiver tempo.

— Você vai vir agora... Não vamos deixá-lo ir sem uma comidinha — Rita falou, ignorando suas desculpas e falando alto que homens que vivem sozinhos são uns bobos e nem sabem se cuidar direito.

— Amigos... Amigos — ele disse, levantando os braços num apelo.

— Vamos soltar o cachorro — Rita falou, apontando para um pobre vira-lata do outro lado do quintal, gemendo de fome.

— Ele é bravo?

— Ele vai te comer — ela disse e riu e o agarrou para dentro de casa.

Pequenas velas acesas em pequenos arranjos e um fogo forte na lareira foi o que ele encontrou. Enquanto ele olhava ao redor elas apontaram para umas peças herdadas, jarras e vasos sobre a cômoda, uma almofada de veludo em forma de salsicha para tapar a fresta e então Rita sedutoramente puxou uma toalha para lhe mostrar a torta de maçã, feita com suas próprias mãos.

— E então? — Reena falou, sem tirar os olhos dele, dançando, brilhando, duas sombras de amarelo na íris, como um gato.

— Oh, muito bacana — ele falou e ficou vendo-a tirar uma agulha de tricô, aquecê-la no fogo e então enfiá-la no vinho. Rodou-a algumas vezes, tirou-a, o líquido vermelho escorrendo, e o levou às suas narinas.

— Isso tempera ele — disse, piscando.

Logo o fizeram se sentar, bebendo, falando de guardar o gado, os riscos, como os preços mudavam nos mercados de uma semana para a outra de um jeito que uma pessoa nunca sabia e como ordenhar estava saindo de moda.

— Adoro ordenhar... É a minha terapia — disse Rita.

— É a sua terapia — ele falou. Ele sabia que devia sair.

— Estou toda me coçando, Ritinha.

— Por que não troca de roupa, querida... É a porra do feno... Entra nos poros.

À luz de vela em meio a gargalhadas ele viu roupas sendo tiradas e espalhadas pela cozinha, um casaco, um colete, uma saia florida de algodão, que ela foi tirando, ficando sem nada além de calcinha e combinação. Ela caminhou pela sala até ele, os seios rosados à luz das velas, a pele rosada, mas com a dureza de cabaça quando ela os segurou.

— Abre os botõezinhos para mim?

— O que é isso... Magia Negra? — ele falou, meio *blasé*.

— Está com medo da gente? — Rita falou em seu ouvido.

— Ah não, ele é tímido... Eu amo homens tímidos — Reena disse, tomando a mão dele na sua para desabotoar os oito botõezinhos de madrepérola do umbigo para baixo.

Nua agora, ela começa a dançar, o cabelo e depois a cabeça, o torso, num frenesi, os cachinhos de organza caindo por si mesmos e a cozinha agora parecendo uma alcova de farra e irresponsabilidade. Saltando sobre a cadeira dele para alcançar o acordeão no aparador, Rita põe um pé no assento da cadeira e com o outro aprisiona sua virilha. Ela dá uma pausa. Então a mão dele, por conta própria, foi sob a saia até onde ela estava nua.

— Isto é um convite? — ele disse, a mão apenas descansando lá, sentindo o frescor da pele em contraste com o pêlo quente, seu sangue começando a latejar.

— Foi bom? — ela disse quando pegou o acordeão e se sentou num barril de madeira, as pernas abertas, e começou a tocar uma mistura excitante. Reena dançava solta, usando o cabelo como se fosse um fetiche e separando os dedos para mostrar detalhes pintados com hena forte. Quase caiu duas vezes, e então hesitou, recuperou o equilíbrio e finalmente se atirou contra ele, seus braços ao redor do pescoço dele, suas pernas apertando o meio das pernas dele enquanto o beijava com um repertório de sacanagens e palavras excitantes.

Ele sentiu a outra desamarrando seus cadarços e logo tirando seus sapatos e suas meias enquanto ele afundava a bunda no fundo da cadeira para não deixá-la tirar suas calças.

— O que é isso? — ele perguntou.

— Duas pelo preço de uma — Rita falou e começou a procurar, dizendo cadê a porcaria daquele bacalhau e ao encontrá-lo ela o mediu de olho, e então tirou uma régua de sob um vaso e o mediu para fazer graça, dizendo à irmã para não esquecer, para anotar em sua caderneta de medidas dos próximos anos.

— Dá um tempo para um pobre homem — ele disse então.

— Fecha a cortina, Reena querida — ela disse e atravessando-se sobre ele tirou um colchonete dobrado de debaixo do banco do leite, desenrolou e abriu no chão.

— Sou noivo — Bugler disse, procurando os sapatos e meias.

— Besteira... Você montou a esgoelada no estábulo do pai dela, nós soubemos.

Apanhado daquele jeito e com Rosemary chegando antes do verão, ele está numa armadilha.

— Olha — ele começa, ficando sóbrio. — Por que não nos sentamos e conversamos e tomamos um copo de vinho como bons amigos?

— Prepara teu negócio, Reena — Rita disse. Era a senha para Reena se deitar no colchonete, pôr o cabelo para cima e então com cada uma de suas articulações de braços, pernas e membros tentar puxar ele para cima, os movimentos se refletindo na parede como membros de fogo, inflamáveis.

— Pelo amor de Deus — ele diz, se levantando. Rita conseguindo tirar suas calças está agora as pendurando no varal da cozinha ao lado de um vestido de bordado inglês. Ela se afasta então com uma canção.

"Quando eu estava indo à feira de Athy
Vi uma linda anágua pendurada para secar
Tirei minhas calcinhas e pendurei do lado
Para a linda anágua esquentar."

Reena está agora deitada sobre almofadas alisando um lenço de seda para aumentar seus encantos, rebolando e arqueando as costas, como uma serpente, um conjunto de tons diferentes de rosa, toda ela trêmula com a boca emitindo pequenos suspiros ofegantes. Ele olha com um olhar longo e incrédulo.

— Melhor que os lagos de Killarney — Rita diz por trás dele e o empurra para a frente e os braços de Reena se preparam para atenuar a queda dele no fino colchonete.

— Paixão. — Ela o segura um instante acima de si para que ele veja a gula em seus olhos.

— Ao negócio — Rita diz, se ajeitando no barril com o acordeão.

— O coquinho dele encolheu — Reena diz lá debaixo.

— Cuida dele.

— Prende meu cabelo atrás... Está caindo na boca.

— Boa menina... A Ressurreição e a Vida.

De tempos em tempos Reena levanta o rosto para respirar ou para arquear o pescoço, Rita observando com muita atenção, o acordeão no colo, entreaberto com notas ocasionais da música vaga vindo do instrumento até o momento em que ela se agacha, a voz repetindo urgências: — Dá pra ele, Reena... Mostra a ele... O puto rico relutante... Mostra a ele quem é que veste calças nesta casa escondida.

* * *

Quando ele acordou já era quase dia, uma claridade entrava pelo vão da veneziana que ela tinha fechado. Ele se viu levantando e se vestindo e saindo, lá fora, e meu Jesus, que bagunça. Ele ia ter que tirar uns trocados do feno para que elas não saíssem espalhando. Elas dormiam profundamente, dois corpos grudados num simulacro de inocência atrevida, um fio do longo cabelo de Rita em seu cotovelo quando ele tentou se levantar. No barril o acordeão semi-aberto, estranhamente obsceno, as pregas marrons entreabertas como se fosse começar tudo de novo e impedir sua fuga. Ele viu os olhos dela, se apertando, planejando, viajando do rosto dele para o seu corpo e subindo de novo. Era Rita totalmente acordada.

— Que horas são? — ele disse o mais casualmente que pôde.

— É de manhã — ela disse.

— Manhã — ele falou e se arrastou para pegar a roupa da pilha de vestimentas no canto. Suas calças ainda estavam penduradas.

— Há uma torneira do lado de fora — ela disse quando ele se dirigiu à porta e em seguida lhe atirou um pedaço de toalha rasgada.

Depois de se lavar, ele olhou para o céu e tentou imaginar que horas seriam no Oeste da Austrália.

— Bem — ele disse, sua camisa grudando nas costas molhadas.

— Bem — ela repetiu piscando sem parar.

— É melhor fazermos as contas — ele disse.

— Contas de quê! Meu amor — ela disse, com a voz excessivamente melíflua.

— Do feno.

— Ah, deixa disso.

— Eu tive que comprar aquele feno... Não tinha nenhum meu. Paguei caro por ele.

— Você vai ter feno este ano... Bastante. Os belos campos que você tomou de volta... Ou roubou.

— Negócio é negócio — ele falou, zangado.

— Depois do que fizemos por você... Passando manteiga no teu pão dos dois lados... Não somos putas, Senhor... Somos senhoras.

— Senhoras compram o que querem.

— Podemos lhe dar um documento se você quiser emoldurar... E ela se virou e levantou a bunda para ele, murmurando: — *Pog mo hón.*

— Isso é holandês?

— É o holandês local... Lambe meu rabo.

— Cadê sua bolsa, minha senhora?

Ouvindo isso ela começou a gritar e Reena acorda, seus olhos verdes sonolentos como groselhas verdes amassadas e ela ouve a ordem de sentar e testemunhar o Sr. Mick Bugler tentando agarrar sua irmã.

— Estupro... Estupro. — Ela fica repetindo enquanto ele abre a porta e sai.

De pé no galpão de feno ele assobia para se controlar. Os fardos já estavam cortados e agrupados junto da diminuta pilha de feno que havia antes. Ela o tinha feito enquanto ele dormia e nem havia tomado o cuidado de varrer os pedaços de amarrilho colorido.

— Puta... Putas — ele grita, voltando e a porta sendo fechada em sua cara.

— Devolvam minhas calças. — Ele bate na porta até descobrir que elas puseram a música alta para abafar sua voz.

Quando ele dirigia de volta, Rita ficou de pé no quintal, descalça, um cobertor cinza na cabeça, como uma efígie vingadora escavada em argila viva.

— Você vai voltar... Você vai voltar — ela repetia aos gritos.

A manhã tinha um júbilo, o sereno derretendo e levantando

as cercas como gaze esgarçada, pequenos pássaros do tamanho de dedais bobos e corajosos cantando suas primeiras notas desiguais e uma fruteira em flor, os cachos macios cor-de-rosa, balançando para frente e para trás, frente e trás e sequer um movimento em suas terras baixas. Ele dirigiu depressa para evitar encontrar os gêmeos Noonan, que iriam preparar o altar para a primeira missa e ele estava fora da cidade e subindo a estrada da montanha congratulando-se quando oi, uma emboscada do Caco, correndo em sua direção segurando um folheto.

— Cortei isso pra você... É sobre como fazer silagem.

— Puxa-saco... Puxa-saco.

Colocando o recorte de jornal no colo o Caco teve pena — "E os olhos de ambos se abriram e eles sabiam que estavam nus e costuraram folhas de figo para fazer aventais para usar".

Sua risada cacarejante foi até um leito quente de urtigas novas, e um carvalho, onde uma comunidade de pássaros marrons estava agrupada, alguns se arrumando, outros piando a luxúria, com alegria.

Os bichos escorregavam e tropeçavam nas pedras molhadas do curral temporário aonde Boscoe o ajudante nas horas vagas e Joseph os haviam conduzido. À medida que cada um era empurrado à frente para receber sua vacina, Joseph segurava a cara e a prendia entre as tábuas do portão, e então segurava o animal para o veterinário injetar duas vezes. Sinead, o auxiliar, anotava os detalhes de cada animal, o número da plaquinha, a idade, raça, sexo e a quantidade de injeção. Alguns saltavam com a vara, outros faziam diferente, batendo os rabos violentamente em seus traseiros sujos, e alguns se aliviavam repetidas vezes. Goldie tenta em vão subir no curral que havia sido construído com pedaços velhos de cestos de madeira e restos de carroças.

— Um cachorro lindo — o veterinário falou.

— Ela não presta para nada — Joseph falou e a afastou.

Quando o Caco veio subindo a estrada, atrás de sua própria cantoria, Sinead disse que ele tinha umas novidades para contar. Tinham estado com ele lá embaixo na vila quando pararam para abastecer.

— Ele tem fofoca da boa.

— O quê?

— Ele vai lhe contar.

— O Pastor passou a noite com as irmãs — o Caco gritou quando virou a esquina do muro da frente.

— Como é que você sabe?

— Eu o vi... Ele foi para casa depois das seis... e a coisa do gás... ele estava com o terno em que nasceu.

— Puxa vida!

— As irmãs ficaram com as calças como prova.

— Elas são o diabo — disse o veterinário e lembrou Sinead da noite em que foi chamado para ver um filhote doente e o jeito como elas não queriam deixá-lo ir embora.

— Estou decepcionado com ele — Joseph disse olhando de Breege para eles e de volta para Breege.

— Eu não... Ele iria com qualquer coisa de saias — Sinead falou.

— Ah, sim... Mas ele está noivo e de casamento marcado — Joseph disse.

— Continua.

— De quem?

— Uma mulher na Austrália... uma tal de Rosemary.

— E você nunca falou nada — o Caco disse, chateado.

— Ele me pediu para não falar... pediu para guardar comigo.

Breege escuta e dá um pulo involuntário como um dos animais cutucados com a vara. Ficou muito esquisita. Sentia-se vazia. O que é vazio. O que é cheio. Cheio é quando ela não podia esperar a noite quando ela se deitava, juntando momentos, segundos, o aceno dele no trator, o "Tudo bem, Breege" e a lata de cogumelos que ele deixou no degrau, cogumelos pequenos, cor-de-rosa por dentro, tão iguaizinhos, cortados tão certinhos como se uma lâmina tivesse cortado cada um, e aquela outra vez lá embaixo no pontilhão quando uma política de terno marrom descerrou uma placa para as vítimas da Grande Fome e Bugler tinha se virado para ela e dito "Você é mais bonita do que ela". Coisas. Coisas que ela aumentava e das quais teria que abrir mão.

— Vamos ver como elas levam a coisa — o veterinário disse, tirando as luvas de plástico que Sinead dobrou de novo para ele.

— Não queremos nenhuma doente... Não queremos tumores... Isso me quebraria — Joseph falou.

— Com certeza você tem pilhas de dinheiro — o veterinário disse e pulou a cerca e então arrastou Sinead para fora aos gritos e gargalhadas sobre o que sua mulher diria.

— O que há com você? — Joseph perguntou a Breege, ralhando com ela. — Você está a quilômetros de distância, você sempre traz café e bolo para as pessoas.

— A gente come quando voltar — Sinead fala.

— Você sempre lhes dá café e bolo — Joseph repetiu, ainda mais sério.

— Ah essa agora... Ela está provavelmente pensando no presentinho que vai dar a Bugler... se seria melhor um edredom ou uma roupa de cama... não é gatinha?

O dia ainda ia se arrastar. E então a noite. Esvaziando. O vazio.

Lady Harkness não o convidou a entrar, apenas lhe mostrou a mão. Ano após ano Joseph se sentava naquele pequeno escritório com paredes laqueadas de vermelho, dois aquecedores, um tapete nos joelhos, o livro aberto e a caneta e a tinta prontas para marcar a data da renovação. Ela até lhe servia um cálice de *sherry*. Por uns bons dez anos ele havia arrendado dela o pasto do campo à margem do lago, tinha mantido metade de sua criação lá. Era um bom campo, melhor que grama da montanha, mais doce. Ele adorava ir até lá, ele brincava com Breege que tinha dois reinos, um na montanha e outro no vale. Às vezes nas noites de verão ele se sentava e olhava para a água, pontilhada de ilhas, refletindo e pensando que Deus o havia assentado em um dos recantos mais lindos da terra. Não mais. Ela falou de pronto, disse que infelizmente tivera uma oferta melhor pelo campo e fora em frente.

— Eu cubro — ele disse.

— Eu dei à outra parte a minha palavra.

— Posso perguntar quem é a outra parte?

— O Sr. Bugler — ela disse, irritada por estar sendo questionada assim.

— A senhora podia ao menos ter discutido o assunto comigo.

— Esse sujeito Bugler foi tão insistente, veio aqui, telefonou, tão agradável.

— Mas a senhora e eu somos amigos há muito tempo... Breege vem sempre te ajudar.

— Eu sei. Eu sei... Sou uma velha boba... Tudo que eu pensava era — o telhado está podre, a estufa caiu, a quadra de tênis está que é só urtiga.

— Mas a senhora ainda podia cancelar essa decisão.

— Oh, não... Não ficaria bem — ela disse e então se levantou, e de forma incisiva o levou para fora.

Ele estava no degrau quando ela mencionou que gostaria que ele removesse seu rebanho nas próximas setenta e duas horas já que o Sr. Bugler estava ansioso por tomar posse.

Ele ficou parado no terreno escuro, mais sombrio ainda pela cerca, um labirinto de pés de rododendro, não sentindo ainda a raiva quente que viria a sentir, apenas uma certa infelicidade como se fosse uma criança posta para fora e tudo feito assim tão habilmente, com tamanha categoria. Ele ia perder dinheiro naquele rebanho como qual esperava fazer uma grana.

Passou pelo Bar de Nelly prometendo a si mesmo não entrar porque se entrasse ia falar bobagem. No final da rua encontrou o Caco subindo com duas lebres mortas que esperava empurrar para o casal holandês que dirigia o hotel. Logo estavam no bar, ele contando aquilo, o Caco dando força, interjeições de um ou do outro sobre Lady Harkness pendurada de jóias, louca por homem, sempre fora. Alguns tinham visto Bugler entrar lá mais de uma vez e quase sempre à noite.

— Ele é um ladrão... É isso o que ele é — Joseph disse.

— O que você vai fazer, Joe?

— Vou ter que vender os animais.

— Você não vai vender, vai dar, nesta época do ano.

— Eu sei... Mas não dá para arrumar grama. Não há grama para alugar e não há feno.

— E você e ele, cês não eram amigos?

— Amigos! Ele podia estacionar o trator quando queria...

Pegava madeira para o fogão... Minha irmã levando ovos e bolos para ele...

— Ah, ela é assim com ele... É por isso que ele lhe deu carona.

— Que carona?

— Ela andou de trator com ele... Lá pro alto da montanha.

Ele ainda estava ouvindo quando se encostaram ao balcão onde duas bebidas de cortesia os esperavam; ouvindo, sentindo numa calma chocante a turbulência que começara a subir, digerindo a enormidade daquilo, o silêncio dela mais revelador, mais significante do que o veneno com o qual estavam tentando desassossegá-lo.

Ele provou uma das bebidas, passou a segunda para trás e depois de uns goles disse, com a voz ansiosa: — Estou indo.

Viram ele sair.

— Rau, rau, os cachorros fazem au, au — disse o Caco, acrescentou: — Pobre Joe, pobre Corno.

* * *

Encontrá-la fora de casa agravou a raiva de Joseph. Ela estava na leiteria desativada selecionando uma pilha de cebolinhas, suas cascas rosadas à luz do lampião exalando um brilho perolado. Ela era a cara da alegria, sentada numa caixa emborcada, o rádio tocando, conversando com Goldie. Tudo que havia sido insinuado virou verdade, virou fato. Quão cego ele fôra por não ter notado a mudança na aparência dela, o brilho, pontas de cabelo presas com um pente de tartaruga e outras pontas soltas, chamativas.

— Qual o problema? — ela disse, vendo seu rosto tão branco, aquele branco estranho de fusível queimado, preocupação com alguma coisa e uma raiva dela.

— O puto.

— Quem?

— Quem! O seu Pastor foi lá na Lady Harkness há duas noites e alugou o campo do lago às minhas costas... o campo que eu venho alugando há quatorze anos.

— Quem disse isso?

— Ela me disse... Ela mandou me chamar... Tenho três dias para tirar meu gado para que o rebanho de *pedigree* dele possa entrar... em três dias, setenta e duas horas... você nunca mais vai lavar a roupa dela.

— Acalme-se, Joseph.

— É verdade que você foi de carona para a montanha com ele... para o mato?

— E daí!

— Sentada no reboque atrás do trator... como Cleópatra em sua carruagem... você esqueceu de me contar... fugiu de sua memória.

— Eu não tenho que lhe dizer tudo — ela fala com a maior calma.

Então como um soco no estômago:

— Ele foi cavalheiro?

— Mais cavalheiro que alguns.

— Espero que você tenha mostrado a ele os limites entre as terras dele e as nossas.

— Eu nem mesmo sei quais são... não mais que você sabe — ela disse, e o sarcasmo do que disse foi demais para ele.

Ele se tomou de um ódio cego e a esbofeteou uma vez, no rosto, uma pancada dura como castigo de mestre-escola, mas, quando ele viu seu braço nu se elevar indefeso para se defender, ele se afastou e olhou para a palma da mão, controlando-se. Estava vermelha da pancada, a cor na mão e a do rosto fazendo dois Josephs, o furioso e o envergonhado.

— Pense no futuro... Como você seria infeliz com um homem daquele — ele disse e saiu. Ela podia ouvir a torneira de fora jorrando enquanto ele molhava o cabelo e o rosto para se acalmar, e daí ela ouviu a caminhonete cortando o quintal, derrapando nas pedras gastas e passando pelo pontilhão marrom que balançava de tantas daquelas saídas e chegadas apressadas.

— Ele me bateu... Ele me bateu — ela disse mal-humorada para Goldie enquanto começou a recolher as cebolinhas caídas no chão.

Mas ela não estava zangada por dentro. Estava com medo. Eles a perseguiriam e com sede de sangue tirariam dela aquela delicada vela iluminada de esperança.

— Vou ter que esconder o que penso, o que sinto... do jeito que você esconde nozes no outono — ela disse a Goldie.

Eu queria sair e deixar Gypsy solto e persegui-lo até em casa, mas não tinha coragem. Ele latiu e latiu a noite inteira e eu podia vê-lo sentado nos quartos traseiros latindo até as vísceras saírem. Era um cão de briga. Brigava com todo mundo. Ninguém sabia exatamente de onde Bugler o tinha trazido, ele simplesmente estava lá uma manhã à frente do trator, como um mascote, ganindo, um vira-lata, magro e manchado, tanto que o certo era tê-lo chamado Spot mas em vez disso Bugler o batizou Gypsy. Meu irmão o detestou desde o início, disse que nem parecia um cachorro, era mais como uma lebre com as orelhas pontudas, ou um bacuri pronto para assar. A implicância de meu irmão com Bugler se revelava em Gypsy. Ele reclamava de como ele corrompia nossa Goldie, a fazia irrequieta, a chamava para fora à noite. Ele esqueceu que por horas seguidas os dois cães se deitavam lado a lado sob um muro ou outro dependendo do sol, deitavam lá quietos, se mexendo somente quando o outro se mexia, para latir para um carro a distância ou pular quando eu chegava com seu jantar. Ele dizia que tinha que dar uma lição ao cachorro. Ele só falava "aquilo", sem dar o benefício de macho ou fêmea. Era macho, Gypsy, e vinha à noite levar nossa Goldie para fora. Andavam quilômetros e voltavam de manhã sonolentos, satisfeitos e com sangue nas bocas. Gypsy sabia aonde ir, onde achar raposas ou cordeiros ou ovelhas feridas. Joseph o pôs em um estábulo vazio dentro de um saco, cobrindo-o para abafar os rugidos, buracos no saco para impedir que morresse.

À noite ele chorou e Goldie no calor da cozinha chorou de volta. Era a primeira vez que ela dormia dentro de casa e assim devia estar bem contente da vida. Os gritos de fora foram ficando mais solitários, mais tenebrosos quando a noite chegou, eles me comiam por dentro.

De manhã o trator irrompeu pelo quintal a uma velocidade terrível, lama voando das rodas e Bugler já de pé no assento, pronto para saltar.

— Quero falar com seu irmão.

— Ele está dormindo — eu disse, falando da janela da frente.

— Chama ele.

— Posso falar com você? — eu falei.

— Não, não pode — ele disse, com hostilidade na voz.

De dentro eu os vi discutindo. Joseph ficava tirando o chapéu para coçar a cabeça e o pondo de volta. Mau sinal. Por engano ele o pôs de volta num ângulo esquisito, desabusado. Então ele se postou perto do trator como se fosse montar nele, para desmontar seu adversário. Dava para adivinhar a linguagem, os males de anos e os males recentes todos empilhados juntos. De repente Bugler começou a rir, com certeza debochando da falta de jeito de um homem brigando encostado numa máquina, a imbecilidade pela metade de pensar que um pé calçado em chinelo arranhado de espinhos podia chutar um pára-lama. Quando Bugler desceu eu sabia que eles estavam se medindo e que isso podia acabar em socos. Meu irmão deu as costas, foi ao celeiro e voltou com Gypsy, que ele tinha agarrado pelo cangote, e o jogou do outro lado do terreiro com um movimento maldoso.

Voltando para dentro de casa ele me mandou pegar um caderno e somar todos os passeios, todos os favores que Bugler tinha feito por mim. Íamos reembolsá-lo. Pegando uma jarra de leite da mesa, ele começou a beber dela, mas a devolveu à mesa com nojo.

— Este leite está azedo... está podre — ele disse.

— Não posso fazer nada se a geladeira está quebrada e ninguém vai vir consertá-la... Não posso fazer nada.

— O que as pessoas faziam antigamente... o que nossa mãe e nosso pai faziam antes de ter geladeira?

— Olha, eu sei que você está zangado e por quê.

— Você não sabe a metade da história.

— Não podemos mandar dinheiro... é uma ofensa.

— Você continua apaixonada por ele — ele disse com severidade.

— Eu não estou apaixonada por ele — eu disse em um surto de desafio mas o rubor me denunciou.

Tirar o leite da jarra deu uma sensação estranha, parecia vivo, como um plasma em minha mão.

Olá Breege

O CASTELO DE DROMORE
Ventos de outubro choram ao redor do Castelo de Dromore,
Ainda assim há paz em seus corredores amplos,
Que guardam meu tesouro amado.
Ventos de outono podem definhar e morrer,
Meu botão de primavera é você.
Canta lalalá, laralá, lalali,
Canta lalalá, laralá, lalalu.

Não há vento mau para nos separar, meu amor indefeso e eu —
O mau espírito das margens de Blackwater, a feiticeira louca de Clan Eoin
E a Virgem Maria de mim tem piedade, na graça do Céu ela está,
Canta lalalá, laralá, lalali,
Canta lalalá, laralá, lalalu.

Espere para florir, minha Rosa de esperança, no jardim de Dromore;
Cuide-se jovem Águia — até suas asas estarem prontas para alto voar

É só mais um pouco e então nossa terra estará plena de tudo.
Canta lalalá, laralá, lalali,
Canta lalalá, laralá, lalalu.

Isso foi deixado na pequena plantação dentro de um envelope.

O Salão de Beleza de Josephine fica aberto o ano inteiro e ela se orgulha de não depender dos visitantes de verão que entram e saem, sentam na parte externa do hotel comendo seus sanduíches tostados e tirando retratos.

O salão ocupa metade de uma casa geminada com um quintal cimentado atrás com um galpão de carvão e na janela da frente um cartaz com uma morena e um mostruário de cabelos de náilon, pequenos apliques, variando do louro-cinza ao negro total. Naquele pequeno cômodo forrado de fórmica com cheiro de amônia e *spray* de cabelo fala-se de tudo. Josephine é a primeira a saber quem está grávida ou abortou, a primeira a descobrir segredos terríveis demais para serem contados. Amantes são sua especialidade, amantes clandestinos se encontrando em seus carros. De Josephine as pessoas dizem: "Ela entraria nos estômagos alheios para saber as novidades." Ainda assim eles confiam nela porque não há outro jeito. Algo nela convida a isso, seu jeito maternal, seus braços fortes com um chumaço saudável de cabelos nas axilas e seus lábios finos sempre abertos como se bebesse seus ouvintes. Seu ponto forte é que ela sempre concorda, nunca contradiz, sempre fala "Tá certo... Tá certo", independentemente do que ela pensa por dentro.

— Adoro quando estamos só nós — Lady Harkness fala. Ela o diz fielmente toda semana enquanto esfrega as mãos para exibir suas pulseiras, a inveja de todos, até mesmo de Josephine, que brinca dizendo: — Deixa essas aí pra mim no seu testamento. — Às vezes ela até lhe dá um beijinho. Lady Harkness só vem às quintas-feiras para evitar os comunistas e geralmente está lá uma mocinha simpática, Fiona, que acabou de ficar noiva e tem ataques nervosos em casamentos.

Quando Josephine olha e vê Breege perscrutando pela janela ela pisca e diz: — Adoraria botar as mãos naquela cabeleira.

Lady Harkness, embora tratada e pronta para assar sob o secador, reluta em ir por causa das dicas maravilhosas que Josephine está dando sobre casórios. Ela viu num número especial de uma revista para noivas — Vestidos de Noiva, A Caixinha de Beleza das Noivas, Segredos para Noivas e Papéis de Carta para Casamentos. Ela lê com excitação.

"A última moda não é mais insistir em casar em junho, porque os hotéis, sem mencionar os amigos, vão estar todos apinhados. Saia do junho tradicional e do vestido branco tradicional para algo mais excêntrico. Seja uma lançadora de moda."

— Sem vestido branco — Lady Harkness se horroriza e grita quando Josephine revela a alternativa — "*Shorts* de cetim azul-gelo".

— Fala de novo.

— *Shorts* de cetim azul-gelo.

— Isso é diabólico — diz Fiona. Ela vem pagando dez libras toda sexta-feira a um estilista em Limerick e não quer ouvir essa bobagem de *shorts*.

— Tem também uma mudança radical do anel de ouro tradicional.

— Heresia — fala Lady Harkness, sua orelha esquerda e seu maxilar esquerdo para fora do secador para não perder nada. Metade do rosto está vermelho-escaldante, a outra metade menos e seu escalpo está dolorido devido aos dentes afiados dos rolinhos.

— O que mais? — pergunta Fiona, azeda.

— Dome aquele biquíni novo antes de ir.

— Como você doma um biquíni?

— Aqui não diz... Diz somente para tomar cuidado na lua-de-mel com a terrível dor de cabeça de insolação que vai estragar toda a brincadeira e também para ficar atenta para que o sol alcance aqueles dois pontos perigosos na alça do sutiã e na lateral do biquíni para ter um bronzeado por igual.

— Donal e eu vamos acampar no Oeste... Subir morro... Detestamos tomar sol — diz Fiona, que fecha a revista. Breege está em pé lá fora ouvindo tudo.

— Você está muito calada, Breege — fala Josephine em sua voz ultra-simpática. Ela percebe o rubor. O rubor de Breege é algo característico, de um tipo de rosa muito raro e delicado e parecendo se espalhar por suas bochechas de uma forma destemperada.

— O que você escolheria para seu casamento? — ela então pergunta.

— Nunca pensei nisso.

— É porque você não se interessa por homens — Fiona fala.

É demais para Lady Harkness, tudo muito triste, e desafiando as regras de Josephine ela sai do secador para dar uma palavrinha com Breege. — Não se interessa por homem... Minha querida, na sua idade eu nunca estava na vertical. O dia em que acontece, Breege, você vai saber. E você tem que me telefonar... Prometa... Nada no mundo pode parar a natureza. Quando moramos no Norte da Inglaterra um fazendeiro local tinha um casal de pavões e o macho vinha ao nosso celeiro porque deixávamos comida e água para nossos próprios pássaros... Ele se servia e freqüentemente ficava uma semana de cada vez... Mencionamos isso ao fazendeiro e ele disse: — Minha senhora, quando a primavera chegar as galinhas vão querê-lo e ele vai vir para casa — e dissemos: — Como ele vai saber que as galinhas o querem — e o fazendeiro piscou: — Ele vai saber... ele vai saber. — Será assim mesmo, Breege... Você vai encontrar o homem que você já encontrou em seus sonhos e vai ficar toda derretida... Vai se derreter em seus braços... Foi assim com meu amante americano, os outros dois eram amizade... Argh para a amizade... Você vai querer ficar toda derretida... Ele era um crápula, é claro, mas valeu a pena... Um verão de felicidade total. Sempre me lembra o cheiro de ervilhas doces... As janelas do meu quarto abertas depois do almoço... Ele escapulia dos outros hóspedes e subia... Meu encanador, ele se apelidava, meu encanador de emergência e meu pobre Clifford, lá embaixo jogando gamão... E ele sabia mas me amava, me amava tanto, ele sempre dizia: — Se você compra um canário tem que deixá-lo cantar. — Na verdade é feio mas uma delícia.

— Lady H, vou precisar do secador para Breege daqui a pouco.

— Desculpe, Jo... Desculpe. — Lady Harkness imita uma garotinha medrosa e se encolhe de volta embaixo da cúpula de vidro, piscando sem parar em desculpas fingidas.

— Então você está prestes a ser tosada — Josephine diz.

— Só quero lavar e arrumar.

— Estas pontas estão todas quebradas... Não posso deixar você sair por aí assim, nenhuma cabeleireira deixaria. Ignorando os protestos de Breege ela pega a tesoura e corta depressa os pedaços como pequenos pontos de interrogação no chão junto com outros cabelos cortados antes.

— Não quero cabelo curto — Breege fala, se levantando. Está à beira das lágrimas.

— OK. OK. Então quem é o felizardo?

— Ninguém.

— Há, sim... Acabei de ter um de meus palpites. — Limpando as lágrimas com o indicador, ela caminha pelo salão, em triunfo.

— Lágrimas — ela diz.

— Josephine, você é grossa — Lady Harkness fala.

— Só estou brincando — ela diz, mas quando tem Breege presa no lavatório continua querendo a resposta. Ela espera que não seja o novo professor da escola técnica com seu casaco surrado e dieta macrobiótica. Ela chegou à conclusão definitiva de que é alguém recém-chegado. Ela examina um lado da rua e depois o outro, fora das duas estradas, a estrada do lago, a estrada da capela, e então sua adivinhação a leva montanha acima e de repente descobre quem é, relembra aquele rubor e desânimo na noite do baile, se escondendo no quarto de vestir com a Sra. Flannery.

"É o Pastor... É o Pastor", ela diz para si mesma. Mal pode esperar a hora do almoço, para ter suas senhoras penteadas e prontas e ela poder fechar a loja, ir à cozinha, fazer uma xícara de chá e então se sentar e telefonar para o Caco Velho. Dinamite. Ela não vai contar tudo de uma vez. Ele vai ter que adivinhar. Ela vai extrair dele na brincadeira. Vai lhe dar uma ou duas dicas e tirá-lo de si. Ele vai morrer porque ela descobriu primeiro. Vai matá-lo de todo jeito. Ele sempre mancando atrás de Breege e mandando cartão de dia dos namorados e se escondendo atrás dos loureiros para vê-la pegar a correspondência com o carteiro e então abrir as cartas.

"Vou preparar uma armadilha pra ela." No momento em que Josephine lhe contou, o Caco ficou desesperado. Podia ser. Ivory Mary e Mickey Estonteante. Podia ser. E ela tão pudica e sua camisola branca comprida no varal que ele sempre ia tocar, imaginando-a vestida com ela à noite com uma vela ao lado da cama, e ele entrando pela janela e assustando os "Jesus Seja" para fora dela, levantando a roupa para ver suas pernas brancas e suas coxas brancas e sua Maria cabeluda. Podia ser. Ele devia ter desconfiado no Natal. Ela comprou três pares de meias no armarinho e Joseph só ganhou dois. Bugler e ela se encontrando o tempo todo, em qualquer lugar, em todo lugar, uma aranha entrando na teia dela, olá fuc fuc, seu rito de primavera. A casa dos barcos, ele achava, podia ser uma das camas deles. Fácil como dois mais dois. Bugler tinha motivo para ir ver seu rebanho de *pedigree* e ela ia duas vezes por mês ver os túmulos para cortar a grama e ajeitá-los. Na casa de barcos, a fudelança, um lírio d'água enfiado na boca dela e Bugler castigando a bunda dela. Ivory Mary já era. Mary Magdalene agora. "Vou preparar uma armadilha pra ela."

*

Foi mais ou menos um mês atrás que ela viveu esse estado alterado, essa vertigem, achando mensagens aqui, lá e acolá, para a tirar do sério e confundir. Ela tinha um segredo, uma bolsa de segredos.

"Paz Ó Rainha
Vou me elevar à montanha de mirra
Ao morro de incensos
Você é toda linda minha querida
Sem mácula qualquer
Meu amor é luz que ilumina as sombras
À noite penso em você
Nos murmúrios de sua boca."

Sua energia era pródiga. Ela pintava janelas e os painéis de madeira e o corredor que eram de um tom triste de azul agora eram de um dourado luminoso.

— Você está com ouro na cabeça — Joseph lhe disse.

Antes que ele acordasse ela estava em sua pequena plantação, procurando, lendo, relendo, decorando e escondendo tudo numa bolsa velha que guardava sob os loureiros. A primeira comunicação fora intrigante — "Eu te observo e". Era em letras maiúsculas e tinha sido deixada no quarto da ordenha ao lado da velha cremeira onde ela guardava ovos e legumes para ficarem frescos. A segunda veio numa folha grande de papel, dobrada em um quadradinho bem-feito. Ela a achou quando saiu uma noite para buscar madeira e leu atrás da cozinha sob uma luz fraca.

"Ó você Rainha de Sabá
Ó noiva preparada."

A página estava com marcas por ter vindo de um bolso sujo. Ela a levou para cima, leu de novo, pensou em deixá-la sob o travesseiro mas estava tão intrigada com ela que a trouxe quando desceu à cozinha, onde Joseph estava jantando.

— Você parece descontrolada — ele disse e temendo que ele visse o papel dentro da blusa ela correu e o jogou no fogo. Ela podia ver a forma e a curva de cada letra, vogais e consoantes e o modo como as duas linhas se afastavam uma da outra, desapontada apenas porque a tinta era fraca. "Ó noiva preparada." Se recurvando agora em uma meia-lua de cinzas pálidas.

Na cama ela se permitiu saborear. Devia ser Bugler. Tinha que ser. Afinal, ele tinha deixado as letras da canção secretamente como aquela e em outra manhã uma lata de cogumelos frescos. No sábado à noite quando ela voltou da missa foi à leiteria sabendo que algo estaria lá à espera. Ela sentiu enquanto rezava. O que chegou primeiro a ela foi o cheiro, um cheiro forte de tomilho, uma coisa meio sugestiva, um galho verde-escuro colocado ao lado da carta, perfumando as palavras:

"Diga-me meu amor verdadeiro
Por onde você anda
Onde você se inclina ao meio-dia
Segue as trilhas das ovelhas

E roça seus cabritos
Junto às cabanas do pastor."

Que ele tivesse ousado usar a palavra pastor era mais uma prova e ela andou para cima e para baixo do quintal para controlar os nervos.

Aquela noite em sonho um pássaro se deitou junto a ela no travesseiro, seu bico macio, não pontiagudo, e de seu bico macio gotas eram esguichadas em seu ouvido. Eram gotas de ouro. Dentro do sonho ela ouviu Joseph dizer "Você tem ouro no cérebro Breege". De manhã o pássaro se fora. Segunda-feira ela foi à vila perguntar sobre o vestido. Ela o tinha visto o verão inteiro em um cabide do lado de fora do armarinho da Sra. Bolan, os locais e os visitantes parando para o admirar. Era crepe da China preto com rosas de tecido aplicadas nele todo, e aquilo a distância parecia rosas de verdade florindo. Somente de perto dava para ver o trabalho caprichoso de agulha, o fio vermelho misturado com ouro.

— Lembra do vestido preto — ela disse. A Sra. Bolan lembrou, levantou as mãos numa exclamação e falou "E como não".

— Já saiu?

— Bem, saiu mas uma manhã ele estava de volta na soleira — e correndo até o fundo, ainda resmungando, voltou com ele no cabide, um maço de papel branco ao redor da gola para não deixar sujar.

— Ele não estava esperando por você? — ela diz a Breege, e levantando o cabide calcula que vai ter que encurtar por volta de seis centímetros. Já no vestiário ela mudou de idéia, disse que o comprimento estava perfeito, batendo no meio das canelas, o que favorecia uma jovem. Lá dentro, ambas espirravam incontrolavelmente por causa dos fardos de tecido de cortina empilhados contra a parede.

— Foi feito pra você — a Sra. Bolan disse, acrescentando o provérbio que diz que não é preciso dourar a pílula. Diferentemente de outras pessoas mais velhas, ela não implicava com o estilo dos jovens, ou com as manias que passavam por suas cabeças. Ela atribuía sua cabeça aberta ao fato de que lia romances e estava sempre atazanando a bibliotecária atrás de outro livro de Tolstoi. Era seu favorito porque o livro durava um inverno inteiro e ela amava ler sobre bailes e caçadas e Natacha fugindo na calada na noite. Ver Breege, o rosto cor de creme e os olhos negros como tinta, a lembrou de Natacha e de ser jovem novamente e de seu marido a pedindo em casamento enquanto passeavam de bicicleta na estrada do lago.

— Qual é a ocasião especial? — ela disse então.

— Oh, não é nada — Breege falou evasivamente.

— Ah, anda logo... um vinte e um ou algo assim?

— Posso pagar à prestação? — Breege falou.

— Claro que você pode pagar à prestação... para isso são os amigos — a Sra. Bolan falou, e então abriu o zíper, ajudou-a a se despir e já na loja o dobrou com muito cuidado e o pôs em uma caixa de papelão, como uma boneca dormindo. Era tão bonito, tão sereno.

— E é claro que, se você não vier pagar, eu sei onde te achar — ela falou piscando enquanto anotava no livro-caixa o primeiro pagamento de cinco libras, e tirou um calendário rudimentar para as quantias devidas nas sete semanas seguintes.

Breege o escondeu no fundo do armário com casacos e um travesseiro para esconder da vista. Joseph tinha seu próprio guarda-roupa mas por algum motivo guardava seu melhor terno e seu casaco no dela. Depois que ele foi dormir ela saiu da cama e o vestiu. Até as rosas pareciam respirar na frente de seu estômago. Quando Bugler o visse ele saberia que era novo, cheirava a novo.

Para evitar a umidade ela trocou o esconderijo das cartas. Trouxe uma lata de biscoitos da casa e a pôs na leiteria, acrescentando cada uma que chegava.

"A uma égua dentre a cavalaria do Faraó.
Eu te comparo minha querida
Suas faces adornadas com franjas
Seu pescoço com colares
Sua fenda um arbusto de romã."

Ela procurou no dicionário de Joseph — "A romã tem sido conhecida do homem desde tempos imemoriais; bastante reconhecida como um símbolo da fertilidade, possivelmente por causa do grande número de sementes dentro da fruta. Os fenícios a levaram da Ásia Ocidental para Cartagena". Ele havia pedido um encontro para domingo às duas da tarde.

Ela escolheu o canto do campo que era mais distante da estrada. Não havendo muro para se sentar ela empilhou algumas pedras e fez um assento. Estava abafado. O vestido era quente assim como suas meias pretas. Ela estava vestida para ambiente interior e noturno. Onde quer que ela se acomodasse o sol vinha em cima. Não havia qualquer sombra por ali. Metade do campo tinha sido arada e a terra parecia zangada e revoltada por ter sido revirada. Em contraste a grama nova parecia beber o sol e devolvia raios de uma luz esverdeada dourada. Ela ouvia sem saber se ele viria de trator ou a pé. De que falariam? Não de Cartagena ou de romãs, nem da montanha de mirra e nem de sua montanha com a face rochosa e bocados de terra nas fendas. Um gato preto apareceu no meio da relva se escondendo para olhar para ela, uma curiosidade equivocada. Gatos pretos que se supunha trouxessem boa sorte.

Logo ela percebia que ele não viria e que aquelas cartas não haviam sido escritas pela mão dele. Se sentiu indefesa, indefesa para se levantar embora o sol castigasse um lado de seu pescoço.

* * *

Joseph estava cochilando no degrau de fora quando o telefone tocou. Ele resolveu deixar tocar, achando que era Lady Harkness tentando convencer Breege a fazer tortas e pãezinhos para ela. Parou mas recomeçou quase imediatamente e ele entrou em casa exasperado. Não havia hesitação, era apenas uma voz, uma voz de mulher falando alto demais, entusiasmada demais, dizendo: — Você devia saber onde sua irmã está... olha na leiteria e vai encontrar. — Então uma gargalhada do outro lado e o telefone foi desligado.

Lá fora na leiteria ele sabia quando levantou a tampa da caixa de biscoito, sabia pelo cheiro de tomilho, anunciando o caminho das cartas que ele imaginava que seriam sentimentais. Quando leu as primeiras poucas palavras ele as largou, mortificado pela rudeza, pela grosseria, as insinuações, o golpe.

Ele a encontrou na estrada, mas ouviu seus passos antes que a visse, os saltos altos atrevidos na superfície quente de poeira cozida. Então ele a viu como nunca vira antes, uma Jezebel dentro de um vestido colante com um risco de queimadura de sol na forma de peixe descendo pelo pescoço. Ela sorriu para ele para o desafiar mas não houve desafio quando viu seus olhos.

— Sua puta.

— Pelo amor de Deus Joseph — ela disse e passou por ele. Ele caminhou atrás dela estudando as cintilações em seu cabelo castanho, tentando ler seu corpo através da flexibilidade e da costura de uma das meias pretas que estava retorcida onde ela havia se ajeitado com pressa. Era como uma aranha rastejando perna acima até desaparecer sob a bainha ondulante de seu vestido de Jezebel.

— Igual a uma mulher de rua — Joseph falou quando a empurrou contra a parede da cozinha. Ela não respondeu porque não deu tempo.

Ela viu o que estava vindo e que estava indefesa para se prevenir. No fundo dos olhos dele ódio, aquele ódio cego que é o oposto do amor. Ele a esmurrou com ambas as mãos, esmurrou selvagemente e na fúria cega as mãos às vezes não a alcançavam. Ele riu, gargalhada amarga impiedosa, e a desafiou a admitir que sim, sim, ela teria se atirado nos braços de Mick Bugler, faminta. Seu humor piorou ainda mais porque ela se recusava a responder. Ele a agrediu agora perversamente. A confissão era fundamental para ele. Se não admitisse o que fizera, aquilo ficaria dentro dela, como uma criança, como a semente bastarda de Bugler a contaminando. Quando ela se recusou a responder ele agarrou a coisa mais próxima — uma escova de roupa — e com a parte de madeira bateu em seu rosto, o rosto com que ela sinalizara sua libertinagem. Ao ouvir seus dentes rangendo ela pensou que estavam quebrando e se virando para o evitar ela caiu e bateu com a têmpora na quina da mesa da cozinha. Num rasgo de sanidade ele estancou à visão do sangue.

— Jesus sagrado — ele disse cobrindo os olhos e ela passou por ele e subiu as escadas e chegou ao vestíbulo do quarto.

Não havia outra chave e ela parou de costas para a porta sentindo com a mão o sangue empapando seu cabelo e escorrendo pela fronte, sem sentir dor alguma, apenas a enormidade do que havia acontecido. Em uma hora de um domingo abafado, uma vida inteira de esperança e de esperança surrada e descoberta.

Quando ouviu o carro dando partida ela passou para o banheiro, pôs uma toalha na cabeça, segurou com um chapéu de palha velho, sem ousar uma vez sequer se olhar no espelho. No quarto puxou uma cadeira e uma cômoda para prender a porta mas sabia que ele podia arrombá-la se quisesse. Ela ainda estava sentada lá quando a escuridão desceu e as vacas por sua própria conta vieram para o terreiro esperando a ordenha. Não havia ninguém para as ordenhar porque ela não iria descer. Frases das cartas vinham fustigá-la.

"Olha para o alto dos altos estéreis
Existe algum lugar onde você não tenha sido violada?"

Como ela podia não ter suspeitado? Como podia ter acreditado que Bugler, tão taciturno, teria um dia se expressado daquela maneira. Ela baixou a cabeça ao lembrar da espera, se abanando inutilmente com sua própria mão quente, ensaiando as primeiras palavras tímidas, e então o gato passando, sem vergonha, pela grama, um gato preto com uma pata branca e ela o espantando e ele ficando lá com um olhar malicioso de quem sabe, e depois fugindo, rápido como um mensageiro. Um gato preto que era para trazer boa sorte.

Ela agora viu tudo com clareza. Havia o Caco que teria conspirado com Josephine e outros esperando para a flagrar para poder ficar se cutucando na missa, e depois se dirigir a ela e convidá-la para tomar um café no hotel. Bugler logo ia ficar sabendo e todos dariam boas gargalhadas.

Quando ele voltou para casa tarde ela gritou pela janela que as vacas estavam esperando para ser ordenhadas. Mais tarde ele virou a maçaneta da porta dela várias vezes e então foi dormir, desesperado. Ele acordou cedo, mais cedo que de costume, e deixou a primeira caneca de chá do lado de fora da porta, depois outra e mais outra, dizendo a ela que iam esfriar. Ela sabia por sua voz humilhada que ele estava sentido. Jamais durante a infância ou juventude ele havia encostado a mão nela. Pelo contrário. Quando uma vez ela cortou os dedos numa lâmina de barbear que estava aberta na prateleira mais alta da penteadeira ele os pôs na boca para impedi-la do terror de ver o sangue vivo jorrando. Tantas pequenas lembranças voltaram, os dois balançando num portão numa noite de verão, esperando por visitas, descendo até a margem do rio para catar azedinha, conversando de noite em suas camas de solteiro, ele dizendo a ela que era seu cavaleiro e a defenderia contra tudo. Quando os pais morreram, um de cada vez, foi ele quem deu a notícia a ela, disse que tinham subido para o céu para tomar conta deles. Ela tinha dez e depois onze anos.

À noite ela se sentiu fortalecida para descer. O fogão estava estalando de quente e a mesa posta; índices de clemência. Dando uma olhada em seus hematomas, como o roxo do amor-perfeito, ele se empertigou e começou a cantarolar. O medo havia entrado em sua casa e com o medo vem a falsidade.

— Precisa de um médico? — ele disse mortificado.

— Para quê! — replicou ela e pela insinuação ele não precisava perguntar de novo. Ele catou na gaveta analgésicos e os pôs ao lado do prato dela. Comeram em silêncio. Era presunto cozido e picles azedos demais.

Antes mesmo de ir à leiteria ela sabia que as cartas teriam sumido. A lata de biscoito estava escancarada, a tampa jogada de lado, o galho de tomilho no chão, sujo e pisoteado. Era como se bandidos tivessem estado lá. Então ela sentou sem pressa entre as cobertas com teias de aranha e conversou consigo mesma. Dizia para si mesma que se conseguisse sobreviver àquilo, deixando cada e todo segundo daquilo se entranhar, a expectativa, a irrealidade, a queda amarga, então ela sentiria tudo nas entranhas e conseguiria suportar e a dor seria sua e apenas sua. Era como encarar a face rochosa da montanha, seu acinzentado, sua transparência, seu desespero gelado por trás dos cílios, atrás dos olhos, para dentro do peito de maneira a unir peito e face rochosa em uma só coisa, esperança e pedra, esperanças de pedra para matar qualquer lembrança restante de Bugler.

* * *

Uma semana mais tarde Boscoe e ele foram ao mercado da cidade e ele trouxe um presente. Uma bolsa de couro, o fecho um pino grosso de âmbar com linhas de luz por dentro como raios de sol. Havia bolsos para as chaves, o pente, o dinheiro e seu biscoito de aveia, como ele disse.

— A Srta. Carruthers escolheu — ele falou e porque era feita em Gênova ele procurou o nome na enciclopédia e leu as características da cidade, a população, o clima e as atrações especiais para um visitante.

Ela estava de pé no meio da cozinha, a alça comprida pendurada em seu pulso.

— Pode ir com ele se você quiser — ele disse timidamente.

— Não vou a parte alguma — ela disse com firmeza. Ela tinha perdido a missa dois domingos e quando ouvia o trator subindo ou indo embora ela se agachava e se escondia atrás de um muro.

*

Foi no Bar da Nelly que Joseph e Bugler finalmente se encontraram cara a cara. Haviam trocado palavras ásperas perto da lixeira e novamente na oficina onde Bugler tentou devolver um cheque enviado por Joseph. Mas foi no Bar da Nelly com seus artefatos, suas bugigangas de pedra e suas três bonecas adormecidas de porcelana que Bugler o confrontaria e debocharia dele. Nelly via tudo, com um meio sorriso, tomando conta por detrás do balcão dentro do casaco e de seu gorro de tricô preso por um enorme alfinete de chapéu.

— Isso aqui é sujeira sua Brennan? — Bugler perguntou e jogou o recorte de jornal do outro lado do bar. Ele apenas se referia ao que estava escrito nele. Não leu tudo porque não precisava. Todo mundo já tinha lido quando saiu no jornal da paróquia assinado "Anônimo". Todo mundo sabia que era Bugler por causa das referências ao barbudo que veio como um ladrão no escuro. Ouviram-se pigarros enquanto Bugler lia as citações elaboradas — "A seta que revoa à luz do dia ou a peste que caminha no escuro" — e referências irônicas à águia com penas de gaivota.

— Você estava tentando me dizer alguma coisa? — disse Bugler, andando pelo bar até onde Joseph estava.

— Se a carapuça servir, pode vestir — Joseph falou, se recusando a olhar para cima.

— Com medo de lutar comigo? — disse Bugler.

— Calma aí Mick... calma... ele tem pavio curto — alguém falou.

— Você me chama de escorpião... então o que você é? — Bugler perguntou, depois acrescentou, brincando: "Uma cobra... a conversa está ficando bíblica, não?"

— Dá nele Joe... dá nele.

— Ele não tem coragem... Joe Palhaço — Bugler disse e, de pé acima dele, o xingou. — Sai do meu pé Brennan.

— Sai da minha montanha — Joseph disse.

— É minha montanha também... foi dividida ao meio.

— Sua metade só é sua porque sua gente trabalhou direitinho para os senhorios... eram oficiais de justiça, paus-mandados... odiados. É por isso que a maioria deles emigrou...

— Bem então um deles está de volta — Bugler disse, puxando-o pela lapela e dando um puxão para cima. Ele o esmurrou então, não um murro forte, era mais um gesto de reivindicação e desprezo, e apanhado assim tão de surpresa Joseph se levantou aos tropeções e o atacou cegamente, atingindo o torso e logo estavam atracados, cadeiras chutadas para adiante, gente de pé de um lado, pedindo para pararem com aquilo mas ninguém intervindo porque tal gesto significaria ferir o orgulho de um ou de outro. Não parecia haver muito perigo, apenas um acerto de contas entre dois homens nascidos inimigos e nada pior que qualquer pancadaria de rua numa madrugada de sábado. Quando Joseph caiu de costas houve alarme. Agarrando-se no balcão para poder ficar de pé, ele encostou numa bandeja de copos que desceu se espatifando no chão, pedaços de vidro quebrado espalhados por todo canto. Quando se levantou viram que ele segurava um caco grosso de cerâmica e houve grande comoção então quando alguns dos homens o cercaram pedindo que pusesse aquilo no chão e Nelly pedindo a Caimin, o ajudante de bar, para correr à rua e chamar um guarda. Fora do balcão ela atravessou e falou com Bugler, que em deferência a ela pegou o chapéu e saiu.

O pós-briga foi tão animado quanto a briga em si com gente reconstruindo o que tinha havido, como tinha sido rápido, repentino e quão perto estiveram de ver a coisa ficar séria. Trouxeram Joseph até a lareira, trêmulo, um fio de sangue escorrendo pelo pescoço, as mulheres perguntando se ele estava bem. Caimin, desapontado pelo fato de que tudo havia terminado tão abruptamente, começou a descrever o caso para o guarda, os dois tipos de socos, um de amador e o outro de profissional, sendo que Bugler tinha dominado a cena desde o início, o machão, o sabe-tudo.

— Joe deu tanto quanto ganhou — um dos homens falou.

— Não fala bobagem... Ele nem chegou perto — Caimin disse, e pegando o recorte do chão perguntou a Nelly se podiam emoldurar e pendurar na parede como um *souvenir* da noite em que o peso-médio Brennan perdeu para o campeão Bugler.

— Não liga pra ele, Joseph... Ele está excitado demais — a Srta. Carruthers ficava dizendo. À medida que outras pessoas entravam no bar ouviam versões diferentes de quem começou a briga, de quem era a culpa, quem perdeu e quem ganhou. Nelly se sentou furiosa, lamentando a jarra de pedra derrubada de uma prateleira e suas flores secas parecendo um piquenique de frango assado naquele chão. As pessoas tiravam bebidas umas para as outras. Copos de cerveja, quase um litro, de pé no balcão como troféus, as gotas marrons de espuma se arrumando suavemente no fermentado. Joseph se sentou em silêncio mas com uma expressão de incredulidade furiosa nos olhos por causa da forma como estava sendo diminuído.

— Bugler é um rato... Um rato forasteiro — alguém falou para o consolar.

— Não vou permitir isso — Nelly falou asperamente.

— Só porque ele arrumou um ganso para tua gansa.

— E foi mesmo — ela disse ficando vermelha.

— E onde ele conseguiu um... Roubou da fazenda de alguém.

— Ele é um vizinho péssimo... Ele é letal — Joseph disse para todo mundo ouvir.

— E você também... Depois do que você fez com o cachorro dele... Letal foi trancar o bicho — Caimin falou.

— O cachorro dele vinha toda noite levar Goldie para o mato... corrompendo ela.

— Como seu dono — Caimin disse, provocando mais.

— O que você quer dizer com isso?

— Sua irmã... Ela o encontra no mato... O ninho de amor deles...

Joseph se levantou e com um senso ridículo da própria força começou a bater em Caimin, que o provocava mais, repetindo o caso, falando da parte do mato, o tapete colocado ao lado do trator, e naquele momento eles estavam presos em outra briga, com Caimin facilmente ganhando e pela segunda vez na mesma noite Joseph foi visto tropeçando e caindo de costas porém desta vez a porta do porão estava aberta porque estavam descarregando engradados de cerveja. Ele desapareceu perante todos os olhos, caiu dentro do poço, uma escuridão da qual veio o baque de sua queda e depois um silêncio assustador.

— Meu Jesus — falou a Srta. Carruthers na hora em que Caimin, satisfeito com a própria valentia, jogou a corda fina e depois do que pareceu um século gritou para dentro: — Ele vai sobreviver.

Ouviram-se gargalhadas e piadas sobre tanta distração em uma noite só, o suficiente para encher dez colunas, a história galante de capa e espada no Bar da Nelly numa noite de inverno que, tirando isso, teria sido insossa.

Era noite de Aziz ficar com Breege. Uma vez a cada quinze dias seu pai ou um vizinho o deixava lá e ele vinha correndo subindo os degraus com a pasta branca e a lata com seus remédios caso tivesse convulsões. Ela o tinha encontrado anos atrás na gincana, separado das outras crianças, se escondendo atrás de um barril porque tinha medo de cavalos perdidos. Como sempre, ele ficou de pé no meio da cozinha, tímido demais para correr até ela e abraçar sua saia do jeito que fazia quando era menor.

— Esperei você duas sextas-feiras atrás. — Ouvindo isso ele abaixou a cabeça, o que indicava que mãe e pai estavam brigando de novo e ele tinha tido que ficar em casa para evitar que se divorciassem.

— Tenho um truque novo — ele disse, tirando o pacote de cartas e as embaralhando com grande desembaraço. Era para ela tirar uma carta enquanto ele fechava os olhos e depois devolvê-la ao pacote onde ele num passe de mágica a acharia. Quando tirou a carta errada ele riu, sua risada se alimentando de si mesma, uma risada rouca que Breege amava e que às vezes sem qualquer motivo ela ouvia na cozinha vazia como um sino ou um repique que começava sozinho.

— E agora, senhoras e senhores — ele falou, curvando-se e começando sua ária. Era em italiano, sua língua muito fina para as palavras pesadas e ele compensava com uma gesticulação exagerada e um desmaio angustiado sobre uma donzela moribunda.

Então era dada a autorização para levantar o pano de prato, para ver que delícias ela havia preparado para ele. Bolinhos com cobertura e cerejas cristalizadas e ele encostou o indicador no glacê macio, amassou alguns grãos e os pôs delicadamente na boca.

— Já sei o que vou comprar para você quando eu crescer — ele disse.

— O quê?

— Uma esmeralda.

— Uma esmeralda!

— Fionnula tem cabelo de esmeralda.

— Quem é Fionnula?

De dentro da pasta ele tirou um livro cuidadosamente encapado de marrom e começou a ler.

Nossa madrasta nos transformou em cisnes, Fionnula continuou, e pôs um feitiço para ficarmos em forma de pássaros por novecentos anos. Tivemos que passar os primeiros trezentos anos no lago em Derravaragh, os trezentos anos seguintes nas águas geladas das corredeiras de Moyle, e os terceiros trezentos anos na ilha de Innisglora, na Costa Oeste. Entretanto, embora Aiofe, nossa madrasta, pudesse nos roubar a forma humana, não nos pôde tirar a voz. Aprendemos muitas coisas mas acima de tudo aprendemos a cantar e em pouco tempo nossa música e canções ficaram conhecidas de cima a baixo em Bamba. Aqueles que vinham nos ver diziam que não éramos pássaros comuns porque falávamos e cantávamos.

Fechando o livro ele ficou esperando os aplausos e ele mesmo aplaudiu também.

— E adivinha o quê?

— O quê?

— A madrasta foi descoberta porque o rei pediu o espelho

da verdade e ela não podia mentir para ele e adivinha o que mais; nosso professor de aritmética está tendo um caso com nossa professora de arte, eles se beijaram no banheiro.

— Um caso — Breege falou.

— Eu sou um tagarela.

— Tagarela — ela diz e aperta sua bochecha. Ela ama suas visitas, ela o ama, sua pele morena avermelhada como maçãs polidas e seus olhos idênticos aos da mãe, grandes, tristes, olhos castanhos com a saudade de Damasco neles. A mãe às vezes tinha saudade de casa, das irmãs, almíscar e âmbar, da cozinha de temperos e de xales de seda, ameaçando partir e deixá-lo com ela, Breege. Foi quando ele teve o primeiro ataque porque queria que sua mãe e pai ficassem juntos, para sempre.

Tinham acabado de jantar quando Joseph chegou, a manga do casaco puxada para cima da mão.

— O que houve?

— Não houve nada... Por que as mulheres sempre acham que houve alguma coisa? — ele disse, vexado, para Aziz.

— Tio Joe... Tio Joe. — Aziz correu até ele mas foi ignorado, Joe atravessando o aposento até o fogão e tirando o lenço amarrotado.

— Deus Misericordioso... Tem sangue nisso — disse Breege se aproximando para ter certeza.

— Ele queria briga, o seu amigo Bugler... ele me atacou no Bar da Nelly... pergunta a qualquer um... como podia eu não lutar com ele... Não poderia me olhar no espelho de novo... Ou olhar para você.

— Como terminou?

— Mal — ele disse e jogou o lenço no fogo. Aí ele apagou a luz e se sentaram na cozinha escura, a sombra das chamas saltando na parede, Aziz no colo dela, assustado, seus dedinhos dentro das meias se enrolando e se desenrolando, o lenço queimando. O sangue de Bugler queimando, um cheiro quente e então um susto dentro de cada um ao ouvirem um carro parar lá fora.

— Vou negar tudo... e você também — disse Joseph, com medo.

Esperaram e em seguida ouviram o carro continuar e pensando que era Bugler, Breege disse: — Deve ter sido ele agora... Subindo para casa.

— Graças a Deus — Joseph falou e depois caiu ajoelhado e na escuridão começou a rezar em voz alta — "Eu vos imploro, dulcíssimo Senhor Jesus Cristo, fazei com que vossa paixão possa ser para mim uma força pela qual eu seja fortalecido, protegido e defendido. Que vossas chagas sejam para mim alimento e bebida, e que por elas eu seja nutrido, inebriado e extasiado".

— O que há de errado com Tio Joe? — Aziz cochichou, e começou a tremer do jeito que fazia antes de ter um ataque.

O Guarda Slattery andou de um lado para outro enquanto lia parte da declaração que digitara pela terceira vez. Estava orgulhoso de sua própria esperteza, esperto e inteligente, fazendo Joe Brennan falar, esbravejar, caindo na rede até não ter mais volta. Se orgulhava do modo como o tinha medido e pesado enquanto esperava na fila da cremeira receberem o galão de leite, caminhando até ele de forma casual dizendo "Foi dada queixa de que você atacou um homem", Brennan negando tudo primeiro, dizendo "Você está falando com o homem errado", e então concordando e dizendo "Foi para dar uma lição nele". Daí para a frente foi uma moleza, apenas uma questão de o convencer de que seria melhor ir até a delegacia e fazer uma declaração porque negar era um absurdo, muita gente havia presenciado. Passando pela porta da delegacia ele se recordava de como Brennan se assustou e tentou se retirar e como ele teve que o empurrar para dentro, dizendo que ele se sairia melhor se se confessasse culpado. Conversaram sobre isso e aquilo num clima relativamente descontraído e finalmente ele abriu a boca.

— Na noite do dia onze do corrente eu estava no Bar da Nelly, onde eu já tinha tomado dois uísques quentes para ajudar a curar um resfriado. Mick Bugler entrou e me provocou. Antes ele havia tentado e não conseguido me devolver um cheque que eu lhe havia mandado pelo correio por um trabalho que ele havia feito. Ele removeu pedras do pasto mas eu não queria caridade dele e foi por isso que enviei um cheque. Ele o jogou em cima de mim. No bar uma palavra levou a outra e tivemos um desentendimento que me rendeu um corte no pescoço. As pessoas pararam a briga e Bugler saiu. Eu saí logo depois e entrei em minha caminhonete e fui para casa. Eu não tinha qualquer intenção de ir atrás dele. Tudo que eu queria era ir para casa e dormir. No Cruzamento de Lyon havia um carro à minha frente deixando alguém. Eu sabia que era o carro de Bugler. Era uma moça, uma mulher, ele estava se despedindo e demorou bastante. Ela pulou o portão e subiu o morro em direção à Casa Glebe, onde moram posseiros e invasores. Esperei um bom tempo. Então buzinei algumas vezes e nem assim ele se mexeu. Ele abriu a porta e gritou comigo e disse "Vai se foder". Daí ele fechou a porta e continuou onde estava, bloqueando a estrada. Buzinei mais algumas vezes. Então saí e fui até o carro dele. Abri a porta do motorista e comecei a socá-lo com meu punho direito. Acho que eu estava louco naquela hora. Então fui e tirei uma pedra do muro...

Ele pôs o papel de lado até acabar de almoçar esperando o próximo golpe de inspiração. Já se imaginava de pé no tribunal pela primeira vez na vida dando tal evidência profissional. Na mesa ao seu lado estavam várias amostras tiradas da cena — uma garrafa de água de Lourdes, chumaços sujos de algodão que empapara com as manchas de sangue que encontrara no chão, dinheiro solto que havia caído dos bolsos de Bugler, diversas pedras e uma pedra maior, uma senhora pedra, bem grande, coberta de musgo verde e sangue seco. Com letra caprichada ele começou a etiquetar cada peça.

****

Na manhã em que chegou a intimação Joseph decidiu escondê-la por um tempo.

CORTE DO CIRCUITO*

Michael Bugler
Reclamante

— e —

Joseph Brennan
Réu

Por este documento você está intimado dentro de dez dias após a entrega desta Nota Civil a comparecer, ou se fazer representar, para comparecer ao Escritório do Oficial do Registro do Condado no Tribunal para atender à queixa impetrada por Michael Bugler.

Sua não-observância a esta intimação oficial será considerada admissão de culpa e o Reclamante prosseguirá com a acusação e o julgamento será feito à sua revelia sem outro aviso.

* No original, Circuit Court. Há quatro níveis de jurisdição jurídica na Irlanda: as cortes distritais (locais) para causas de até cinco mil libras; as cortes do circuito, para um certo número de condados de onde o juiz circula, para causas de até trinta mil libras; a Alta Corte, sem limite no valor da causa; e a Suprema Corte, para assuntos de ordem constitucional ou para recursos. (N.T.)

Havia dois advogados na vila, O'Dea, um local, e um Sr. Leveau, que veio da cidade e almoçava no hotel antes de ir para o escritório. Assim que Joseph se sentou com ele percebeu seu erro. O longo e ininterrupto fluxo discursivo o estava deixando tonto.

— Agora, poderíamos estar lidando aqui com um sintoma conhecido, a inferioridade do exilado que retorna... não um filho da terra... um rapaz colonizado... pode não ser visível para um leigo mas eu que lido com a natureza humana em todas as suas nuances me orgulho de reconhecer os sintomas desse seu Sr. Bugler. Estranhamento distanciado é o nome que dou. Não chega a ser a Diáspora. A Diáspora tem uma conotação mais global, um sentimento de massa que prevalece entre aqueles que, embora nunca se tenham encontrado, se sabem estrangeiros em terra estrangeira. O estranhamento ocorre na mente. Está me acompanhando? Esse Sr. Bugler deve ter tido problemas, rejeições, maus bocados, chame como quiser. Um entreposto de ovelhas na Austrália ou por isso mesmo Timbuktu é um mergulho no vácuo, um lugar inóspito, totalmente intocado pela civilização. Uma vida solitária para piorar. Desrespeito, insultos, outras raças o chamando Paddy ou Mick. Polacos, suecos, alemães, de qualquer jeito, todos eles se vêem um tanto superiores a Paddy e a Mick. Junte esses deboches, essas provocações a uma vida de solteiro e você chega ao complexo. Acrescente a solidão do entreposto de rebanho, alguns cães como amigos, uma bebida alcoólica no sábado à noite e você tem o perfil do distanciamento, ou estranhamento, que para mim significa o mesmo que saudade de casa. Está me acompanhando? A ironia é que essa casa mítica quer dizer mais que poderia significar para você ou para mim. Nós sabemos quem somos. Para um homem como ele, morros distantes parecem verdes. Não haveria lembranças reais de sua infância. Seria uma questão de histórias à beira da fogueira, recitação, Mãe Macree* *ad nauseam*. Voyeurísticas, talvez, mas lembranças do mesmo jeito. Sem raízes. A necessidade de raiz se torna o cálice. E naturalmente, naturalmente, ele nunca sonhara que se tornaria real, que iria herdar uma fazenda e um barraco de verdade. Sua fantasia se converteu em realidade. — Ele pensou por um momento, tirou os óculos, limpou-os em uma camurça e disse que não era a primeira vez que lidava com um caso desse tipo, a ambição desmedida do exilado que retorna, e então se viu obrigado a dizer uma palavra sobre o tio de Bugler que tinha morrido de maneira tão trágica. Nenhum fazendeiro com um pingo de juízo entraria num campo com um touro, mesmo que fosse seu.

— O que você acha que vai acontecer comigo... o que é o pior que pode acontecer comigo? — Joseph perguntou.

— Meu caro... não vamos tão depressa... estou tentando lhe dar uma idéia da psicologia... Bugler é chamado de volta por causa de uma tragédia... recebe uma carta lá na Austrália... fica sabendo da herança e tem que decidir se encarrega um leiloeiro de vender tudo ou se volta para casa e pega o touro à unha. Devo

---

* Mother Macree, um sinônimo para a Irlanda. Macree é uma corruptela anglicizada do irlandês "mo chroí", que significa "meu coração", expressão usada em canções e poemas em referência aos corações dos irlandeses, no teatro irlandês do início do século XX. (N.T.)

dizer que tenho uma admiração oculta pelo modo como ele tem se dedicado sozinho... retomando áreas inteiras de brejo, eu entendo.

— Ele gostaria de tomar o que é meu.

— Mas você realmente o atacou... esse é um fato simples e indiscutível.

— Sim, ataquei.

— E você fez uma declaração à polícia.

— Eu tive que fazer... eles a arrancaram de mim... aquele guarda novinho.

— Então minha tarefa é como apresentar isso ao juiz.

— Ele vai me multar... ou eu vou ser preso, qual?

— Isso me lembra um caso... no tribunal do distrito algumas manhãs atrás dois motoristas são multados por excesso de velocidade, uma dama e um cavalheiro. O cavalheiro que estava somente a 144 quilômetros por hora é multado em duzentas libras e a dama que estava a 176 quilômetros por hora, mas não se cansa de bater os cílios, se safa com uma advertência, porque agradou à Sua Excelência.

— Vou pensar melhor — diz Joseph se levantando, transpirando.

— Eu sei o que você está pensando, Sr. Brennan... Você está pensando que estaria melhor com o Sr. O'Dea da rua de cima, o Sr. O'Dea que é ao mesmo tempo agente funerário, negociador de gado e homem de botequim... ele é mais o seu tipo.

— Vou pensar melhor.

— São vinte e cinco guinéus — disse o Sr. Leveau e ficou de pé ao lado do aquecedor de óleo, esquentando as mãos, um sorriso gelado no rosto enquanto observava Joseph tirar as notas e finalmente ter que catar no bolso moedas e tostões para chegar ao total cobrado.

Bandos de gaivotas voavam em círculo em diferentes alturas, seus gritos intermináveis debochados e como se um grupo gritasse de volta para superar o outro. O som agudo e estridente vindo do buraco de um céu verde leitoso para cima do prédio do tribunal e por cima dos grupos reunidos em casacos e abrigos, vindos de seus campos e propriedades para um reino de justiça. Os gritos das gaivotas mais roucos a distância que os gritos dos corvos de Cloontha.

— *Dominus illuminatio* — Joseph disse parando no atalho e olhando para o prédio de pedra esparramado com pequenos panos de vidro nas muitas janelas, as colunas do vestíbulo descascando.

De um lado havia uma gruta feita de pedra cortada à mão, uma Virgem de gesso branco com os braços estendidos, ajudando uma menina ajoelhada. Breege pensou que talvez tivesse sido construída lá para encorajar as pessoas a deixar de lado suas inimizades e acertar os seus casos. O'Dea confidenciou a ela que freqüentemente casos eram acertados pouco antes de começar a audiência, as pessoas caíam em si ao ver a gravidade das coisas. O'Dea era seu aliado agora, implorando-lhe que pusesse juízo na cabeça quebrada de seu irmão com seus gregos e cavaleiros da Ala Vermelha.

Dentro daquelas salas sem vida, encadernadas pela poeira, jaziam todos os certos e errados, os peitoris usados com as costas marcadas, suas quinas frágeis e carcomidas, página amarela atrás de página amarela, histórias há muito esquecidas.

Dos galhos de uma grande árvore gotas úmidas de gelo caíram em suas cabeças e ela apertou o lenço com força, e então o puxou sobre o rosto para não ser vista. O lenço era de seda e cheirava a cânfora. Havia sido da mãe. Com o canto do olho ela procurou a moldura de Bugler, a sombra de Bugler, seu coração ameaçado.

— Você não devia ter bebido — ela disse.

— Tomei dois Sandemans — Joseph falou e a desafiou a fazê-lo andar em linha reta na beirada dos degraus.

— Três Sandemans — ela disse. O nó do lenço machucava quando engolia.

Havia muita comoção ao redor da porta de entrada, gente correndo para cá e para lá, chamando e acenando uns para os outros, os advogados demonstrando uma discreta ascendência, fios de suas perucas voando, alegremente, como a cabeleira de uma menina.

— Ainda há tempo, Joseph — ela disse, apertando seu braço.

— Não sou Joe Covarde — respondeu, afastando-se dela.

Dentro era escuro e lúgubre, o piso de cerâmica vermelho-escuro com alguns pedaços faltando e as janelas cobertas de poeira e teias de aranha. As pessoas juntas em grupos, a maioria fumando e conversando em voz baixa com expressão de fracasso. Todas as perucas imploravam por água, sabão e pente. Dois homens em casacos quase idênticos pareciam estar se preparando para uma luta andando para cima e para baixo e jogavam praga um no outro.

— Ele é domador de leões — O'Dea falou apontando para um e então apontando para o outro: — Ele também doma leões, para um outro circo. — Então se voltando para Joseph falou que ele parecia um ovo cozido na panela, andando para cima e para baixo sem parar. No instante em que as portas se abriram toda a gente entrou.

Estava tão frio quanto do lado de fora. As paredes verdes vazavam uma umidade verde mais escura e os bancos de madeira eram cheios de marcas e rabiscos como o balcão de um bar. Um jovem algemado com dois guardas dos lados, já sentado, encarava o nada, com olhos de carvão em brasa.

Naquele instante Bugler entrou e se sentou bem em frente a eles. Tinha cortado o cabelo, feito a barba e aparado as costeletas. Sentou-se olhando para as mãos como se estivesse lendo algo no colo e como costumava acontecer com ele sua vida real parecia estar correndo por dentro sem mostrar qualquer sinal por fora. Breege achou que ele nunca estivera tão bonito ou elegante. Por trás dele oito ou nove policiais se sentavam grudados com um ar de rigidez, as fivelas de bronze dos cintos brilhantes como armas na luz seca que caía de uma abertura no teto.

O juiz parecia muito irritado, tamborilando os dedos a todas as futilidades que lhe eram ditas. De vez em quando levantava a peruca, coçava a cabeça vigorosamente, e então olhando para as testemunhas no banco ele sacudia o dedo e dizia em tom de deboche — "Transportar o gado no tempo errado e no lugar errado é uma ofensa... As leis de Brehon* não valem, acabaram".

---

* Lei de Brehon: a palavra irlandesa para juiz é "breitheamh" (fala-se bri-heiv). Antes da chegada dos normandos, em 1172, os cinco reinos da Irlanda eram governados pela Lei de Brehon (um corpo único de leis, pluralizado por leis individuais), não escrita e associada aos druidas e ordens sacerdotais. Era muito avançada para aquele tempo em relação a assuntos de família, direitos da mulher, e não era aplicada apenas por príncipes ou reis. Foi abolida por um estatuto do Rei Eduardo III, da Inglaterra. Acredita-se que foi compilada por São Patrício e nove sábios — os pilares da Irlanda — e oficializada como os Tratados de Brehon. (N.T.)

— Sim, Meritíssimo.

— Terras adjacentes, até mesmo uma montanha nos quintos dos infernos, não são sua propriedade.

— Sim, Meritíssimo.

— É essa a sua defesa?

— Não o farei de novo... Foi somente uma brincadeira de mau gosto.

— E se fizer de novo vai para a cadeia por sua brincadeira.

— E ninguém no mundo inteiro vai querer estar em um daqueles lugares... Masmorras.

— Caro homem, chega de filosofar e se contenha.

— Meritíssimo... Sei que o senhor é um chefe de família como eu também... Deixar esposa e filho seria um golpe duro.

— Chefe de família — disse o Juiz Dalton, sem conseguir segurar um sorriso.

De fato eles tinham uma casa grande, um jardim com azáleas, sobre a lareira troféus dos tempos de caçador mas via o mínimo possível da mulher e do filho. O menino, filhinho da mamãe, já tinha vinte e um anos e ainda não sabia que carreira ia seguir. Mamãe tirava o tampo de seu ovo quente de manhã e perguntava se tinha dormido bem e sonhado com os anjos. Embora afastado da bagunça, ele ainda era bem-vindo nas farras e podia dizer que a vida era razoável se não fosse pela gota. Todo dia depois de sentar para ouvir essas chatices, ia de carro para o hotel e ficava por lá até ter certeza de que mamãe e seu filhinho estavam nos braços de Morfeu. Os deveres conjugais congelaram em um tempo que parecia tão distante quanto o Dilúvio e o tinham deixado um sujeito desencantado com a vida. Tanto pode ter sido sua virgindade quanto os pedidos que Agatha fazia aos santos e mártires abençoados que marcaram aquela noite naquele quarto de hotel como um fiasco completo. Aquilo e o estrago feito por dentro de Agatha quando o filhinho da mamãe nasceu. O uísque se tornou esposa e raramente ele perdia o controle ao volante. As poucas vezes em que foi apanhado e parado no acostamento terminaram bem. Ergo, um policial, o reconheceu e ou se desculpou ou se ofereceu para o levar para casa. Falando cientificamente, ele descreveria seu coração como um estômago de ruminante e suas partes baixas em conserva numa mistura semelhante àquela usada para picles de cebolas e pepinos. Um homem bem-sucedido, oh sim, um rotariano, a primeira casa substituída por uma maior e depois outra ainda maior à medida que ele progredia e reforçava sua renda com criação e cavalos treinados. Eram convidados para almoços e jantares, encontravam outros juízes, o alto comissariado, diplomatas, recepções em que Agatha exagerava nos elogios aos vestidos e jóias das outras mulheres, segurando-as pelas mangas e lamentando suas próprias roupas humildes. Ela pensava que aquelas mulheres estranhas tinham casas maravilhosas com grandes relógios e peças antigas e porcelana fina em suas bandejas de café-da-manhã.

— Está falando bobagem — grita ele para o fazendeiro que agora recorreu ao velho tema do meeiro.

— Meeiro... O que significa isso?

— Não estou bem capacitado para responder ao Meritíssimo, exceto para dizer que a montanha aonde levei meu gado é tão minha quanto dele... É posse.

— Estou te multando em cem libras e não quero te ver nesta corte outra vez.

— Deus abençoe o Meritíssimo.

Houve um momento súbito de emoção quando o homem algemado decidiu se soltar e carregou consigo seus captores alguns degraus abaixo, seguido por dois ou três repórteres.

Examinando a lista o chefe de serviço decidiu mudar a ordem das coisas. Breege ouve o nome de Joseph e o nome de Bugler sendo chamados e vê Bugler andar até o banco das testemunhas, calmamente. Depois de jurar sobre a Bíblia ele falou de uma amizade que azedou depois que ele alugou o pasto de algumas terras que o réu costumava arrendar. Antes disso, eles eram, conforme disse, amigos e vizinhos, iam caçar faisões juntos, se ajudavam mutuamente na fazenda, ele pondo seu trator à disposição, cortando madeira e removendo pedras de um campo, algo que o réu achava bom. E que ele ficou mais sentido não foi com o ataque a ele, mas a agressão a seu cão Gypsy, que havia sido trancado em um celeiro por três dias enquanto ele estava fora, a negócios na cidade.

— Aquele cachorro não vale nada... Estava pondo nossa Goldie no mau caminho — ouviu-se Joseph gritar e os policiais o fuzilaram com os olhos para que calasse a boca e o chefe gritou pedindo ordem. Quando Bugler finalmente terminou o juiz lhe agradeceu por ser uma testemunha tão confiável que não desperdiçava palavras.

Em seguida foi a vez dos guardas e das testemunhas. A corte ouviu desde hematomas e lacerações a abrasões, fraturas e suturas. A mulher que havia levado Bugler se superou na descrição detalhada da tal noite.

— Sou a esposa de Malachi O'Byrne. Viemos para esta paróquia há menos de um ano para criar pôneis para alugar no verão. Nossos fregueses na maioria são estrangeiros e não nos misturamos muito. Na noite do dia onze já era tarde e eu tentava convencer minha filha Patricia a ir dormir. Meu marido estava fora trabalhando. Em seguida o cão começou a latir como louco e eu abri a porta para ver o que era. O medo que senti. Patricia começou a gritar, ela pensou que era o bicho-papão. Ele estava coberto de sangue, encharcado, e pensei que ele ia ter um infarto. Não tive escolha senão levá-lo para dentro de casa e fazê-lo se sentar. Chamei a polícia. O Guarda Slattery chegou bem depressa. Aí é que fiquei sabendo quem era o ferido. Eu nunca o tinha visto antes. Ele estava bem abatido.

Após testemunhar ela olhou, esperou e foi mandada de volta ao assento e antes de sair aproveitou a oportunidade e cumprimentou os três lados do tribunal dobrando o corpo.

A atenção se reanimou quando o Guarda Slattery começou a falar. Finalmente eles iam ver as coisas do lado de Joseph. O guarda leu o depoimento bem devagar, deixando-os imaginar que ele era Joseph, até mesmo seu sotaque mudara um pouquinho.

— Eu me lembro da noite do undécimo dia do corrente. Mick Bugler e eu estávamos no Bar da Nelly embora não bebêssemos juntos. Trocamos umas palavras e uma briga começou e foi rapidamente dissipada. Deixei o bar mais ou menos às dez horas e entrei em minha caminhonete, que estava estacionada por perto. Logo depois do Cruzamento de Lyon havia um carro parado deixando alguém. Eu sabia que era o carro de Bugler. Dei-lhe bastante tempo para deixar a pessoa sair, era uma mulher, uma amiga dele. Então buzinei algumas vezes e ainda assim ele não se moveu. Ele abriu a porta e gritou comigo e me disse para me f. Então ele fechou a porta do carro e continuou no mesmo lugar onde estava na estrada. Buzinei várias vezes. Eu então saí do carro e fui até o carro dele. Abri a porta do motorista e comecei a socá-lo com meu punho direito. Foi assim que fiquei com o hematoma e a marca nos nós dos dedos. Eu ia deixá-lo para lá mas ele piorou e começou a me chamar de certas coisas. Então fui ao muro e peguei uma pedra. Voltei ao carro e o acertei com a pedra bem no rosto do jeito em que ele estava sentado no carro. Havia sangue em minha mão a essa altura.

Quando ele saltou eu o soquei embaixo do queixo até ele cair. Continuei socando com a pedra com toda a força no rosto e na cabeça. Enquanto ele estava no chão eu lhe dei uns bons chutes, sem mirar onde, acertando onde quer que fosse.

Era demais para Joseph, ouvindo a versão exagerada e fraudulentamente inventada daquilo que ele havia declarado, e embora ele tivesse jurado a Breege e a O'Dea que não iria ao banco testemunhar, agora ele já estava de pé, como se ejetado por uma mola, cheio de revolta. Repentinamente houve uma excitação, pessoas esticando os pescoços para ouvir e ver, as irmãs nas pontinhas dos assentos, Rita dizendo a Reena que a acústica era ruim para *carvalho*. Pela ondulação de suas costas Breege sabia que ele ia se desgraçar.

— É testemunho forjado.

— Você está dizendo que não atacou aquele infeliz na noite do undécimo dia do corrente mês em torno das dez e trinta e cinco?

— Ele estava pedindo... Me devolvendo um cheque na frente de todo mundo... Eu devolvo seu cheque intacto.

— Aparentemente não era bastante... Ele tirou pedras com a máquina dele, tratou e semeou seu campo para plantar nabos...

— As sementes eram minhas, elas eram minhas sementes... Tudo que ele fez foi passar a máquina e espalhar esterco na terra.

— Foi um bocado de trabalho.

— Ele me devia... Ele estacionava o trator em nosso quintal... Ele pegava madeira sempre que queria... Minha irmã o mimava com bolos e essas coisas.

— Vamos ficar no que interessa... Ele revirou sua terra.

— Ele arrancou um arbusto fazendo isso.

— Sr. Brennan, o senhor nega que tudo eram flores entre vocês até ele arrendar o pasto de certas terras?

— Ele roubou.

— O senhor parece ter uma implicância com esse homem.

— Seu trator estava nos enlouquecendo... A qualquer hora... O barulho da máquina... Barulho... Está destruindo as cercas... Está fazendo os pássaros pararem de cantar... Não cantam tão bonito mais... Quanto às estradas... Não foram feitas para uma máquina como aquela... Ele as está destruindo.

— O senhor fala como se as estradas fossem suas.

— São mais minhas que dele... Minha família foi a primeira em Cloontha... Sempre estivemos aqui... A dele são os Buglers do País de Gales... Eles seguiam os soldados tocando corneta...* É por isso que eram chamados Buglers, caso o senhor não saiba.

Breege se vira ao ouvir isso e mais, o rosto apreensivo, medo em seus olhos. O'Dea havia sido chamado lá fora e só quem a encarava era o Guarda Slattery, olhando para ela, aborrecido. Bugler se sentava rígido olhando para o chão.

— O cachorro dele é galês? — perguntou o juiz, com um toque de deboche que se perdeu em Joseph.

— É um cachorro sem valor... Um vira-lata... Eu jamais escolheria um macho... Sempre escolho fêmeas... São mais inteligentes... A prova disso é que elas têm um volume no topo da cabeça.

— Minha nossa, você é um erudito.

— Eu tento, Meritíssimo.

— Você poderia ter resolvido essa pendenga, você podia ter ido até seu vizinho ou encontrado com ele em algum lugar e dito "Vamos apertar as mãos", você podia ter consertado as coisas.

— Nem que me pagassem. Nem com toda a riqueza que fretaram em Orchomenus e mesmo em Tebas, a Tebas egípcia.

— Um erudito?

— Os gregos, Meritíssimo. — Sentindo agora que o juiz

---

* *Bugle* significa corneta; buglers, *corneteiros*. (N.T.)

estava receptivo à sua erudição, ele começou a se exibir, sem perceber a gargalhada que começava a se ouvir da galeria.

— Zeus, Deus, dá-me a vingança...

— Onde você está?

— O marido de Helena se vingando de Páris...

— Para que você está desperdiçando meu tempo... O que faz um fazendeirinho como você exibindo esse lixo... Você é um pantaneiro.

— Você é um homem ignorante, se me permite dizê-lo.

— Será que ouvi bem? — perguntou o juiz e sua cor começava a mudar.

— Debochando de mim só porque está aí no alto... O filho do dono da venda que subiu na vida... Procurei tua ficha nos livros.

O rosto do juiz ficou vermelho, violáceo quando ele ameaçou se levantar da cadeira. Naquele momento, O'Dea veio correndo da porta em direção ao banco acenando com a mão que segurava uma esferográfica — "Meritíssimo, quero me desculpar".

— Nunca vi uma testemunha mais descontrolada.

— Correto. Mas, Meritíssimo, imagine ter que defender um homem como ele... Tente se colocar em meu lugar.

— Seu cliente está bêbado.

— Não exatamente bêbado, Meritíssimo... Talvez tenha bebido uma ou duas doses.

— Você espera que eu caia nessa?

— Estou implorando que não perca a calma... Quero dizer que considere a punição de Picasso.

— Picasso — disse o juiz e olhou ao redor como se estivesse na companhia de internos no hospício.

— Sim, Picasso... Ele pintou uma infinidade de pombas no

último ano de sua vida mas porque ele era comunista o público não compraria suas pombas... Até o Kremlin recusou.

— Sr. O'Dea, não estou entendendo aonde quer chegar.

— Meritíssimo, as pessoas podem mudar... Picasso mudou... Meu cliente poderia, como o senhor mesmo disse, ter consertado o que fez.

— O caso dele é de cabeça.

— Ele não fez por mal... Está nos genes... A família toda era assim... Uma peculiaridade mental... A mãe costumava andar pelas estradas à luz da lua... Para cima e para baixo.

Era demais para Joseph. Ele se levantou, chutou e esperneou com suas botas novas, gritando que sua mãe era uma dama para quem as pessoas ali não eram dignas de segurar uma vela.

O juiz se levantou, sua voz tremendo de raiva, seu maxilar parecendo um touro e vociferando a sentença seu punho socou o banco com a força de um martelo — "Estou lhe mandando por quatorze dias para a Cadeia do Condado de Limerick".

— Meritíssimo — implorou O'Dea.

— Desacato à corte e desacato à pessoa.

— Meritíssimo, é Natal... Vai partir corações.

— Corte em recesso — disse o juiz e saiu correndo por trás de um biombo seguido pelo funcionário que recolhia os documentos caídos à sua passagem. O pedaço de chão que era varrido por sua beca reforçava a visão da poeira acumulada em ambos os lados.

— Em nome de Jesus, Joseph — falou O'Dea, afastando os repórteres que se aproximavam com um gesto grosseiro e violento.

— Ele me pressionou do jeito errado — Joseph falou.

— Você estragou tudo... Zeus, Tebas. Merda.

Bugler estava de pé e olhava para eles como se fosse se aproximar. Breege ainda sentada, de cabeça baixa.

— Ele vai para a cadeia? — ela perguntou, como alguém que acorda de uma anestesia.

— Vou até o hotel ver se posso dar uma palavrinha com o juiz.

— Não quero sua droga de piedade — disse Joseph.

— Amordaça ele — O'Dea falou e correu para a saída, mordendo sua esferográfica como se fosse um pirulito.

Até eles saírem todos já haviam ido embora, incluindo Bugler. Estava tudo deserto do lado de fora, apenas as gaivotas enchiam o céu, que agora estava coberto de nuvens grossas como carneiros. Era uma cidade cheia, pessoas correndo para almoçar e buzinando, buzinando para cumprimentar e buzinando para agredir. Começaram a caminhar. Estavam juntos e não estavam. Ela sabia que uma só palavra dita por ela o faria explodir ali mesmo, na frente das pessoas. Quando ele parou para olhar qualquer coisa ela continuou andando e quando ela parou ele fez o mesmo. Das confeitarias vinha o cheiro de pão quentinho e os merengues na vitrine estavam parecendo vomitar suas vísceras rosadas. Na vitrine do açougue preços de diferentes cortes de carne de vaca e de carneiro estavam escritos a giz e uma fileirinha de carneiros de brinquedo arrumados ao longo do peitoril. Um homem ao microfone forçava as pessoas a doar sangue e indicava o trêiler ao lado do monumento na parte alta da cidade. Uma vitrine mostrava camisas novas amarradas em gravatas.

Na capela ele parou ao lado dela e ela podia sentir sua agitação. Atrás das arandelas com velas acesas e chamas crepitantes havia uma oração pintada em caligrafia ornamental vermelha e dourada:

"Que esta vela seja uma luz para me iluminar nas dificuldades e decisões.

Que seja um fogo para queimar em mim todo o orgulho, egoísmo e impureza.

Que seja uma chama para aquecer meu coração para minha família, meus vizinhos e todos os necessitados.

Não posso me deter mais aqui, porém gostaria de lhe dar algo de mim.

Ajude-me a continuar minha oração."

Eles caminharam pelas ruas transversais, e então uma estreita alameda que descia ao rio. Na ponte sólida de pedra havia floreiras com musgo e flores, os suportes de metal balançando para a frente e para trás. A água era marrom-escura e no fundo, torsos semi-humanos de alga que se moviam escorregadios como dançarinas do ventre. Uma mulher com duas crianças pequenas também estudava a água, dizendo às crianças como estava cheia de bichinhos e vermes para os peixes se alimentarem.

— Melhor não nos atrasarmos — Breege falou.

— Se eu for preso, quem vai tomar conta de você?

— Melhor não nos atrasarmos — disse ela novamente.

Ele olha para ela, seu rosto castigado e sem orgulho, os olhos azuis lacrimejantes por trás das lentes embaçadas e ela então viu que ele havia chorado.

O'Dea estava esperando por eles nos degraus. Pelo jeito como acenava e sorria satisfeito souberam que alguma coisa havia mudado.

— Você é um homem de sorte... Bugler decidiu retirar a queixa.

— Mas por que ele faria uma coisa dessa?

— Jesus chorou... Você deveria estar de joelhos — O'Dea falou, então, tomando Breege pelo braço, a conduziu alegremente os íngremes degraus abaixo.

Durante toda a longa e chuvosa tarde e noite eles ficaram sentados, a chuva leve caindo no jardim, caindo nos canteiros de trepadeiras com holofotes escondidos neles, e quando escureceu faixas de néon foram acesas nas janelas dos escritórios do outro lado da rua. Joseph e O'Dea bebendo em silêncio, felizes. O'Dea agora brincando com seu cliente, dizendo como ele quase se enforcou, sacaneando o juiz daquele jeito.

— Eu não teria me incomodado de ir preso.

— Preso com os malandros da cidade... você não iria agüentar — falou O'Dea e riu, instando com Breege a que tomasse uma pequena dose de vinho do porto e tirasse o casaco, ou iria cozinhar com o calor da lareira.

Bugler está sentado poucas mesas adiante com dois estranhos mas ela não olhou em sua direção, está com vergonha demais.

— Juro que você não se sentiu nada à vontade no banco — disse O'Dea, ainda rindo. É o seu jeito de ser, com o calor da sala, as cortinas de veludo fechadas, de um tecido vermelho felpudo como cortinas de teatro, o cheiro de fumaça de turfa e o som distante de madeira e turfa trocando de posição no calor. Ele se aventurou pelas histórias que sempre contava, contando-as de novo para Breege e Joseph porque ele vê como estão nervosos e calados naquele salão grandioso e o antagonista a apenas uns poucos passos adiante. A bebida o deixa expansivo, reminiscências saindo de sua boca ao mesmo tempo que de vez em quando cumprimenta Breege dizendo "Você é excessivamente sensível e excessivamente delicada".

—Você já viu muita coisa na vida, muito da natureza humana — Joseph diz sabiamente.

— Já vi um bocado de doideira — disse O'Dea, recostando-se na cadeira, encarando a lareira e foi então que saiu a parábola de Brady *versus* Bonner, duas famílias infelizes de cada lado do rio.

— Foi assim — ele disse, elevando a voz para outros escutarem.

Havia os Bradys e os Bonners com um rio entre eles mas nenhuma ponte, Brady tinha que carregar suas mulheres e crianças quando vinham as enchentes. Era assim uma questão de tentar fazer com que Bonner concordasse com uma ponte mas ele não movia uma palha. O caso foi para um primeiro tribunal, um segundo, um terceiro, uma sessão de dia inteiro terminando no salão de cima do hotel local; equipes de advogados, defensores, engenheiros e no meio do tribunal o juiz do Superior Tribunal sendo servido de vinho e comida por causa de seu status. *Mensagens iam e vinham, acordos, quase, mapas, escritos, linhas vermelhas, linhas azuis, o selo quase sendo posto no documento quando a velha Sra. Bonner se levanta e diz que eles estão sendo lesados, terra está sendo tirada da sua margem do rio. Ela sai intempestivamente, seguida por Brady, carros cortando a estrada de terra e à meia-noite chegaram a um acordo sob as estrelas. Apertos de mão até o dia seguinte ou a semana seguinte quando nenhuma das partes queria pagar as custas, cada qual se considerando a vencedora e não a perdedora. O litígio começa outra vez.*

Ele pára e ri, divertido, olha para seu medidor de uísque e declara que havia uma fatalidade naquilo desde o primeiro dia, que não era para eles serem amigos.

— Podia ser com a gente — Breege falou nervosa.

— Você é excessivamente sensível e excessivamente delicada — ele disse pela segunda vez.

Olhando para Breege então ele a ajudou a tirar o casaco e a avisou: — Minha boa menina, nunca se case... faça o que for, nunca, nunca se case.

— Você casou cedo — Joseph diz.

— Cedo demais... eu a encontrei numa varanda.

Voltando-se para Breege, ele disse que a faria rir. Não gostava de a ver com uma expressão tão melancólica, ele a faria rir com a história de Flanagan, o cavalo que conseguia abrir fechaduras com os dentões.

Um juiz lotado depois de Tipperary foi promovido a um tribunal não muito distante daqui. Na hora certa ele mandou buscar seu querido Flanagan para o montar. Flanagan e uma égua foram despachados de trem, chegaram ao portão e foram postos num campo perto da estrada. Bem, Flanagan não gosta do novo ambiente e então faz os dentes trabalharem toda a noite e na manhã seguinte está na estação de trem por onde havia chegado na noite anterior; põe a mão na bilheteria, aterroriza a esposa do chefe da estação, que está colocando a dentadura, leva o balcão com ele, flutua sobre dois arquivos caindo em cima da porta de trás e usando o nariz como passagem Flanagan salta para o lugar onde havia desembarcado na noite anterior. Nenhum trem chegando. Então passa por uma meia porta chegando à sala de espera, cadeiras e bancos encostados, uma janela de vidro quebrada, Flanagan agora está enfurecido porque se vê preso em um quarto fechado e os homens apavorados demais para se aproximar só conseguem acalmar sua fúria dando a ele e sua senhora um balde de aveia. Na noite seguinte a mesma cena. Flanagan e a égua são devolvidos e uma corda prende o portão. Flanagan aprende a tempo como desfazer nós. O próximo passo é um cadeado. Um *cadeado é posto no portão e nosso juiz dorme profundamente até ser alertado para o fato de que Flanagan e a égua estão novamente na estrada principal fazendo um pandemônio. Desce ao portão. Ele olha e olha até encontrar a tranca e a chave jogados na grama. Ele tinha o azar de dividir um caminho, uma ruela particular, com uma tal de Sra. Boyce, ianque devoluta cujo vernáculo principal incluía as palavras "Nossa mãe"* ou "Estou querendo me dar bem". Lá vai ele à casa dela, mas nossa mãe o assunto da tranca não interessa a ela, tudo que ela deseja é saber o preço de um novilho para que possa se dar bem. Ele pergunta como a tranca foi parar lá. Nossa mãe é um mistério. Além do mais ele não tinha o direito de pôr uma tranca no portão. Ele pertence a ela. Ela o mandou fazer, ela mandou demolir os pilares e tem todos os recibos. Ele tenta argumentar com ela, diz que se o próprio Deus fizesse um portão o propósito teria sido manter animais sob controle. Nossa mãe ela concorda mas um cavalo que come tranca fica melhor num circo e não num campo. Ele diz que não foi Flanagan que atirou a tranca e a chave fora, aquilo é certo. Nossa mãe outra coisa é certa. Ela não é a favor de um cadeado. Vai atrasar as coisas para Paud entrar e sair. Seria possível persuadir Paud de sofrer o grande transtorno de abrir um pequeno cadeado? Nossa mãe ela duvidava que sim. Um cadeado não o morderia e, se um animal saísse na estrada e matasse alguém, seria assassinato e poderia ser problema para todo mundo. Ela ia pensar a respeito. Mesma cena. Um cadeado novo jogado no capim alto. O juiz decide levantar um cerca para manter Flanagan preso. Nossa mãe uma cerca não é uma boa. Uma cerca vai cortar uma fatia do lado deles da passagem. Paud se senta no portão e impede os trabalhadores de entrar. Mais cartas. Uma injunção. A corte do circuito, corte dis-*

* No original, "Oh gee", corruptela religiosamente correta de "Oh Jesus". (N.T.)

trital, tribunal e Flanagan tendo que ser mandado embora e no seu leito de morte. Nossa mãe a Sra. Boyce tem orgulho de uma coisa apenas, que eles deram uma surra no juiz.

Ele ficou ruminando por um momento e disse em tom de admoestação: — Está nos genes... Tenho tempo de sobra para o DNA mas os ingleses foderam com os nossos genes.

— A história é ótima — disse Joseph, agora relaxado, a vergonha da manhã se dissolvendo em uma mistura descontrolada de bebida e calor e risada ao redor quando a história de O'Dea foi aplaudida por vários ouvintes.

— Vou dizer o que vamos fazer... vamos pagar uma bebida para seu homem — falou O'Dea apontando na direção de Bugler.

— Meu Deus isso não.

— Meu Deus isso sim... somos finos. — Só de olhar para Joseph ele via que a expressão abjeta e derretida demonstrava alegria, ele estava alegre e queria fazer as pazes. Viram a garçonete atravessar a sala, viram Bugler e os dois homens hesitarem, e então consentirem com a cabeça e voltando a garçonete lhes deu uma piscadela porque a explosão no tribunal era do conhecimento de todos.

— Sim... está nos genes. — O'Dea disse solenemente, perguntando a Breege se ela conhecia sua própria história.

— Um pouco — disse sem jeito.

— Bem minha querida menina você deveria se informar porque tudo aconteceu por causa de uma mulher. — Decidindo agora que seus ouvintes estavam tão alegres e despreocupados quanto ele próprio resolveu dar uma aula de história.

O'Rourke era o Rei de Brefni, e Dermot McMurrough era o Rei de Leinster. O'Rourke fugiu com a mulher de McMurrough e a trouxe consigo para Brefni. McMurrough saiu atrás dela com seu exército particular mas foi derrotado e então partiu para a Inglaterra visando a explicar seu caso a Henrique II e pedir uma cavalaria para recuperar sua mulher. Henrique relutou até que McMurrough o convenceu de que os franceses ou os espanhóis podiam aportar na Irlanda e tomar a Inglaterra pela porta de trás. Henrique mandou seu cavaleiro normando, Strongbow, e quando os soldados ingleses chegaram em suas cotas de malha a Wexford e marcharam por Leinster eles aterrorizaram nossos rapazes em suas peles de urso, escondendo-se nos morros. Novecentos anos de turbulência se seguiram e tudo por causa de uma mulher.

Voltando-se para Breege ele disse que era seu dever de consciência esclarecer que — "Eu amo as mulheres, não me entenda mal, mas faça o que fizer, não se case", e determinou então que todo mundo devia ouvi-lo recordar novamente o famoso encontro — "Eu a encontrei em uma varanda... dezesseis anos dourados atrás... aquela porra de varanda... a jovem Brunilda... tão vivaz... tranças encantadoras... juventude... e tudo o mais... uma vida inteira de saladas e leite de soja". Agora estava reflexivo, ruminando, falando com o copo, a água da vida, que sorte estar longe de seu escritório gelado e da Srta. P com seus brados, longe de Brunilda e dos pequenos hunos, que eram estranhos para ele. Parou, disse que gostaria de fazer uma pergunta a sua distinta companhia — "Onde", ele perguntou, "onde jaz o assento das afeições, no corpo ou na alma".

Estavam em silêncio, contidos, sabendo que havia sido ouvido pelos outros.

No caminho de saída, Bugler parou à mesa olhando de um a um.

— Obrigado pela bebida — ele disse.

— Sou uma ponte sobre águas passadas — O'Dea disse e riu. Todos riram e então Bugler sorriu para Breege, um sorriso tímido, mas que veio lá de dentro e foi além dos limites daquele lugar, de volta aos confins da montanha, à bétula bailarina e ao rio barulhento e fugidio.

— Saíram... saíram. — As palavras tão inebriantes e afirmativas, se espalhando pelo campo, onde a lebre do mesmo verde-acinzentado como a grama corre para salvar a vida, com as orelhas em pé e guardando no pequeno embrulho frenético e peludo de fuga seu conhecimento de que essa pode ser a última vez. Os dois galgos esperando lá embaixo para serem colocados na posição de ataque emitem sons desesperados e sedentos de sangue.

Joseph se colocou distante da multidão para melhor assistir à corrida, para a ver, dizendo em silêncio a Violet para se lembrar de tudo que lhe dissera, que havia instilado nela quando esfregava o linimento em seus músculos, em seu ser.

Escorregam — o vermelho e o branco, seres etéreos, pálidos como fumaça, quase sem corpo, indo para a frente como se seus pulmões os estivessem carregando, tão próximos no início que poderiam se mesclar, depois mal se separando, criaturas sem substância, seus hálitos azulados os precedendo através das mordaças pregueadas, a multidão gritando, impossível dizer quem está na liderança, e então a lebre fazendo a curva e Violet Hill fazendo a curva com ela, a lebre mudando de rumo para escapar, ambos os galgos a cercando num movimento enlouquecido enquanto a turba grita para a lebre "Entra... entra".

Joseph está na metade do campo a caminho do posto sem saber se o lenço vermelho ou branco será levantado e toda a multidão gritando, gritando, e então a lebre desaparecendo no buraco e um momento de suspense indescritível quando o lenço branco, a cor de Violet Hill, é levantado por um homem a cavalo. O aplauso que brota da multidão tinha aquele timbre bárbaro e ressonante que exulta na vitória.

Depois quando ele a segurou ela era um só nervo, a língua molhada fina como uma folha de álamo sacudindo pendurada no maxilar inferior, os olhos de cevada bebendo o elogio. Coquete, ela levanta uma perna para a cumprimentarem, para ser parabenizada. Ele a leva de volta então visando a preparar para a próxima corrida, molhando cada pata, cada perna, no pote de água morna e lhe dando a crosta de pão molhado em mel que Breege pusera na cesta. Ele esfregou todo o seu corpo mais uma vez para que o linimento se entranhasse em cada poro, e depois a cobriu em seu agasalho xadrez e se escondeu sozinho com ela na mala da caminhonete até que fosse sua vez de correr de novo, e de novo, correr quatro corridas no total. Ele falou com Violet lá num tom silencioso e determinado. Ganhe essas quatro e você se qualifica para as corridas superiores e daí para as Oaks, e depois o Derby, até então distante, mas distâncias que teriam que ser percorridas. Ela era sua vida agora, e a vida de Breege. Breege a amava e, embora nunca dissesse, gostaria de ter ido às corridas, para fazer parte da alegria, mas Daly proibiu. Daly era o treinador e era contra a presença de mulheres, insistia que mulheres eram uma tremenda inconveniência e faziam os cães perder a seriedade. A própria mulher de Daly, Eileen, sua rainha, não tinha permissão para ir, então por que teria qualquer outra.

Ao pôr-do-sol estava tudo acabado, ameaçava chover, um labirinto de gaivotas rodando e cercando, cães e seus donos caminhando de volta para seus carros, vencedores e vencidos, ordens e acordos de se encontrarem no bar, carros atolando no campo lamacento e orgulho para Joseph quando passantes atravessavam para a admirar.

— Ela é mais do que um simples cachorro.

— Espetacular.

— Você ouviu — disse ele, que a segurou, e ambos esperaram a multidão diminuir.

De repente ela começa a ganir e a querer se soltar da guia. Ele vê o que é. No extremo oposto das raias na chuva que se avizinha trinta ou quarenta lebres estão sendo perseguidas em direção a uma cabana, e embora não as podendo ver ela as sente, a língua folhosa presa agora, cérebro e músculos na urgência de poder ir, de estar solta, de estar livre entre elas para o assassinato.

— Sua bruxa, você — ele fala segurando-a com mais força, mas ela se virou e fez força para sair, não mais feliz com o toque do dono, toda a proximidade desaparecendo, toda a maciez foi embora, longe dele agora, raivosa e distante como uma criatura selvagem.

Lá embaixo no bar o vencedor da grande corrida carrega a taça para todos a verem, orgulhoso, insistindo para que todos, mesmo as crianças, bebam dela. Ele para à frente de Joseph, pesado e com olhos zangados até que sorriu. Depois, em forma de comando, levantou um braço e disse "Apostem quem estará levando esta taça daqui a um ano".

Subitamente Joseph é levantado, alto, nos ombros de estranhos e forçado a beber o fermentado escuro, uma mistura de uísque, *brandy* e sabe lá Deus o que mais, mais forte que qualquer outra bebida já experimentada mas que ainda assim não o deixa bêbado. A sua é uma bebedeira diferente, alimentada com pensamentos no futuro, prevendo madrugadas subindo a montanha, os encontros, Daly, ele e o Caco Velho à frente da caminhonete, grandes histórias de grandes cães, cães lendários, Violet Hill entre eles, seu nome canonizado nos anais.

*

Bugler não tinha dúvida de que o dia em que começasse a cortar turfa levaria a mais problema e a uma última separação. Mas ele estava endurecido e certamente endurecido por não saber, e nem querer saber, o córrego pernicioso e interior de medo e desejo de que Joseph Brennan estava saturado.

Seria Breege quem lhe mostraria aquilo e ele não seria tão duro então e muitas coisas se resolveriam.

Acima de tudo, ele queria cortar turfa. Era uma idéia agradável a ele, uma nova habilidade a aprender, a dominar, toda uma extensão de turfa espalhada para secar, e então trazida para casa e queimando em sua nova lareira embutida. Ele só havia sentido o aroma da turfa uma vez e fora em um hotel grande aonde havia ido uma noite jantar para aliviar a solidão.

Ele tivera que fazer uma investigação para garantir sua propriedade e nas várias trocas de correspondência ele leu os nomes dos inquilinos, mais de cinqüenta de cada vez, os acres e quartos de acre e pedaços de mais ou menos cinco metros que lhes haviam sido arrendados, os aluguéis que haviam pago, um lugar umedecido pelo suor deles, suas esperanças também, até que finalmente tinham ido embora. Ele contratou um engenheiro para desenhar o mapa do que lhe pertencia e marcaram a terra com corda azul, que parecia estrangeira naquele universo de grama castanho-amarelada que chegava a seus peitos; poças de água pantanosa estranha e vibrantemente verde, peneirada com musgo, um pássaro ocasional, um avião ocasional, uma habitação retomada pela natureza e os únicos restos do homem eram um fogão a gás enferrujado e um par de calças esburacadas de flanela cinza.

— Voce poderia matar alguém aqui e se safar — o engenheiro disse brincando.

— Você também.

E riram daquilo.

Ele lera os livros sobre corte de turfa e consultou Thady, um senhor que um dia havia sido o turfeiro mais rápido do país. Atentamente ouviu, e viu quando Thady trouxe uma foice de turfa de um barraco e usando o chão da cozinha como solo fez como que arrancasse o topo da grama, depois marcando o banco de turfa e com a mesma ferramenta tendo que cavar e cavar, na diagonal, para cortar os blocos de turfa direito.

Na cozinha havia sido uma diversão mas lá fora no calor e no ar seco, com os insetos andando sobre seu corpo, suas costas como que se partindo de tanto abaixar e empurrar de um modo a que não estava acostumado, ele viu que nunca tinha trabalhado tanto nem de forma tão cansativa mas ainda assim tão satisfatória. Entre ele e aquelas tiras molhadas de terra pegajosa havia quase uma relação, um conflito, como se tem com um animal ou uma pessoa, o dar e receber, sua força *versus* a força daquilo, o render-se da turfa sob a foice e por algum motivo quando ele a puxava a voz de sua mãe vinha do nada.

Trabalhou o dia todo e não se preocupou quando alguém veio morro acima no fosso adiante, um jovem se agachando no mato alto para o espionar. Não se preocupou nem um pouco. A solidão do lugar, a estranha solenidade e os pedaços de turfa espalhados, compactos, como pedaços de um carpete raro cortados a machadadas, o fizeram se sentir reinando sobre tudo aquilo.

— É meu... É tudo meu — disse para quem quisesse ouvir.

No final do dia com a escuridão chegando ele sentou e fumou um cigarro e ouviu toda a vida se juntando, seres surgindo, grandes criaturas e pequenas criaturas, pássaros, animais, caminhando na água cheia de samambaias, o ar mais doce agora, não mais tão quente, e um maçarico soltando seu grito solitário. Mais uma vez ele viu uma figura vindo pelo fosso, mais alta que a de antes, e ele assobiou para desafiá-la a se apresentar.

Foi na segunda-feira que a carta de O'Dea chegou. Ele sabia o que havia nela antes mesmo de a abrir.

Caro senhor

Durante a última semana fui informado de que o senhor tem cortado turfa infringindo seus próprios direitos e os de outros. Pela informação recebida de meu cliente, Sr. Joseph Brennan, o senhor vem cortando turfa em uma margem que se projeta entre nove e doze metros para dentro da parte do brejo que pertence ao Sr. Brennan. O senhor também tem deixado várias pilhas de turfa para secar na área da família Brennan logo acima da cerca divisória. O Sr. Brennan tem direitos sobre cinqüenta e dois acres ao sul da linha divisória, alguns dos quais incluem a área que o senhor supõe que seja sua. Todo o trabalho lá deve ser suspenso até que se estabeleça claramente onde o senhor se situa. Caso ignore este aviso iremos, relutantemente, ter que tomar as devidas providências.

✷

As reses haviam sido separadas das matrizes aquela manhã. Foram necessários três homens para conseguir e depois Joseph ficou do lado de fora. Do lado de fora ele se sentia mais seguro; seus campos, seus limites, seu muro para se sentar, para pensar na vida. Uma vantagem sobre os quatro condados circunjacentes; morros macios, ondulantes, enevoados na ponta, o céu com cavidades de turquesa entre nuvens raras. Refúgio e santuário, não fosse a tensão dentro dele. Dez bezerros de leite tristes e mugindo, batendo na cerca para voltar para suas mães.

— Calma, calma. — Contudo, ele sentia por eles da mesma forma. Sentia pena e reconhecia a situação. As mães no campo de baixo respondiam de volta mas não no mesmo tom nem com a mesma tenacidade, as mães talvez sabendo por dentro que haveria outra estação e seria uma estação mais jovem, enquanto que os bezerros estavam banidos para sempre, seu coro desesperado mais penoso e sofrido que o de qualquer ser humano. Em bando tentaram arremeter contra a cerca, escoicearam e bateram contra os moirões de madeira até que o arame os começou a arranhar, seus olhos grandes e confiantes e os cachos de buclê nas coroas de suas cabeças em contraste direto com seu ataque violento.

Aos poucos as vacas caminham subindo o campo de baixo e o cercam, expressões de estupidez assassina em suas órbitas inexpressivas e remelentas. Elas se colocam ao redor dele, batendo as patas, mostrando suas cabeças quadradas como se pretendessem atacar.

— Suas covardes, covardes de merda — ele disse, desgostoso delas porque não estavam à altura da suavidade de seus bezerros, que por meses viveram no espaço de leite, cheiro de leite, calor de leite, os úberes gordos e macios de onde beber, onde se aninhar, e da noite para o dia sem aviso levados por uma fresta para um mundo grande, enorme, chamado lugar nenhum. Elas já não tinham sido bezerros? Não ficaram, alguns anos atrás, tão desconsoladas assim? Ou já tinham se esquecido? Ele esperava respostas. Não se importava se elas o chifrassem. Olhando para cima ele pensou estar imaginando, três reses vinham voando sobre a parte mais elevada do arame farpado, como trapézio, tão rápido que pareciam não encostar nele, duas aterrissando de pernas para o ar no campo e a terceira caindo de costas e tentando novamente no arame dobrado, que voltando à forma original retornou com força contra o animal fazendo um corte longo e fundo na barriga rósea, e a novilha voltando ao solo duro onde quedou, suas perninhas finas remexendo no ar. As recém-chegadas pularam e brincaram pois um grupo de mães as cercava.

— O que está havendo — Breege gritou enquanto corria, tropeçando, porque Goldie tão excitada pela confusão ficava andando entre suas pernas, ou à sua frente, atrapalhando-a, numa torrente de felicidade.

— Não pude acreditar no que vi... duas delas pularam a cerca... cachorras... a terceira se cortou.

— Isto chegou. — Enquanto ela lhe entregava o objeto, ele fez um gesto de desprezo.

— Você leu — ele disse contrariado.

Ela precisava gritar para se fazer ouvir. As duas bezerras haviam se escondido debaixo das mães fazendo as outras se amotinarem, implorar pelos pequenos que tinham acabado de esquecer. Lá fora se contrapondo a toda aquela cena de confusão a carta parecia mais feia e mais acusadora. Havia sido mandada por O'Dea, que escrevera no alto da página — "Para onde vamos agora?".

* * *

Em atenção ao Sr. Michael Bugler, que veio com hora marcada.

Ele nega que tenha equivocadamente cortado turfa nas terras de vosso cliente como alegado ou de qualquer outra maneira. Ele e seus ancestrais por título têm tido por mais de duzentos anos o direito de cortar turfa como parte do contrato de arrendamento entre seus ancestrais e vosso cliente levando em consideração uma certa soma.

Eu disse que na ausência de prova documental ele deveria nos apresentar pessoas familiarizadas com o brejo e que morassem na localidade e pudessem jurar que o tinham visto ou aos seus ancestrais cortar turfa na área em disputa nos últimos setenta ou oitenta anos e que reconheciam não opor qualquer objeção.

Eu lhe mostrei o mapa do registro civil das terras de sua propriedade. Também lhe mostrei o mapa que estava anexado ao projeto de lei civil. Pedi-lhe para definir para nós seu direito de cortar turfa dentro da área margeada em verde no mapa anexo ao projeto de lei civil. Mostrei que essa era uma questão básica a ser definida.

O Sr. Bugler levou consigo o mapa anexo ao projeto de lei civil e ainda o mapa do registro de terras de seu fólio 13037 e disse que iria consultar um engenheiro e voltar com uma resposta.

Não conseguimos entender a queixa apresentada por vosso cliente ou por que ele deveria estender arame farpado e outros empecilhos através do portão de saída pelo qual o Sr. Bugler leva sua turfa.

Gostaríamos de sugerir que no interesse da política de boa vizinhança vosso cliente não se meta com nosso cliente ou seus herdeiros ou prejudique os silenciosos e pacíficos prazeres do mencionado turbário.

Para resumir meu cliente nega que tenha equivocadamente cortado turfa nas terras de vosso cliente conforme alegado ou de qualquer outra forma.

Meu cliente nega que tenha alguma vez procurado ou pedido ou recebido consentimento de vosso cliente para cortar turfa conforme alegado ou de qualquer outra forma.

Meu cliente nega que tenha alguma vez provocado vosso cliente quando eles trabalhavam legalmente em suas terras ou brejos.

Sinceramente

— Isso vai acabar conosco... Joseph — ela disse implorando.

Do outro lado da cerca os bezerros passavam para cima e para baixo, num furioso e inútil movimento, a novilha ferida mugindo.

— É melhor você pegar um cataplasma para ela — Joseph disse, e começou a jogar punhados macios de terra nas vacas para as conduzir de volta ao campo baixo.

*

"O esterco líquido se decompõe no armazenamento e produz uma mistura de gases incluindo metanol, dióxido de carbono, amônia e sulfeto de hidrogênio. Todos são desagradáveis, alguns podem ser inflamáveis e um deles em particular, o sulfeto de hidrogênio, é extremamente venenoso para seres humanos e animais e é aquele com maior probabilidade de causar acidentes fatais. O sulfeto de hidrogênio é um gás claro com o odor característico de ovo podre e é levemente mais pesado que o ar. Queima no ar, mas seu maior perigo é que é venenoso. Afeta o sistema nervoso causando sintomas que vão desde o desconforto até a morte súbita. Altas concentrações sobre milésimas partes causarão parada respiratória enquanto baixas concentrações irão, após algum tempo, afetar o sistema nervoso, causando severa cefaléia, tonteira, excitação e andar claudicante."

— E essa... Desconforto até morte súbita para o puto — o Caco diz. Estão em seu trêiler, maquinando. A chuva contra as janelas sem cortinas e por um vazamento acima do umbral caem pingos do tamanho de moedas batendo em uma panela queimada. Mal há espaço para os dois, espremidos entre móveis estropiados e velhos, cadeiras quebradas, pilhas de jornais e uma televisão que chuvisca como neve mal-espalhada. Um calendário pregado na parede mostra uma moça de blusa amarela colante, muito bronzeada, com os mamilos furando o tecido. De vez em quando, o trêiler e seu conteúdo parecem falsear e os dois homens balançam como se estivessem a bordo de um navio.

— Vambora pro delicioso assassinato — o Caco diz levantando um saco de chá usado de uma lata de lixo, o mergulha em duas canecas de água fervendo e cerimoniosamente oferece uma. Seu dinheiro da caridade* do Estado, como ele o chama, não dá para mais dois dias e sua sorte nas cartas e no bingo, limitada.

— Vamos infernizar suas entradas e saídas... Que tal? Vamos trancar os portões de fora para começo de conversa... Aquele perto do barraco... Vamos trancar e pôr arame farpado em torno dele... Nem um espacinho... Mas de ponta a ponta... Do jeito que você vê na parede da prisão em Port Laoise... Imagina só... Ele vai chegar com o trator cheio de pressa... Vai saltar... Ele deve conseguir quebrar o cadeado com um alicate ou um martelo mas juro por Deus que vai ter que cortar as mãos em muitos lugares com o arame farpado... Isso vai levar quase uma hora e ele está danado... Está eriçado... Está puto e cego de raiva e com pressa... Desperdiçou uma hora naquela foda... Sobe no trator de novo para a segunda entrada, lá em cima onde não tem portão... Está recuperando o tempo perdido... Acelerando... E olha e se dá conta de que tem essa maldita guinada... O trator começa a afundar... Afundar... Mais fundo... Ele está enterrado... Tá acompanhando?

— Não completamente.

— Bem, há uma ponte de madeira naquela segunda entrada... Coberta com roseiras bravas e tojo mas embaixo dela há um vão, um buraco, cheio de água pantanosa... Então... Se tirarmos os suportes e pusermos as roseiras de volta Bugler está no buraco gritando por ajuda e sem ajuda à vista. Ele vai conseguir sair mas não vai conseguir puxar o trator... Vai ter que voltar para

* No original, *Maundy money*, dinheiro distribuído aos pobres na quinta-feira anterior à Páscoa. (N.T.)

casa e telefonar para Vinnie, da oficina... Vinnie demora a chegar... Eles acabam tirando a máquina... Mas é um Dino doente... Vai precisar de cirurgia... Resultado final: um dia inteiro perdido, um trator quebrado e uma conta de centenas de libras... Em suma um aviso, um aperitivo do que está por vir... Pára de cortar turfa, garotão.

— Será que dá para fazer isso...?

— Traição, estratagemas e gastos — o Caco diz, puxando sua caixa de ferramentas de debaixo da cama, tirando a serra, e então a colocando atravessada nos joelhos e com uma delicadeza inusitada começa a afiar cada dente com um afiador comprido, todo o tempo assobiando: — Se eu fosse um melro eu assobiaria e cantaria e seguiria aquele barco em que meu verdadeiro amor navega.

As cartas ficaram indo e vindo, com presteza e em deprimente sucessão, as palavras secas tão distantes de suas vidas diárias quanto a rua da cidade apinhada era distante do fantasmagórico bronzeado do Brejo de Yellow Dick. Às vezes chegavam duas em uma semana, depois um silêncio como que por milagre, algum progresso, tudo tinha sido resolvido ou Bugler tinha perdido a paciência e estava se preparando para voltar para a Austrália, como alguns diziam. Ele comprava seus mantimentos e seu *diesel* agora numa cidade a 32 quilômetros de distância e não era visto na missa. Assim como um dia Breege havia rezado para vê-lo por um instante ela agora rezava para que ele fosse embora.

* * *

Prezados senhores

Escrevo em nome do Sr. Joseph Brennan, de Cloontha, que me forneceu uma cópia de uma carta preliminar do Sr. Michael Bugler por intermédio de seu advogado.

Está claro que os senhores não foram corretamente instruídos neste assunto. A verdade é a seguinte:

Seu cliente e seus antepassados intitulados realmente adquiriram o direito de cortar turfa numa área do brejo de meu cliente a algumas centenas de metros de distância do lugar onde ele está cortando turfa agora.

Essa reserva de turfa a respeito da qual ele tinha direito legítimo de cortar turfa se exauriu. Foi a bem da verdade encerrada há alguns anos.

Agora sem qualquer direito ou autoridade de qualquer tipo seu cliente se mudou para outro lugar, a algumas centenas de metros da reserva de turfa original e calmamente começou a abrir uma nova reserva.

Em outras palavras tendo abandonado a reserva original ele começou a se transferir para outro ponto e a abrir uma nova reserva.

Cerca de dois meses atrás ele pediu ao Sr. Brennan permissão para cortar turfa no atual ponto mas o Sr. Brennan recusou.

Agora o Sr. Brennan não tem qualquer intenção de tolerar uma invasão de seus direitos dessa maneira.

Se seu cliente entrar nessa parte do brejo de meu cliente novamente meu cliente irá imediatamente iniciar os trâmites legais na Corte do Circuito por perdas e uma injunção.

Sinceramente

Bugler pensou primeiro em rasgá-la, então decidiu fazer um álbum de recortes para Rosemary com a intenção de que ela visse por que ele vinha sempre adiando para a poupar dessa bagunça.

* * *

Caro Senhor

Nosso cliente, Sr. Bugler, insiste em que tem direito de cortar turfa no Brejo de Yellow Dick e se opõe terminantemente à tentativa de seu cliente de tentar impedir seu caminho de entrada e saída de lá. Ele não entende por que seu cliente precisa cercar com arame farpado o portão pelo qual o Sr. Bugler tentava entrar.

Entramos com pedido de elaboração do mapa de registro de terra do Sr. Bugler para ver se pode ser de alguma valia na solução deste problema. Enquanto isso, peço gentilmente que nos informe se o seu cliente nega que o Sr. Bugler e seus antepassados cortaram turfa nesse brejo por muitos anos conforme alegado.

Sinceramente

* * *

Caro Senhor

Não podemos continuar nossas investigações e o senhor verá pelo documento anexo as dificuldades que temos tido que enfrentar. A Sra. Cleary, da firma Dowling & Co., arquitetos, esteve no brejo em várias ocasiões mas achou grande dificuldade em desenhar um mapa e em nos instruir a respeito do fato de o Sr. Bugler estar ou não cortando turfa na área ocupada por seu cliente.

Seu cliente em determinada ocasião usou linguagem imprópria, para não dizer chula, e uma vez tentou intimidar a Sra. Cleary. Isso é totalmente inadequado e inaceitável. Instrua seu cliente a dar à Sra. Cleary acesso adequado com relação aos limites em disputa ou de outro modo seu cliente corre o risco de perder completamente seu inquilinato se um mapa não puder ser preparado e apresentado a ambas as partes.

Sinceramente

* * *

Caro Senhor

Acuso o recebimento de sua carta datada do dia dez do corrente, cujo conteúdo discuti com meu cliente. Meu cliente confirmou que ele esteve em seu brejo no dia seis acompanhado do Guarda Cosgrave porque queriam pedir ao Sr. Bugler mais uma vez que deixasse sua propriedade, na qual ele estava cortando turfa e ainda por cima mexendo no dreno que nosso cliente construiu a um alto custo. Quando o Sr. Brennan acompanhado de sua irmã e do Guarda Cosgrave chegaram à área em disputa ficaram muito surpresos em descobrir que o Sr. Bugler e duas pessoas desconhecidas estavam andando pela propriedade do Sr. Brennan em local não mencionado nos autos. O Sr. Brennan na presença de sua irmã e do Guarda Cosgrave lhes pediu que deixassem sua propriedade. O senhor foi erroneamente informado de que as pessoas interessadas, isto é, o Sr. Bugler e auxiliares, se encaminharam para a estrada pública porque na verdade eles estavam bem à vista todo o tempo que levaram para cruzar aquelas terras até a habitação do Sr. Bugler. Após o Sr. Bugler sair o Sr. Brennan e sua irmã discutiram a situação com o Guarda Cosgrave, que então deixou o local da ocorrência achando que a gente ligada ao Bugler provavelmente não voltaria ao brejo. Entretanto, pouco depois disso o Sr. Brennan e sua irmã viram o Sr. Bugler retornar na companhia de um dos estranhos e o Sr. Brennan pediu ao Sr. Bugler para que não entrasse em sua propriedade. Pela primeira vez naquela tarde a pessoa acompanhando o Sr. Bugler, agora identificada como Sra. Cleary, a arquiteta, se aproximou do Sr. Brennan para lhe dizer que ele não era o dono legal das terras em questão e quando foi pedido pelo Sr. Brennan que se identificasse e justificasse o propósito pelo qual ela estava naquelas terras a Sra. Cleary nada falou e não houve mais conversa. O Sr. Brennan nega terminantemente ter gritado com ela ou se comportado de modo pouco adequado. De fato, para esclarecer completamente o assunto, foi o Sr. Bugler quem tirou seu casaco e fez uso de palavras para ameaçar agredir o Sr. Brennan, algo que causou tal comoção na irmã do Sr. Brennan que ele foi obrigado a levá-la para casa. Mais tarde naquele dia ele novamente teve que chamar o Guarda Cosgrave, que voltou ao local e falou com o Sr. Bugler que no devido tempo deixou o brejo com a Sra. Cleary e foi para casa.

Sinceramente

*

Violeta Hill, fluida, líquida, um fantasma marrom manchado sobre a montanha bem no início da manhã, uma visão que ia de um lado para o outro como uma pintura e de novo na escuridão, se unindo à escuridão exceto pelo olhos que brilhavam ferozmente. "Sua fugitiva", Joseph dizia toda vez que ela escapulia do canil. O que ele não sabia é que ela estava cavando a argila macia sob a cerca de arame. Era no molhado e no escuro que ela corria para seu destino delirante.

Bugler estava indo devagar por causa da pouca luz e quando ouviu os gritos, e desligou o motor, sabia que era um animal ferido e esperava que não fosse Violet Hill. Ele a encontrou à beira da estrada e ajoelhando a carregou e ouviu seus gritinhos estrangulados. Então a levou, pedindo a ela que não morresse, carregou-a ao quintal deles e desceu os três degraus até a porta de trás, na qual bateu com o pé, segurando-a com ambas as mãos para evitar que ela se mexesse. Sua pata traseira estava quebrada e dobrada para trás e o longo e brilhante tronco de seu corpo úmido de sangue, mas ela ainda estava viva. O sangue pingava indefeso no tapetinho da porta enquanto ele esperava que alguém atendesse. Quando a porta se abriu ele viu Breege primeiro com um sorriso e depois dando um passo para trás, chocada, incapaz de olhar para aquele amontoado disforme em seus braços.

— Oh não — ela disse.

— Eu a achei lá fora na estrada.

— Oh meu Deus — ela falou num sussurro e olhou para dentro da cozinha.

— Onde está Joseph?

— Está doente... Acamado.

— Posso subir e falar com ele?

— Eu falo... é melhor que eu fale com ele.

— Ela ainda está respirando — ele disse e juntos ouviram os pequenos ruídos de sua difícil respiração, leve como um relógio parando de funcionar. Entre si eles a seguravam assim como se de algum modo segurando-a eles a manteriam viva mas deixar de segurá-la traria o fim.

— Quem é? — Joseph chamou duas vezes.

— Melhor você ir embora — Breege disse e fez uma cesta de seu avental e Bugler pôs Violet Hill dentro dela.

— Sinto muito... Sinto muito mesmo — falou.

— Eu sei — ela falou e o empurrou para fora.

— Era Bugler — Joseph disse agitado. Ele estava no topo da escada coberto com uma manta de retalhos.

— Era — ela falou e, virando-se para o encarar, segurou o avental. Ela não sabia o que ele faria, o que diria. Ele não rosnou, não falou, fechou os olhos por alguns segundos, e então desceu os degraus da escada, pegou Violet Hill nos braços e com a mão pegou o focinho endurecido e o segurou e viu. Começou então a ajudá-la a morrer, a permitir que morresse, dizendo a ela que não era morte, era uma corrida mais e mais rápida para dentro do vazio livre e desimpedido, sob o orvalho e a chuva e as estrelas, onde ninguém a poderia ferir ou matar porque ela não era mais carne, virara espírito.

— Vou telefonar para o veterinário — Breege falou.

— Não precisa — disse ele e voltou a niná-la, movendo-a de um lado para o outro, sua voz mais baixa enquanto a vida expirava nela e então ele se abaixou e disse algo à guisa de adeus.

Puseram-na na toalha sobre a mesa e ele a banhou e arrumou como as peças de um quebra-cabeça e assim ela era o perfeito imóvel simulacro do que fora, para sempre destinada à lembrança, intacta, a delicadeza castanha que ele conhecera, que o campo conhecera, e com o polegar ele fechou os olhos amendoados e confiantes mesmo na morte.

— Me dá o tapete dela — ele disse.

— Está escuro demais para enterrá-la agora.

— Ela gosta do escuro... Ela gosta de espaços silvestres... Não gosta — ele falou, segurando as quatro pontas da toalha para fazer um leito antes de a colocar dentro do tapete xadrez.

— Bugler não fez nada... Foi outra pessoa — ela disse delicadamente.

— Outra pessoa! Nenhum outro carro sobe a estrada... Eu teria escutado.

"Você quer que tenha sido Bugler", gritou ela em silêncio para si mesma e então aspergiu água-benta no losango branco da testa de Violet Hill. Ele não pediu que fosse junto nem disse onde seria o enterro.

Joseph estava no estábulo quando viu o carro da patrulha entrar no quintal. Reconheceu-o pela antena extra e alta. Era o guarda gordo, Garvey, que ele conhecia muito bem.

— Olá, Joe... Tudo bem? — A voz se desculpando quando ele saiu do carro e cruzou o quintal. Uma cortina de chuva, um mau presságio se pendurava em tudo.

— Nuvem baixa hoje — Garvey disse.

— Nuvem baixa este ano.

— Minha mulher não consegue secar as fraldas do bebê mas é pior ainda para vocês fazendeiros.

— O que o traz à minha montanha?

— Você não vai acreditar — Garvey diz, e tentando adiar sua missão ele entra numa história sobre ir à Suprema Corte em Dublin três dias antes e adivinha o quê, havia flores de açafrão-da-primavera na rodovia.

— Você veio por algum motivo que não apenas para falar das flores.

— Vim e preferia não ter que falar, porque sei que você não vai gostar nem um pouco como eu também não gostei.

— Então não se preocupe.

— Mas eu preciso... Tenho que tomar a sua espingarda.

— Você não pode... É como minha... É como minha bengala.

— Vem cá agora, é um pouquinho mais sério que isso.

— Quem me denunciou?

— Ninguém, Joe... Ninguém.

— Foi Mick Bugler.

— Ele não, embora tivesse razão de sobra para isso... Você fica à espreita dele no brejo... Tentou emboscá-lo... Você não ganha nada com esse tipo de comportamento.

— Eu fui lá dentro praticar tiro ao alvo... Fiz isso a vida inteira; então por que não posso fazer agora?

— Não queremos que você atire em ninguém.

— Olha, é a mim mesmo que eu faço mal e não àquele patife.

— Mais motivo ainda para eu tirar sua arma.

— Ele quer acabar comigo... Todo dia ele inventa alguma coisa... Ele não se contenta apenas em cortar turfa... Ele quer o Brejo de Yellow Dick pra ele.

— Oh, um louco... A melhor coisa é o ignorar.

— Não posso e não vou.

— Olha, Joe, vamos ficar com a arma por uns dois meses até o caso se resolver e o calor arrefecer...

— O calor não vai arrefecer.

— Joe, pelo amor de Cristo, apenas me dê essa arma... Pare de dificultar as coisas pra mim.

— Eu preciso dela... Em breve é tempo de novas crias... Vai haver carneirinhos.

— Você não tem ovelhas.

— Ovelhas pastam soltas na montanha oriundas de Galway.

— Fui mandado aqui fazer um serviço, então me deixe fazê-lo.

— Está perdendo seu tempo, Garvey.

— Se você não me der vou pegar com sua irmã... Tirar do armário onde fica guardada.

— Então ela é a informante.

— Não é.

— Como você ia saber que ela fica guardada a menos que

tivessem dito... Jesus sagrado, ela foi mesmo à delegacia e me denunciou.

— É para o seu próprio bem.

— Ela coloca Mick Bugler acima do próprio irmão.

— Se eu voltar sem a arma o superintendente vai subir aqui.

— Entra e pega com ela... Diga-lhe que, quando Édipo se cegou com os colchetes do espartilho da mãe, as damas de companhia morreram de rir.

— Pelo amor de Cristo... Por que eu lhe diria uma maluquice dessa?

— Caso doa... Caso doa, meu caro.

* * *

Agora a casa estava dividida. Ele comia do lado de fora, no galpão. Escrevia bilhetes para comunicar as tarefas atribuídas a ela e as atribuídas a ele. Ela escreveu no verso de um envelope marrom que tinha vindo de O'Dea, dizendo "Não estou do lado de Bugler... Por favor acredite". Ele riscou por cima.

Na manhã em que a carta decisiva chegou ele se sentou à mesa da cozinha e leu e se descontrolou. Ela leu por cima de seu ombro.

Caro Senhor

Com referência a sua carta datada de doze do corrente quero informar que o caso em questão relativo ao assunto do Brejo de Yellow Dick cuja ordem de recebimento nº 7/5/642 Fólio 29596 foi conferida a D'Arby Bugler juntamente com o direito de cavar a turfa* conforme original-

* No original, *turbary* (direito de extrair a turfa do brejo). (N.T.)

mente exercido no terreno 6A, Brejo de Yellow Dick, contendo 52 acres, 2 quartos e 8 oitavos na ocupação de Michael Bugler e seus antepassados.

Em acréscimo devo informar que seu registro em relação ao Brejo de Yellow Dick tem um erro. Contrariamente à sua própria suposição, o senhor não é de fato o dono de 0,7 da reserva de turfa em questão. Como resultado da inspeção dos mapas de registro de terras nosso cliente agora tem garantido direito àquela porção e pretende fazer uso pleno de seus direitos e levar para casa a turfa que acumulou e como o senhor sabe é um trabalho árduo. O senhor verá no mapa anexo que é flagrantemente claro e caso oponha alguma objeção nosso cliente não terá qualquer escrúpulo em voltar aos tribunais para provar a posse indevida de sua reserva por direito. Ele lamenta que tenha havido tanto problema sobre o assunto e deseja que o senhor saiba que não foi ele o causador.

Por duas semanas houve uma onda de calor, a terra cozida e empoeirada, os cães sonolentos, as folhas nas árvores imóveis e gastas, uma névoa de pólen e poeira que peneirava através dos dias e à noite o tojo queimava espontaneamente na montanha, sendo três em cada fileira. Os homens da brigada de incêndio local tinham tido que subir até lá e Bugler era o primeiro deles. Ele havia se insinuado em tudo e ninguém pensava mal dele por causa de sua vingança contra Joe Brennan. — Isso vai lhe dar mais moral, os homens diziam quando o encontravam.

O trabalho na fazenda tinha que ser adiado até a noite e as pessoas trabalhavam sob as estrelas até a meia-noite, o ar tão parado e permeável que as vozes podiam ser ouvidas ao longo de vários campos e o latido dos cães por quilômetros em todas as direções. Os nabos que haviam sido desenterrados perdiam as golas esverdeadas e jaziam nos canteiros secos e tristes. Havia cerca de duas toneladas a serem levadas para casa e Joseph havia calculado o que ele ganharia com elas. Precisava do dinheiro. Cada carta de cada advogado vinha com uma conta dentro ou um bilhete dizendo que outras custas estavam sendo cobradas.

Trabalhavam quase em silêncio, Joseph cavando, o Caco pegando com a forquilha e passando para Breege, que jogava braçadas deles em uma carroça emborcada. Às vezes os homens paravam para secar o suor do rosto ou das axilas com uma toalha que compartilhavam, perguntando-se por que seria que Breege não suava.

— Xiii — foi o Caco que ouviu, ouviu porque era especialista nisso.

Uma sirene da polícia como um grito agudo percorria o campo, onde dois pássaros faziam uma seresta ou competiam minutos antes. Vinha da direção da montanha e não do lago e por um instante Joseph pensou que era outro incêndio ou que armas haviam sido achadas por lá, pois havia o boato de um carregamento escondido. Junto com ela veio o som do trator, os dois sons, a sirene e o trator, alternando-se peremptórios, e então um segundo de suspense e a absoluta incredulidade de Joseph.

— É Bugler levando a turfa para casa... com escolta policial — disse o Caco.

— O quê. O quê.

— Os guardas estão escoltando o carregamento para evitar problema.

— Jesus sagrado... Ele venceu, ele venceu. — Jogando a pá no solo ressecado, Joseph começou a descer as mangas da camisa para sair e o impedir.

— Não — Breege falou. — Não suba lá... é tarde demais.

— Não é tarde... ele não pode fazer isso... ainda não está decidido.

— Está decidido... está decidido agora — ela falou.

— Um homem implacável... uma máquina... *sans* sentimento... *sans* natureza — começou o Caco.

— *Sans* qualquer coisa — disse Breege e por suas palavras Joseph sabia que ela estava de volta a ele, que seriam inseparáveis outra vez.

Eram um então, um em sua dor e um em sua humilhação. Meses de cartas, mapas, desenhos, fólios, contas, tudo se tornou inútil pela força de Bugler e pela insolência orgulhosa de Bugler, os dois sons agora, sirene e trator se afastando mas ainda debochados, marcando sua marcha pelo íngreme caminho de subida até a casa dele.

— Está vendo como ele é — o Caco falou.

— Eu estou vendo — ela disse, cansada.

Muitas vezes ela tinha prometido a si mesma tirar completamente Bugler do pensamento, penetrar na casa oculta de si mesma como um mandamento e desenraizá-lo de lá. A hora chegara. Ela conseguia ver a careta viperina que se escondia por trás daquele sorriso vitorioso.

Houve então um intervalo somente com o som do trator, firme, constante, reiterativo, enquanto Bugler ia e voltava, ia e voltava, obviamente descarregando a turfa e a empilhando no galpão.

— Como você descreveria aquele som, Joseph? — o Caco perguntou.

Joseph pensou por um momento mas não respondeu. Estava longe como alguém num transe amargo no qual não queria ser perturbado.

— Um grito... Um grito de bruxa — o Caco falou e para provar sua ira chutou os nabos que jaziam como cabeças de crianças em inércia assustadora e desagradável.

O som do trator corria a partir daquela noite sob um reino de estrelas tímidas a noites sem estrelas e uma ou outra de brilho intenso como fogo, o céu uma curva musculosa e pulsante de névoa brilhante. Choveu todo o verão, amadurecendo e caindo, para chegar finalmente à montanha, aquela vida selvagem cobiçada que era um teste para cada um deles, começo e fim, um lugar onde orgulho e teimosia e perpetuidade seriam postos à prova, então e em tempos futuros.

Foi mais ou menos uma semana mais tarde que um caminhão com uma cavadeira agregada foi visto subindo a estrada. Os três trabalhadores eram todos estranhos. Logo que ouviu Joseph correu com os binóculos e subindo ao telhado do galpão teve seus piores temores confirmados. Bugler estava abrindo uma estrada morro acima até sua casa. O caminhão tinha um carregamento de ferragem preta que foi despejada e em seguida a cavadeira começou a juntar a terra revirada. Três dias se passaram até que ele conseguisse parar com aquilo. Os escombros de ferro preto e as pedras esmagadas descansavam ao lado de uma lâmpada apagada presa a um pau onde se lia "Homens Trabalhando".

Ele agora perseguiria sua causa com a fúria de um louco, a divinação em suas palavras e em sua vontade, seus animais, sua fazenda, Breege, tudo sacrificado por ela. Sabia-se bem que um antepassado de Bugler, um certo D'Arby Bugler, um irresponsável, havia perdido seu direito àquela parte da montanha, a havia perdido para o pai do pai de Joseph sobre um inverno de carteado. Havia sido escrito e testemunhado e seu próprio pai o havia repetido em seu leito de morte, como D'Arby Bugler cedera aquele corredor na montanha e tinha somente um direito legítimo de subir e descer. A loucura de D'Arby Bugler havia sido muito comentada e também falavam de como no final da vida ele perdera tudo, até a camisa que vestia. Havia sido escrito e selado e depositado em algum lugar, em algum cofre, o garrancho humilhado e apressado e levemente bêbado que seria o desfazimento de Bugler. Encontrá-lo implicava mais viagens, estadas e pernoites em quartos baratos, ouvindo portas batendo e bêbados voltando tarde. Mesmo antes de pôr as mãos nele Joseph podia ver o documento, uma folha de papel pautado grosseiro e a tinta, enferrujada e quase pulverizada e em cujos traços secos estavam as palavras reveladoras.

Um colega de O'Dea tinha esperança de encontrá-lo por intermédio de seu sócio mas quando várias buscas falharam ele tivera que ir à cidade, ao Comitê de Propriedades Rurais, onde cada divisão era registrada. Estacionou a caminhonete a alguns quilômetros de distância porque ficava nervoso com o trânsito e andou pelas ruas até chegar à praça quadrada e arborizada onde as placas de bronze de médicos e dentistas eram agora obsoletas pois cada prédio concentrava muitos consultórios. Ele se postou em um vestíbulo imenso com o atendente lhe dizendo educadamente que disputas sobre terra levavam meses quando não levavam anos, por haver tal quantidade de trabalho nesse assunto e que o nome inglês da montanha teria que ser definido com certeza para o problema poder ser solucionado.

— Slieve Clochan — ele disse, em tom de acusação.

* * *

Ele ficou tão atormentado e magro que uma noite Breege se aproximou dele na sala da frente e parou atrás de sua cadeira e disse: — Podemos conversar? — Ele estava mergulhado em livros de direito, acreditando agora que O'Dea o havia abandonado.

— O que foi? — disse ele.

— Não se feche em si mesmo... Por favor não se feche em si mesmo.

Havia acontecido uma vez antes, muito antes quando ele fizera algo terrível a si mesmo embora ela não soubesse o quê, pois era jovem demais. Era algo relacionado a uma moça, uma tal de Catherine, cujo nome não podia mais ser mencionado. Ele havia ido embora por um tempo e a mãe disse que ele fora para o litoral mas ela sabia que não era verdade. A coisa que ele fizera era um grande segredo mas ela descobriu. Ele havia tomado desinfetante para carneiros, a fim de se envenenar. Quando ele se voltou havia lágrimas em seus olhos e ela pensou ele está me ouvindo finalmente. Mas não estava. Ele lhe perguntou se ela lhe faria um favor. Se ela lhe daria sua coleção de selos. O banco se recusara a fazer mais um empréstimo.

— É apenas temporário — disse ele.

— Devagar com o disco, Joe. Joe. Joe. Olha a bola.* Deus do Céu, Joe.

Bugler e ele estavam jogando *hurley* num grande campo sem cercas nem traves. Ele ouvia o barulho dos tacos de *hurley*, cada um cortando o outro, como se estivessem num desenho animado, como se fossem animais, uma visão fugaz da bola com arame em vez de barbante em redor da esfera de couro, a bola escorregando de sua espátula de madeira e Bugler recebendo, depois, um vôo livre se jogando totalmente, para cima e para longe no ar, ele pulando para agarrá-la sentindo o remo pesado de madeira, pancada nas costas da mão e ele acordou com um bando de garotos gritando e o juiz de toga velha, apontando um dedo em sua direção — "Você o verá de novo num local a ser designado".

Acordou ofegante, o corpo encharcado de vergonha e molhado e ele sabia que estavam para chegar, pela porta ou pela janela, os meninos do sonho, torcendo e debochando. Ele estivera jogando *hurley* com Bugler num campo grande sem cercas nem traves e estavam vestidos com peles de animais, seu crânio ainda latejava com o som duro dos tacos de *hurley*, a bola de couro e alguém gritando, por pena ou zombaria, Justiça para o

* *Sliother*: pequena bola semelhante à de tênis usada no jogo irlandês de *hurley*, de couro duro, costurada, e jogada com um bastão de madeira semelhante ao de *hockey*.

homenzinho". Depois o juiz lhe dizendo que se encontrariam de novo num local a ser determinado.

Ele abriu a janela para respirar. O ar adocicado cheirava a flor apodrecendo, fora do normal, nada era normal naqueles momentos, antes do nascer do dia um verde de bile e "Justiça para o homenzinho" quando os garotos o levantaram de volta para o *replay*; dez Josephs, nove Josephs, oito, sete, seis, Mãe de Jesus, descendo até o último Joseph, pequeno e diminuído, sozinho no campo estranho em que agora germinavam grandes ramos de mostarda amarela e muito longe de casa. Era apenas um pesadelo e ainda "nos veremos novamente no ponto onde jogadores de *hurley* enterram seus mortos batendo como uma profecia. Seu segredo estava desnudo, não mais guardado e solitário naquela fresta que só ele conhecia e talvez sua irmã, inocentes ambos, encurralados contra um mundo que era esperto demais para eles.

Assim que a respiração voltou ao normal ele escancarou a porta do quarto para ter certeza de que não havia ninguém lá, chutou-a duas vezes e então atravessou a casa até o lugar onde Breege dormia. Ela não ouviu a porta abrir e por um instante ele ficou de pé e examinou aquela pacífica, quase seráfica, calma de sua face em contraste com os braços que estavam quase jogados para fora e a cabeça farta de cabeleira castanha que parecia libertina no travesseiro branco, seu peito subindo e descendo sob a camisola plissada. Ela se sentou assustada e afastou os cabelos do rosto, nada dizendo, só ouvindo.

— Isso é o que concluí — disse ele ali de pé magro e abatido, amarrando o cordão do pijama feito criança.

— O que é isso que você concluiu?

Ele ia começar a descrever mas aí subitamente sacudiu a cabeça repetidamente, como alguém sacudindo água, e disse que não era nada, era um monte de nada, somente um pesadelo que tivera. Ouvindo não o que ele dizia mas o sofrimento de seu coração por trás das palavras ela sabia que seu irmão entrava numa zona na qual sonhar e acordar, erros e meios erros, se traduziriam e ampliariam numa enormidade para se adequar ao molde louco e escuro de seu pensamento.

Bugler estava numa escada de costas para ela, em mangas de camisa, o vento sacudindo os desenhos de um vermelho brilhante em sua camisa, bolsões verdes e azuis e amarelos balançando ao vento. Ele prendia várias partes da parede com um martelo, depois escutava atentamente. Ela o observa pensando "Ele não sabe que estou aqui". É a primeira vez que ela se aventurou a subir até lá desde que era criança e fora mandada ao alto do morro com uma carta. Embora distante apenas por volta de oitocentos metros de sua casa ali parece mais selvagem e mais misterioso, mais montanha nativa, o som da água em todo canto e riachos correndo morro abaixo nas laterais da casa, céleres como se passassem por uma eclusa, a cor da água diferente da água deles, mais escura, cor de sangue. Quando o viu ali na escada, seu coração disparou e ela entendeu que o sentimento que tinha por ele não diminuíra, não diminuíra nem um pouco, e se mudara havia sido para mais. O quintal em si era como o quintal de um construtor — pilhas de brita, grandes pedras cor da pele, pedras menores, uma betoneira e peças de madeira de um rosa delicado como salmão em lata. Ela tosse para se fazer perceber.

— Acho que você deve pensar que sou louco — Bugler disse se virando para explicar que estava batendo para encontrar as partes ocas e as sólidas, quais deve arrancar e quais terá apenas que melhorar. Ele desce da escada de costas, e então levanta a mão como se fosse seu chapéu e diz "Bem-vinda".

— Temo pelo que possa acontecer a meu irmão — ela deixou escapar de uma vez.

— O que poderia acontecer?

— Que ele tenha que ir para o sanatório.

— O sanatório!

— As pessoas têm... Um homem depois que saiu da prisão e uma mulher... Uma mulher jovem... Se afogaram.

— Melhor você entrar — ele disse.

— Não vou.

— Anda.

As vigas do piso cederam um pouco quando ela as pisou na ponta dos pés e ele apontou para a sala principal, a escadaria faltando, buracos na parede na qual um dia haveria janelas compridas. Ele gastava toda a energia planejando a casa, é seu sonho, seu castelo, ela consegue entender isso?

— Posso... É meu irmão — ela diz baixinho.

— Qual seria o sentido de eu construir uma casa se não posso fazer uma estrada até ela... Se tiver que dar a volta em torno da montanha para chegar aqui... Não faz sentido.

— Eu sei — ela diz.

A cozinha com o colchão e o cobertor num canto é obviamente seu quarto de dormir de mentirinha, uma lâmina na mesa perto de um osso frio de costela, a roupa por lavar, todos os sinais de uma vida de solteiro.

— Melhor eu ir embora.

— Deixa eu te mostrar meu Rolls-Royce — ele fala e a conduz até o fogão novo de esmalte verde-escuro com tampa de metal brilhante como espelhos. Quando levanta a tampa e abre as portas do forno ela tem uma lembrança de algo infantil, algum momento perdido, o abrir de uma porta de papelão de uma casa de boneca, para dentro de um reino de magia. Ele estende as mãos para as aquecer, e a convida a fazer o mesmo. O trabalho de marcenaria era acolhedor e alegre, um bloco de açougueiro e uma penteadeira velha com nós de ouro e resina trabalhada, a vida das árvores ainda dentro dela e suas camisas secando nas costas das cadeiras.

— Temos as mesmas canecas — ela se ouve dizer.

— São muito velhas, eu acho — ele diz e, se aproximando para encontrar seus olhos, fala: — O que o seu irmão tem contra mim?

— Tudo.

— O que você sente?

— Eu não sei.

Ele diz que pelo menos ela pode se sentar e tomar um café com ele e talvez ir embora não se sentindo tão antagônica.

— Não me sinto antagônica... Estou preocupada.

Tirando uma cafeteira nova de dentro de uma caixa ele lhe pede para ler as instruções, depois a enche com água e se sentam e esperam a água ferver, então o café passa em silêncio e a cozinha se enche de um aroma novo que os deixa falantes. Quando ele serve as duas xícaras puxa uma segunda banqueta para perto dela e se senta com as pernas estendidas dizendo que ela é sua primeira visita ali na vida e talvez ela tenha vindo para lhe trazer boa sorte. É como se ele tivesse esquecido ou tivesse decidido esquecer por que ela veio.

— Vou falar com meu irmão — ela diz então.

— Você consegue?

— Oh sim — ela diz depressa, depressa demais, tentando afastar a lembrança dele de pijama no quarto dela no meio da noite e ela tendo que o levar de volta frustrado.

— Quero pagar... Já disse mais de uma vez.

— Vou mandar O'Dea conversar com ele — ela diz.

Com a discreta agilidade de alguém que acabou de pensar em fazer uma pequena surpresa ele abre uma gaveta da mesa da cozinha e tira um estojo de couro usado, os prendedores frouxos, e dentro dele, em várias divisões, uma colher, um garfo e faca, os cabos de prata rendada, escondidos nos vãos, o roxo do veludo manchado e desbotado do tempo.

— É lindo — ela diz.

— É seu — ele diz pondo-o em suas mãos.

— Não posso — ela fala.

— Sim você pode... Ainda há uma dívida a ser paga.

*

Tudo parecia o mesmo, as mesmas tarefas, os mesmos corvos, chuva, Goldie com as costas castanhas molhadas contra a janela com pena de si mesma, e fachos súbitos de sol amarelando a grama recém-molhada de chuva e em torno das raízes da faia um monte de cogumelos de um estranho alaranjado.

Então uma noite tudo virou de pernas para o ar.

Ela havia saído para prender as galinhas e encontrando o cão de Bugler esparramado, deitado esperando por Goldie, ela o espantou com pedaços de graveto. No portão ela deu com Bugler chamando e assobiando.

Ficaram frente a frente alguns minutos, dizendo que tempo horrível e quantas árvores haviam sido derrubadas no temporal e quando ouviram um carro lá embaixo na encruzilhada, então entrando para subir a estrada da montanha, adivinharam pelo som hesitante da máquina que eram as irmãs.

— Jesus — ela disse.

— Jesus — ele respondeu. Correram juntos para dentro do quintal, pisando as poças, e desceram para o estábulo para se esconder na hora em que o carro fez a curva no pátio e os faróis voltaram a suas sombras. Tiveram que pular sobre as plataformas de feno amarrado e então entraram num corredor de feno apenas ajuntado com o ancinho, indo mais e mais fundo, escorregando para dentro dele, até caírem com um duplo ruído surdo.

Logo as vozes estavam ao alcance deles. As irmãs se desdobravam em elogios a Joseph, dizendo como estava bem, como estava agüentando tudo aquilo e ele com o grande caso na Suprema Corte chegando, e que Deus amaldiçoe aquele puto do Mick Bugler.

— Perdemos uma vaca com doença — diz Rita entristecendo a voz.

— Sinto muito por saber disso.

— Acho que um dos animais de Bugler a infectou.

— É muito chato, doença contagiosa... Já tive esse problema antes.

— Vê-la morrer cortaria seu coração e ainda tivemos que pagar para levar a carcaça... Dinheiro, dinheiro, dinheiro.

Daí passaram a contar que haviam comprado feno demais no verão e agora precisavam vendê-lo.

— Oh eu tenho feno para fazer um incêndio... Como vocês podem ver — Joseph disse, ansioso.

— Compra um pouquinho... Só para ajudar a gente.

— Não posso... Estava querendo vender algum.

— Você chama isso de feno? — Rita falou e obviamente passou os dedos por ele e então riscou um fósforo para declarar que era serragem.

— Jesus, afasta isso, afasta isso — Joseph grita.

Goldie, sentindo algo dentro do galpão, vem procurar, encontra o casal submerso, começa a latir feliz, e então passa o focinho em cada rosto. Com o peteleco que Breege dá em seu nariz ela entende que não deve latir e após uma investigação silenciosa das coisas ela salta, determinada, pulando sobre o feno.

Eles ficam lá muito quietos; infames, suspensos no tempo e no espaço, juntos e mal respirando, sem se tocar mas com os olhos ansiosos no escuro, as vozes e os passos cada vez mais perto, para se afastar em seguida, as brincadeiras e piadas, uma coisa feia crescendo por dentro quando as irmãs agora percebem que não vão conseguir convencer o homem. Fazem um último e desesperado pedido, dizem que se ele as ajudasse elas iriam como testemunhas do caráter dele à Suprema Corte.

— Estou beirando a falência — disse Joseph.

— Merda nenhuma — Reena falou e acrescentou vingativamente que talvez o feno dele pegasse fogo mesmo.

Com o chapéu Bugler a escovou e com a mão removeu ciscos de feno de seu cabelo, pegando cada mecha nos dedos como se desfizesse uma trança. Então ele chegou muito perto dela, o desenho de sua boca procurando o desenho da boca de Breege. O beijo demorou tanto, dado, recebido, retomado. Seus lábios maduros. Se abrindo mais uma vez. Mais uma vez. Silenciosamente concordando. Silenciosamente agarrados. Ele a segurou e então o constrangimento que havia entre eles se fora.

— Não pensei que uma coisa tão boa assim pudesse acontecer comigo — ele disse.

— É errado? — ela perguntou num sussurro, se referindo a Rosemary.

— Você acha que é errado?

— Não.

— Então não é errado — ele disse.

Uma promessa foi feita embora nenhuma palavra fosse dita. Eles apenas ficaram ali naquele raio de encanto até que o chacoalhar do carro morreu a distância e então levantando a mão no ar e fazendo o sinal da cruz ele falou "Temos que agradecer às irmãs por isso".

Bugler vivia ocupado, era seu jeito de ser. Saía às seis no trator, subia à fazenda para serrar pedaços de ferragem e árvores caídas. Era uma serra nova, uma quebra-pedras a chamava, e podia ser ouvida a quilômetros de distância, arranhando, perfurando a madeira enquanto cortava. Acordava as pessoas, irritava as pessoas, e o fazia ainda menos popular. Rosemary ficara desconfiada. Agora telefonava embora eles tivessem concordado que era caro demais. O telefone tocava na noite em que entrou pela porta depois daquele beijo no galpão de feno. Ela sentiu que havia algo errado. Ele estava doente? Havia caído numa vala? Estava ferido? Ela ligava a uma péssima hora da noite, falando baixo para não ser ouvida por acaso, repetindo sua suspeita de que sentia alguma coisa estranha. Não. Não. Não. Ele tentou fazê-la ficar à vontade. Ela queria ter certeza novamente, queria as palavras que são esperadas numa hora como aquela, telefonando intuitivamente, queria ouvir que ela era a única e isso era tudo. Ele viu o próprio rosto culpado e ampliado nas costas de uma concha sobre a mesa da cozinha, perto de onde estava. Ele tremia. Mulheres faziam isso com ele. Rosemary, que sempre se referia a ela mesma como bruxa, e Breege, leve como uma folha mas ainda assim cheia de paixão, apaixonada. Ele tinha prometido levá-la para dançar. Cristo. Um salão de dança, onde eles seriam vistos mesmo se fosse a mais de cem quilômetros de distância, e o irmão dela e ele a caminho do tribunal. Ele ainda sentia seu beijo, tão fresco, tão destemido, fresco como aquele rio que tinham visto juntos naquele dia meses antes, onde ele pegou água com as mãos para ambos beberem. Ele preparou um uísque quente e andou em volta da casa orgulhoso de seu trabalho braçal, seu lado mais prático avaliando quantos meses ainda levaria para completar todos os cômodos, rebocar, colocar os papéis de parede, pôr as camas, tapetes no chão de madeira que ele mesmo havia posto. Havia uma carga de teca anunciada no jornal e ele tinha feito uma oferta por ela. Estava sabe-se lá onde num caminhão em Gâmbia, provavelmente esperando um intermediário dar a autorização para despachar. A vida de alguém durante um ano ou talvez dois embalada naquele caminhão. Ficaria um piso lindo, da cor de um campo de milho maduro. Gypsy o seguia ao redor da casa, seu passo tão leve como se ela andasse de pantufas. Ela não devia ficar dentro de casa. Era para ficar do lado de fora como os cães na estação, obedientes a um amo. O importante era não ir dançar. Talvez ela esquecesse o convite. Talvez ela nem tivesse escutado. Ele pensou então em algo em que não pensava havia mais de vinte anos — como ele dormia com seu irmão Charles e faziam farras sob o cobertor e quando as coisas estavam boas entre eles ele chamava o irmão de Tom e nenhum dos dois sabia por que ele o chamava de Tom mas mesmo assim achavam engraçado e riam juntos. Ele pensou em como ele respeitava Tom, o adorava e o mesmo tipo de emoção branda o percorreu na noite em que pediu Rosemary em casamento em um quarto escuro assistindo à televisão. Ele ainda podia vê-la como era, enrolada no sofá-cama, o pé dentro do bolso dele, não fodendo, mas implorando para foder e tão calada, tão estranhamente calada e vulnerável porque tinha voltado ao entreposto inesperadamente e ele tinha sido seco com ela; os dois em silêncio assistindo a Frankenstein e os dedos do pé de Rosemary encolhidos e tentando excitá-lo e a certeza espontânea e inesperada dele de que ela era a moça certa para ele, de que eram feitos um para o outro e a alegria dele e sim suas lágrimas quando ele a pediu e ela disse sim, sim, vou casar com você, Sr. Mick Bugler Temperamental. Agora Breege, macia feito musgo, feito musgo silencioso, um beijo, certamente um beijo muito longo e havia arco-íris em sua cabeça e sinais de perigo. As mulheres drenavam sua vontade. O amor de uma mulher ou o medo de uma mulher e agora o impensável, duas mulheres, ter que falhar com uma ou outra, ou ambas. Um traidor de qualquer maneira.

A manhã em que ele desceu a mala do alto do guarda-roupa Breege implorou a Joseph que não fosse. Tinha chegado notícia do nome dos advogados que haviam se unido a outra firma de advogados que tinham representado seu avô e onde o documento realmente poderia estar. Ele se surpreendeu com o pedido dela para não ir e virando-se para ela disse algo com a antiga ternura: — Não se preocupe comigo... Estarei bem. — Ela não podia dizer a ele o que queria dizer e que era o fato de que sozinha ela encontraria Bugler e Bugler a encontraria porque desde a noite no celeiro de feno estava tudo em suspenso.

Quando ele chegou à cidade era tarde mas jogando a mala na cama saiu à procura do escritório do advogado, apenas para saber a localização e para estar lá logo cedo de manhã e talvez de volta para casa à noite, para casa no ônibus noturno.

Mas as coisas realmente não saíram assim.

Cada dia ele ia à rua escondida com sua fileira de casas de pedra, degraus de pedra subindo até as portas de entrada com aldravas extremamente polidas, rígidas por falta de uso porque todo mundo tocava a campainha. Nas janelas de baixo nas persianas de lona os nomes desbotados mas veneráveis dos advogados, seis firmas no total, lado a lado e possivelmente rivais entre si, e cada dia ele amaldiçoava a própria sorte à mercê de um impostor, um oportunista que se recusa a recebê-lo. Ele já foi lá três vezes em três dias, rastejando para fora da sala pequena e entulhada, para caminhar, para inalar ar puro e comprar um pãozinho quando a padaria abre. Todo dia a mesma vista, um bando de gente indo à missa no convento e um caminhão com um duplo cabo de vassoura alaranjado preso atrás varrendo e removendo as cascas e restos da noite anterior. Sempre o mesmo, os sinos da capela, pombos nas árvores do convento, caminhões e do outro lado da curva larga do rio a visão reprovadora do tribunal onde estivera uma vez e estará novamente, depois descer até os advogados com a secretária avisando "Ele não está aqui", antes mesmo de ele falar qualquer coisa. Quando liga para Breege à noite nada diz de tais frustrações, de ser tão humilhado, ele diz que as coisas estão progredindo lentamente, pergunta se ela contou o gado e se notou se algum deles pode estar adoentado, então promete ligar à mesma hora na noite seguinte.

Cada dia o fazem sentar numa sala de espera, seu olho na passagem entreaberta que leva ao corredor por onde todo mundo incluindo o impostor tem que passar. Ele não consegue ver o homem e ninguém diz por quê. Moira, a secretária, o deixa no escuro, não oferecendo explicação exceto que seu supremo chefe é uma lei em si mesmo, não pode ser incomodado, não vai ser incomodado, fazendo cento e uma coisas ao mesmo tempo.

Moira senta-se atrás de uma escrivaninha fingindo surpresa a cada rosto, cada chegada, pessoas a quem mentiu ou insultou ou despachou desoladas.

Na quarta manhã ele decide ser duro com ela, dar-lhe um ultimato. Decide entrar lá e ameaçar seu patrão o denunciando à Ordem dos Advogados e imagina como ela vai olhar para ele com seus olhos gordos e vai se levantar, atravessar uma porta e naquele momento as portas duplas que levam ao santuário interno vão se abrir e ele será levado para se encontrar com o

Sr. O'Shaughnessy cara a cara. Após os cumprimentos formais ele lhe contará sua história sem demora e o deixará vasculhar os arquivos e as caixas e com a mesma certeza de ter sido decepcionado a cada dia ele certamente encontrará o que procura, pois está lá. Pensando assim enquanto desce a rua silenciosa, ele se sente bem mas então pensa na mulher ao lado da qual terá que se sentar, cabelo de arame grisalho, olhos de aço cinza, fazendo crochê numa tira comprida de renda branca e contando os pontos para si mesma. Por dois dias ela o ignorou, e na terceira noite, pouco antes de fechar, Moira correndo para se livrar deles, a mulher se voltou para ele e disse: — Você está aqui por causa de sua terra. — Antes que ele pudesse retrucar, ela continuou: — Vá para casa e esqueça tudo isso ou você vai terminar como eu no asilo.

— A senhora está no asilo? — ele lhe perguntara.

— Por quinze anos... Venho aqui certos dias porque foi aqui que voltei antes de perder tudo... E eles não me ajudaram... E eles não vão ajudá-lo, meu caro jovem. — Ela não falou por solidariedade nem por pena, mas numa espécie de êxtase vingativo.

Quando chegou disposto a pegar Moira, ele disse "Vou esperar", antes que ela dissesse uma só palavra.

— Oh, você pode esperar o dia inteiro.

— Vou esperar — Joseph diz e vai em direção à mesma cadeira, chocado pelo fato de que uma divisória foi levantada ao redor da sala, um biombo feio de ráfia cor de aveia bloqueando sua visão da porta aberta e do corredor.

— Isso é novo — ele diz e bate nele com o cotovelo, esperando que caia.

— Meu bom Deus não... Sempre esteve aí — ela diz e quando ele se senta entende que vai ter que esticar o pescoço para se comunicar com ela ou gritar por baixo daquilo. Tem a visão completa dos pés dela, um pé calçado com meia de náilon cruzado um sobre o outro, massageando e amassando, um sapato de salto gasto chutado para o lado.

— Não estava aqui ontem — ele diz.

— Estava fora consertando — ela fala, sem a polidez afetada das outras manhãs, "oh pobre de você... o trabalho que ele tem tido... longe de sua fazenda... se pelo menos você tivesse um telefone no carro como ele tem... eu poderia lhe telefonar no instante em que ele aparecesse àquela porta e você poderia correr até aqui e nós dois o agarraríamos... tirar a porra daquela coisa das mãos dele e neste momento tudo já seriam flores".

— Não vou mais agüentar isso... Entra e fala com ele.

— Jesus — ela fala, e com uma risada histérica pergunta como alguém se arriscaria a fazer aquilo, se intrometendo com um homem que tem seis personalidades diferentes, deixando-a à mercê de insultos e talvez sendo até despedida.

— Ele é mau assim? — ele pergunta, percebendo que ela é sua única chance.

— Um diabinho — ela diz e põe a mão no lábio superior caso a mulher do crochê tenha escutado.

— Você não está a mesma de sempre hoje, Moira — ele diz.

— Estou com a energia baixa — ela fala e chuta o segundo sapato para mostrar intimidade.

— E por que isso?

— Fui dormir tarde... Fui assistir a uma banda... Maravilhosa... Formidável eu diria... Você também devia ir... Eles tocam toda quarta-feira... Num lugar a mais ou menos três quilômetros da cidade... É uma libra a entrada mas vale muito a pena, notável. — Enquanto ela gasta saliva, ele ouve passos, a porta batendo e quase ao mesmo tempo ela é requisitada por telefone. Ele tem que se esticar para ouvir o que ela está dizendo.

Ele adivinha que o que ela está dizendo é que o montanhês está de volta e o que ela deve fazer e o que deve dizer. Sua voz fica ainda mais baixa quando ela balbucia desculpe algumas vezes, obviamente em resposta a alguma descompostura e quando põe o fone de volta no gancho ela começa a escrever cuidadosamente em seu livro grande e preto, ignorando a pergunta que ele lhe fez.

— Ele está lá dentro... Ele está do outro lado dessa porta dupla — Joseph diz. Ele se levantou. Está olhando fixamente, lívido, para os grandes olhos nublados e cinzentos.

— Ele está com um cliente — ela fala, levemente apreensiva por sua proximidade e seu punho.

— Eu sou um cliente — ele fala.

— Por Deus abaixe a voz ou ele vai ter um troço.

— Assim seremos dois... Porque também estou à beira de ter um troço.

— Olhe — ela diz, e é tempo de cochichar de novo: — Eu não aconselharia... Ele está de péssimo humor... Cagando e andando... Deve ter saído de um julgamento... Espera até depois do fim de semana e vou fazer com que ele fale com você e com a ajuda de Deus e de Santo Antônio vou conseguir isso para você... Ele está sempre risonho segunda-feira de manhã depois que acompanhou a caçada.

— Como posso acreditar em você.

— Joseph Brennan, que coisa horrível de se dizer. — Como a ofensa é entranhada nela, lembra-o dos quatro dias em que ela lhe permitiu sentar e esperar, duas vezes fazendo café para ele e ouvindo bobagens sobre a roça, a cúpula de ouro da montanha, o algodão do brejo, e o jeito delicioso que sua irmã cozinhava truta em leite e cebolinhas.

— Tudo que eu quero é meu papel com meus direitos... Não

me interessa quanto vou precisar pagar por ele... Não me interessa se vou ter que quebrar o pescoço dele... Eu quero o papel.

— Oh Jesus, eu não o invejo — ela diz, lágrimas de comiseração em seus olhos agora quando ele a desafia a levantar o fone e o anunciar e na confusão que se segue enquanto eles dizem palavrões um para o outro ele ouve uma porta, então a porta do corredor batendo e em um êxtase de adequação ela se levanta e diz: — O Sr. O'Shaughnessy saiu para caçar.

Mais tarde, ela encontra Joseph andando para cima e para baixo na rua, falando sozinho.

— O chorão da cidade — ela diz debochando.

— Estou nas últimas — ele fala, fazendo um último e desesperado apelo a ela. Ela o repreende, diz que não deveria ter falado com ela daquele jeito ofensivo mas tendo espírito esportivo ela está pronta a perdoá-lo. Ela tem uma intuição, teve um ou dois minutos depois que ele saiu, ele deve ir até a Daffy's, loja de cortinas, conseguir roupas adequadas com as dragonas diagonais de cavalaria, achar um cavalo em algum canto e na manhã seguinte juntar-se à caçada e lá então o Sr. O'Shaughnessy é um homem completamente diferente, bebidas quentes, damas e cavalheiros, morros e vales, lá fora eles seriam iguais e poderiam fazer negócio.

— Onde consigo dinheiro para dragonas de cavalaria?

— Você tem dinheiro aos montes... Fazendeiros sempre têm dinheiro... Eu sei disso pelo patrão... O dinheiro que é sempre encontrado quando eles morrem... Em jarros... Debaixo do colchão... Fortunas.

Joseph fica de pé de sapatos novos, um bom paletó e a melhor camisa branca já lamentando sua coragem de ter vindo. Foi um jovem que o encontrou na rua procurando por Moira quando ela saiu em seu carrinho. Ele estava informado do problema e disse que se fosse ele iria ver o Sr. Barry, um homem de muito boa reputação que dirigia a firma antes de o Sr. O'Shaughnessy vir e era como a figura de um pai para ele.

— Você acha que ele ajudaria?

— Estou certo que sim.

Estão nos jardins, na propriedade do Sr. Barry, com o Sr. Barry apontando para o pé de cedro, mais alto, mais impressionante que todas as outras árvores e, nos espaços entre os galhos que parecem garras, pombos passeiam e arrulham. A casa é de tijolos, levemente envelhecida, os degraus da entrada cobertos de musgo e flores azuis pálidas como uma chuva fina. O sol poente transformou as janelas compridas em painéis de fogo.

— Você quer adivinhar a idade do cedro? — o Sr. Barry diz e sem hesitação continua descrevendo como um homem urbano, um arboricultor, determinou a idade exata pondo-se perto do tronco, medindo o diâmetro, dividindo, multiplicando e por meio de uns cálculos mágicos se saiu com a idade da árvore, que coincidia com a idade da casa.

— Arboricultores! — ele diz, levando seu visitante pelo

terreno e Joseph o segue na ponta dos pés, para abafar o som do couro novo arranhando no chão de cascalho e cacos de mármore.

— Eu não teria vindo até o senhor se eu não estivesse desesperado — ele diz.

— Estou muito contente que tenha vindo... Eu sempre digo. — Então, o Sr. Barry começa a cantar: "Se eu puder ajudar alguém enquanto estou passando por aqui, então minha vida não foi em vão."

— O senhor tem uma bela propriedade — Joseph diz constrangido.

— Vamos para a sala de estar? — o Sr. Barry diz.

— Como o senhor quiser.

— As danadas das muriçocas te carregam aqui fora, é por isso que eu fumo — ele diz e ri de leve da própria esperteza.

— Sessenta por dia e nunca me senti melhor. — Ele segue na frente, jovialmente saltando os degraus.

Quando entram na sala de estar o primeiro pensamento de Joseph voa até Breege e como ela adoraria aquilo — o teto branco, como um bolo de casamento, labirintos incrustados, galhos finos correndo em todas as direções saindo de uma roseta central e de vasos de flores emborcados jorram pilhas delas. Nas paredes treliças de gesso abrigam-se entre a pintura que é de uma tonalidade viva de açafrão. Suntuosidade. Livros encadernados em couro, um piano, poltronas, sofás, flores frescas em vários jarros e música vindo dos quatro cantos da sala como se saísse das esferas.

— Beethoven — diz o Sr. Barry e faz pouco dos músicos de baladas locais com suas peles de cabra e cabelos sujos berrando canções bárbaras. Ele despeja um uísque para cada um e os leva até a lareira, que ele diz ficar acesa inverno e verão, um ritual deles. Acender a lareira é sua tarefa, as flores são a tarefa da Sra. B.

Sim realmente ele se lembra dos avós de Joseph, principalmente a mãe com seu chapeuzinho preto com a tira no queixo.

— O senhor tem um palácio — Joseph diz, olhando fixamente uma donzela de gesso oferecendo uma cesta de frutas a uma cavaleiro.

— Os Irmãos Francini... Suíços... Fizeram todos os tetos maravilhosos do país— e o Sr. Barry tenta se lembrar da localidade exata de onde os irmãos vieram, então reclama afetuosamente da falência de suas células cerebrais e ri vitorioso enquanto mexe o uísque sobre as pedras de gelo, então dá uma piscadela.

Para deixar seu hóspede à vontade ou porque a lembrança havia voltado o Sr. Barry pensa em voz alta em sua infância, sua bela infância, a jovem babá no berçário servindo o mingau, uma certa Srta. Delany com uma juba vermelha maravilhosa, uma tentação para todos os jovens que nela punham os olhos. A Srta. Delany levada, se esgueirando à noite para encontrar com o tratador de animais na casinha de fora, tudo isso teria sido uma beleza não fosse pelo fofoqueiro. Um homem com uma lanterna de pilha, que achou que era de sua conta controlar a vida erótica do dia ou da noite, espionou seu namoro e então foi ao padre, que não podia tolerar isso por dois motivos, cometer pecado mortal e com um homem casado. O resultado foi que o padre veio visitar a casa e a pobre Srta. Delany foi mandada embora e foi para a Espanha trabalhar para um duque e uma duquesa, cartas escritas sobre seus amores de olhos escuros, depois nenhuma comunicação, pois ela foi encostada na parede, junto com a família real, e metralhada pelos comunistas. Ele parou por um momento, piscou para corrigir uma lágrima e disse como ele sempre tivera grande interesse nas pessoas, pessoas eram sua adrenalina, ele se encharcava nelas. Com um sorriso fácil e sacudindo um dedo, disse que suas antenas lhe falavam que havia algo incomodando o seu visitante.

— Estou morrendo de preocupação — Joseph disse de uma vez. Então de forma tão concisa quanto era possível ele descreveu a chegada de Bugler a uma fazenda que havia estado desocupada durante anos e de repente se assenhorando dela, primeiro um campo, depois um brejo, depois uma montanha.

— Um oportunista.

— Exatamente.

— Sem um sim ou não — o Sr. Barry diz, pegando a carta que Joseph quer que ele leia. Ele recorre a uma voz mais formal, ocasionalmente olhando pela porta temendo que alguém os escute.

— Somos obrigados a lhe dizer que a área entre as terras marcadas em vermelho e azul, em outras palavras, a área marcada de marrom, não são suas e o obrigam a renunciar a todos os direitos a ela e a pagar pelo uso nos últimos cinco anos, lucro feito por você mesmo sem pagar aluguel nem se desculpar por isso. Nosso cliente pretende terminar a estrada que ele começou uns dois meses atrás. Seu motivo é bem lógico, é para fazer o acesso à sua casa mais fácil. Tudo que desejamos garantir é que você não vá impedi-lo nesse esforço. Nosso pedido à Suprema Corte será de estabelecer o registro de propriedade da seção marrom de nosso cliente e para lhe avisar que empregados ou agentes que entrem no corredor em disputa ou o obstruam arcarão com as providências mais sérias, que seriam extremamente desgastantes.

— E o senhor tem certeza de que a área marrom é sua?

— Certeza... Meu bisavô a ganhou de um tio-avô dele que não teve saída... Ele a ganhou... Foi assinada e selada na sala dele... O tio era um jogador. Meu pai me dizia freqüentemente e repetiu em seu leito de morte... Os papéis estão incompletos... Esse é o meu problema.

— E nós precisamos daquele pedaço de papel para agir contra as depredações do espertinho.

— Se ele terminar a estrada... Eu me arruíno... A montanha se torna dele.

— Você tentou uma mediação.

— Eu o agredi.

— Bom homem... Uma briga no bar... Ele o mereceu. — Olhando para o teto o Sr. Barry se pergunta qual será o próximo passo e sussurra alto: "*Vigueur du dessus.*"

— Grimes & O'Shaughnessy é a firma de advogados — Joseph diz e, quando o Sr. Barry escuta, é apanhado novamente por um golpe do passado, o passado distante, e seus olhos marejam quando ele se lembra de um Sr. O'Shaughnessy sênior, um avô ou possivelmente um tio-avô do atual responsável, que andava pela cidade com metade de seu escritório nos bolsos do casaco, sim, seu casacão de gola de pele com os bolsos recheados com todas as evidências que ele necessitava para ir ao tribunal, era introvertido e daí ganhou o apelido de Raposa O'Shaughnessy.

— O homem atual não me dá... Nem mesmo me recebe — Joseph fala, emocionado.

— Isso é muito antiprofissional.

— Vou lá todo dia e a secretária diz volte amanhã.

— Ela passa a informação?

— É isso que não sei.

— Ele é temperamental... Esquenta e esfria... Mas não é mau, gosta de um copo e dessas coisas.

— Estava pensando... Já que o senhor o conhece... Já que foram sócios, se... Joseph começa mas o Sr. Barry já adivinhou.

— Agora meu caro Joseph, eu vou se me permitir interrompê-lo... Se eu telefonar para o Sr. O'Shaughnessy... E é claro que eu poderia... Nada mais simples... Vai parecer pretensioso...

Pense nisso... Ele vai se sentir encurralado... Um de seus pares reprimindo-o severamente... Não vai ficar bem... Não vai ajudar... Agora a verdadeira solução... O pulo do gato, por assim dizer, está em você escrever uma carta... Uma bela carta... Um *cri-de-coeur* humano... Num piscar de olhos você vai ter sua simpatia e finalmente seu pedaço de papel.

— Já tentei isso.

O fogo abaixou, a turfa queimada parece barras de rosa líquido, algumas faíscas crepitando intermitentemente. Lá fora no salão Joseph ouve gente chegando, cumprimentos feitos e recebidos, alguns com sotaque estrangeiro enquanto o Sr. Barry explica que eles recebem hóspedes pagantes para evitar que sua linda casa acabe nas mãos de algum espertinho. Num impulso ele joga um beijo de gratidão na direção do salão. Havia um cheiro de assado de tempos em tempos, quando uma porta era aberta e o Sr. Barry tentava se lembrar se havia carneiro ou porco para o jantar. A distância, veio o som de um sino, leve, chamativo. Joseph sabia que deveria ir embora, mas continuava sentado, perdido, esperando ser instado a ficar.

— Você e eu nos manteremos em contato — diz o Sr. Barry, se levantando, e então se curvou e retirou uma mancha de grama cortada de seu chinelo aveludado, dizendo que ele não podia parecer maltrapilho na frente de hóspedes pagantes.

Joseph agradeceu, agradeceu profusamente pelo conselho mesmo sabendo que saía desapontado.

Na estrada lá fora, longe da conversa, do teto pintado, do chapeleiro com apenas um chapéu pendurado e carros passando a uma velocidade estonteante, ele está perdido, fragilizado, sem rumo.

Ele pára e deixa o ar noturno cair em seu rosto e em seu corpo, tremendo de decepção, como se tivesse acabado de saber que há somente ele...

Para se recompor começa a recitar partes de poemas, poemas que ele aprendeu na escola e outros quando estava longe naquele lugar e uma enfermeira o trouxe de volta à razão, fê-lo ler poemas e aprendê-los de cor. Um verso, versos vieram à mente.

Nos encontramos
No Poço do Falcão sob árvores rugosas
Eu o matei no Caminho de Baile.

Um carro parou, o motorista com a cabeça para fora para pedir informações recebe como resposta o adágio de Cuchulain: "E desembainhei minha espada contra o mar."

— Oh um caso de hospício — o motorista grita e vai embora.

Uma lua boa para a colheita parecida com um gongo laranja surgiu sobre a linha da montanha e logo parecia velejar e em um perolado perfeito se pendurar sobre o lago, listras de luar se esgueirando no piso da casa-barco quando Bugler soltou a corda, depois levantou um remo conduzindo a uma passagem baixa através da treliça do bambuzeiro alto e de arbustos dourados de ferrugem. Pássaros aquáticos partiram em revolta, seus gritos estrangulados, raivosos porque a solidão noturna no lago foi interrompida. Uma noite imóvel, a água um espelho em que montes de nuvens em movimento faziam desenhos macios e fugazes.

Eles se sentam de frente um para o outro, Breege dirige a rota, conduzindo-o para longe das pedras em direção à ilha com a torre elevada, sombria e reprovadora parecendo um monge alongado. Suas sombras brincam e dançam na água e o luar se derrama sobre o colo dela. Vão em silêncio e em silêncio ele amarrou a corda no cais improvisado e tomaram seu caminho na relva molhada onde um pequeno rebanho, alguns animais respirando ruidosamente, eram guardados por um touro jovem que parecia pronto para atacar.

As tumbas atrás do muro de pedra eram divididas em duas partes, uma para os restos de santos e eclesiásticos e a outra para algumas famílias locais, incluindo a sua. Havia várias igrejas e um oratório de pedra, destelhado, despido à luz da lua.

As lápides brilhavam e os círculos de pedra que rodeavam suas cruzes duplas emitiam halos de luz prateada. O único som provinha do lago, a água baixando, um som de sucção que emudeceu a distância. Nos túmulos manchas de luz da lua em contraste com os medalhões brancos de líquen, flores negras e flores acinzentadas, ambas.

Era Breege agora mostrando a ele seu mundo como se fosse sua casa, um lugar onde ela se movimentava com a mesma facilidade que o fazia em seu quintal ou sua plantação, caminhando sobre os túmulos, falando os nomes, velhos e nem tanto, pessoas jovens, crianças, mensagens orvalhadas manuscritas sob as cúpulas de vidro quebrado onde obviamente o gado havia entrado e pisoteado. Por último, ela leu os nomes de sua própria família e então mostrou uma faixa de terra próxima à de sua família mas margeada de seixos que ela pintara de branco.

— Por que você quer seu próprio túmulo?

— Um pouco de paz.

— Você não tem paz?

— Não muita... Sempre há alguma coisa — e pelo modo como ela falou ele sabia o que ela queria dizer e disse que sentia muito, realmente sentia muito mas talvez um dia o irmão dela e ele se reconciliassem.

— Vamos esquecer disso por esta noite — ela disse, indo para a sombra da torre, depois abrindo um pequeno portão, que gemeu e o conduziu ao oratório frio que cheirava a argamassa e cal. Sozinhos, em pares, em tríades, estavam os rostos esculpidos, solenes, faces bulbosas e faces encovadas, as órbitas dos olhos de pedra cheias de um nada granuloso, ao redor de tudo os espectros de morte que eram um estímulo aos vivos.

— Esta igreja tem o seu nome... St Michael — ela falou.

— Para o que ele era bom?

— Para matar dragão. — Quando ela falou, ambos riram.

— Poderíamos morar aqui — ele disse, sua mão tocando as pedras, dizendo que com um pouco de calor o lugar seria quase habitável.

— Poderíamos sim — ela disse provocante. Sua timidez havia diminuído e ela até aceitou um cigarro para esquentar. Era melhor que qualquer hotel ou qualquer baile. Seu presente por meses e meses de olhar lá fora na grama molhada ou um pedaço de caminho úmido secando ao sol, e às vezes pensando que uma roupa dançando na corda prenunciava a chegada de um visitante, que bem poderia ser ele. O trator perto ou longe, música para seus ouvidos e amargura para os de seu irmão.

— Às vezes lá em cima na casa à noite eu pensava em você somente a oitocentos metros de distância estrada abaixo — ele disse.

— Ah, os homens! — ela falou, tentando soar sábia.

— Exceto que eu não sabia o que aconteceria se eu batesse à sua porta... O que você sentiria... O que você sente.

Ele se postou em frente a ela, a luz da lua fatiando a metade mais alta de seu corpo, sua camisa branca e seu peito sob ela parecendo uma escada de listras escuras e listras claras.

— Tudo bem se eu segurar sua mão? — ele falou, suavemente.

— Acho que sim — ela disse mas não o deixou segurar por muito tempo.

Do lado de fora ela o conduziu novamente pelos túmulos contando histórias das diferentes famílias, famílias amadas e famílias odiadas, famílias que haviam lutado e brigado e morrido brigando, testamentos que haviam sido mudados em leitos de morte, um marido e uma esposa, Jack Darling e Betty Love, como eram conhecidos, morrendo uma semana após o outro exilados e trazidos do outro lado do mar para serem enterrados em casa.

— Quando você casar, seu marido vai poder compartilhar seu túmulo?

— Quem disse que vou casar?

— Claro que você vai casar... Uma moça linda... Uma mulher linda.

— Conversa!

— Não é conversa, Breege.

— É a primeira vez que você fala meu nome.

— Bem, há sempre uma primeira vez — ele falou como se reprovado.

Quando ela lhe disse para olhar para o outro lado ele obedeceu e esperou que ela o chamasse, mas depois de fumar o segundo cigarro decidiu que devia ir à procura dela. Ele chamou, depois assobiou, então repetiu seu nome e os ecos ficavam próximos, assustadoramente distintos naquele lugar solitário. Ele não queria ficar lá sem ela e certamente ela também não.

Ele procurou atrás das lápides e tateou procurando o caminho ao redor da base da torre redonda esperando a qualquer momento sentir seu cabelo ou suas mãos finas estendidas para ele. No final decidiu que ela se fora e desceu ao bote. Só lhe ocorreu depois e no caminho de saída procurar no oratório inundado pela lua.

Ele a encontra no canto mais distante, no chão, como se tivesse voado até lá, tremendo de medo e frio, excitação e terror, seu corpo um vaso atravessado por um toque de fogo. Ele a beija agora, beija seu rosto molhado de lágrimas. Com ela nos braços ele pode sentir a agitação com que ela descansa em seus braços e luta para deles sair. Ele alisa e afaga seu cabelo, fios de eletricidade voando, fugindo, e o rosto sempre claro está mais pálido e sublime ao luar. Ela é como uma das figuras de pedra, menos os olhos, que estão apaixonados e brilhantes. Ele falou palavras ternas e sussurradas, os dois corpos grudados como um, suas sombras apenas uma, e que parecia apenas um coração latejante querendo sair do peito.

De repente há um movimento por trás do muro baixo de pedra e as vacas e um touro correm para todos os lados freneticamente.

— Por que mantêm um touro aqui?

— É o açougueiro... Ele aluga o pasto... Meu irmão diz que é para evitar que gente atravesse até aqui para seus próprios túmulos...

— Seu irmão — diz ele, entre apaziguador e aborrecido e então pergunta se ela também pensa que ele é um canalha.

— Sim, eu penso.

— Então por que estamos aqui?

— Estamos aqui porque você é duas pessoas... Como todo mundo.

— Você é duas pessoas?

— Sim. Meu irmão sempre disse que eu era... Ele me dava peças para encenar nos campos... Dizia que eu era Perséfone.

— Quem é ela?

— É de uma fábula.

— Então por que ela?

— Porque eu adorava colher flores, rosas e outras... Ela colhia flores.

— E o que aconteceu com ela?

— Ela passava metade do ano no Hades e a outra na terra.

— Oh, Breege — ele disse e logo após acrescentou contrito: — Senti muito o que aconteceu com Violet Hill... Muito mesmo.

— Eu sei que você sentiu... Ele nunca mais falou nela... Ele é assim.

— Você é muito boa pra ele.

— E por que não seria?

— Se ficarmos aqui, você sabe o que vai acontecer — ele diz solene.

— Eu quero ficar aqui.

— Você é uma sonhadora.

— Você preferia que eu não fosse?

— Não... Não queria... Eu não mudaria nem um segundo disto aqui.

— Mesmo assim, durante o ano você mal falou comigo.

— Havia uma razão para isso e você sabia.

E eles ficariam lá mais um pouco naquele círculo de luar entre as semelhanças de santos e mártires, sem duvidar, sem hesitar, olhando dentro do rosto do outro como se fosse a primeira vez e por todo o tempo, sem nada dizer, cheios de felicidade e medo como se o amor e a fatalidade fossem uma e a mesma coisa.

— Você está tremendo — ele diz.

— Você também — ela fala e eles se abraçaram naquela proximidade nascente na qual o eu se perde, o eu se transforma no outro, contra a morte fria e desesperada e a vida fria e faminta, naquela nuvem de calor e luz que rapta o encontro, aquele pacto que seria deles para sempre e ainda assim nunca deles como flores que são plantadas na neve.

* * *

Voltaram para casa antes do nascer do dia, o movimento leve dos remos, depois o crepitar das madeiras com a regularidade alternada e constante, o céu manchado de rosa e espelhado no espelho d'água, os morros baixos ao redor mergulhados em gotas lilases, os pássaros aquáticos ocupados, dominadores, se alisando e se enfeitando, empoleirados em qualquer superfície de junco que pudessem achar. Ela se sentia estranhamente distante. Voltar para a mesma vida e estar diferente. Ela não pensava que sentiria a falta dele. Ela não sabia. Ele largou os remos quando passaram pela moita de bambu e começou a assobiar. Era um assobio baixo, absorto, longo, atenuado, era para ela, pelo róseo do céu, pelo brilho rosado na água e mesmo quando a traquéia e os pulmões doeram como se estivessem sendo esmurrados ele continuou assobiando, a dor em proporção exata e insuportável à felicidade que sentia, um assobio com alegria e êxtase e suspense juntos.

— Finalmente, até que enfim. — Joseph junta as mãos em forma de celebração e se congratula por ter perseverado.

Muito em breve vai tê-lo nas mãos e sairá de lá para a rua como um homem livre, mais tarde para a estação rodoviária com sua mala e um bolo de confeitaria dentro de uma caixa branca. Eles estão no primeiro andar com Moira batendo à porta marcada com a indicação "Particular" e uma cortina de renda amarelada sobre o painel de vidro. Ela está alegre, confirmando com um "Não disse?".

É um cômodo grande e desolado com uma escrivaninha, uma cadeira de cada lado e uma surpreendente falta de mobília. Na excitação de poder entrar, ele demora a começar a falar, absorvendo os detalhes da sala, surpreso de ver a decadência, um carpete cheio de buracos de cigarro e uma eterna poeira assentada sobre todas as coisas. A grade do fogo está vazia mas na lareira de ardósia há uma estátua do Menino Jesus de Praga, o garotinho com seus cachos de gesso cor-de-abóbora e do outro lado uma figura negra entalhada que poderia ser um homem ou uma mulher. Um cômodo despido, uma sala fria mesmo no verão, mas, o que importa, ele está dentro. O homem que concordou em recebê-lo não é o Sr. O'Shaughnessy, que ele procurara dias seguidos, pois ele está nesse momento no exterior a negócios e não se sabe quando voltará.

— Agradeço por me receber — ele diz, se sentindo em casa

com esse homem que não é nem um pouco posudo, grandes remendos em seu paletó velho e um terçol no olho esquerdo.

— Vou anotar os detalhes — ele diz formalmente e abre uma agenda na qual não há uma única anotação. Ele folheia as páginas e todas estão limpas, sem nada.

— Já dei a Moira todos os detalhes, é um documento sobre a posse de uma estrada de terra de meu pai na montanha perto de Derry Goolin... É onde nasci.

— Nunca fui para aqueles lados... Imagino que seja muito bonito.

— Você deveria ir... É o que mais se aproxima do céu em termos de natureza que você possa imaginar...

— E você está em litígio quanto a ela?

— Ainda não... É por isso que estou aqui, sabe... É um caminho antigo que me pertence e ele tem o direito de passagem.

— E como posso ajudar?

— A prova está aqui... O papel está aqui em algum lugar neste prédio.

— Há quanto tempo foi isso?

— Entre oitenta e noventa anos atrás.

— Tivemos um incêndio e essas coisas.

— Jesus Cristo, não pode ter sido queimado... Não me diga que foi queimado.

— Não estou dizendo que foi... Estou dizendo é que não seria fácil encontrar.

— Não podemos procurar...? Mesmo que você seja um homem ocupado... Podia me deixar procurar por aí... Tenho tempo de sobra.

— Não posso fazer isso... Não tenho autorização... Tudo que posso fazer é anotar o seu caso e conversar com o Sr. O'Shaughnessy quando ele voltar...

— Ele não ajuda... Me deixe abrir os arquivos e procurar.

— Isso seria uma quebra de sigilo profissional... Todo advogado faz um juramento.

— Que se dane seu juramento... Não dá para ver que estou desesperado... E estou amarrado.

O homem parece se comover por um instante, então pigarreia e diz, meio hesitante: — Infelizmente não sou advogado.

— O que você é?

— Estou apenas ajudando... Eu era o contador deles.

— Isso é descabido... Maluquice.

— Como eu disse, vou levar o caso à atenção do Sr. O'Shaughnessy.

— Não me faça sair de mãos vazias.

— Não tenho escolha... Tudo depende do Sr. O'Shaughnessy.

— Do Sr. O'Shaughnessy — Joseph diz com amargura e pede ao homem em nome de Deus para entender quão importante isso é para ele, sua montanha, sua vida, seu tudo.

— Eu posso imaginar.

— Não, você não pode, porque você é um vigarista como ele e você o acoberta.

— Vou ter que lhe pedir uma retratação.

— Pense... Só pense como teria sido fácil qualquer dia desta semana ele ter me recebido... Ter me ajudado... Mas ele não... Ele escapulia porque é preguiçoso demais, ou ocupado demais, ou medroso demais... E o que isso faz comigo... Suga toda e qualquer esperança... Acaba com uma pessoa.

— Isso é um tanto exagerado — o homem fala, intrigado e encarando Joseph com a intensidade iluminada subindo e entrando nos olhos azuis sofridos ele diz: — Não posso prometer mas vou dar uma olhada pra você.

— Você não vai me decepcionar? — diz Joseph, se debruçando sobre a mesa e querendo agarrar a mão do homem.

— Liga amanhã pra me lembrar de novo.

— Não me decepcione.

*

Ele chegou esbaforido no escritório de O'Dea na hora de fechar com uma caixa de chocolates enfeitada para a Srta. P.

O documento que ele entregou, fino como pergaminho, e O'Dea o segurou nas pontas dos dedos como se fosse se desintegrar. Havia obviamente sido arrancado de uma folha maior de papel e era uma cópia muito desbotada, as linhas divisórias de um marrom esmaecido e pontilhado. Levava o nome da montanha. Havia seções divididas nele mas sem nomes nem títulos de propriedade, nada escrito a não ser o de um lago inexistente e uma área propensa a inundação. Tinha mais de cem anos e levava a assinatura de um coronel inglês. No pé da página havia três letras maiúsculas, IND, significando Indefinido.

— Parece o Sudário de Turim — O'Dea falou, levando-o à luz para ter certeza de que não havia informação invisível escondida nele.

— Está tudo em perfeita ordem — disse Joseph, animado.

— Não tem os direitos de posse nem os direitos de uso... Em resumo é uma bobagem.

— Está em nossas mãos.

— Não posso ir com isso ao tribunal, iriam rir de nós.

— De que lado você está...

— Bom senso, pela graça de Deus.

— Se você não pode me ajudar há outros que podem...

— Claro que podem... Podem pegar seu dinheiro... Pense

bem. Oitocentas pratas por dia para o conselho... Duas firmas de advocacia... Nós e os meninos em Ennis... Vá somando. — Depois se lembrando da visita desesperada de Breege à casa deles tarde da noite ele se acalmou, debruçou-se sobre a mesa e disse: — Joga o jogo... Deixa ele cortar a estrada dele e nos dar um número X de libras... Isso vai cobrir algumas das contas maiores.

— Eu sempre pago o que devo.

— Olha, Joe... Sai dessa... Você está acima disso.

— Preferia morrer.

— Jesus... Por que você está querendo enlouquecer?

— Eu o odeio.

— Que tristeza. Certamente é uma tristeza.

— O que você quer dizer com isso?'

— Você precisa de um médico... Você precisa se cuidar.

— Nunca me senti mais são.

— OK, tudo bem... Ouça, quem sabe o que está lhe dizendo... Este documento não o vai impedir de construir a estrada e se você o levar a julgamento o máximo que vai ganhar é um acordo de divisão de terras... Eles vão fazer a estrada mais estreita um ou dois metros.

— Ele vai morrer construindo aquela estrada.

— Cristo, você está distorcendo as coisas.

— Ele quer me pegar.

— O que quer dizer isso?

— Eu o encontrei tarde da noite uma vez... Eu estava do lado de fora em nosso portão e ele me perguntou se eu podia ir dar um passeio fantasma na montanha.

— Isso é bizarro... Por que você não procurou a polícia?

— Eles não acreditariam em mim... Eles estão do lado dele.

Vendo os olhos exaustos, ouvindo a respiração rápida e entrecortada O'Dea percebeu o primeiro sinal de perigo porque ele vira isso com tanta freqüência, vira homens e mulheres naquela mesma cadeira gritando assassinato, ele pensou: "Ele vai se cansar... Ele vai desistir... Eles sempre desistem."

— Esqueça Mick Bugler... Vai pra casa e cuida de sua fazenda... Erga-se novamente — ele disse num tom paternal.

Sentindo uma leveza, um descrédito, Joseph se levanta e se inclina para ele naquela pose de inútil e falsa beligerância.

— Só porque o pônei de sua filha pode pastar nas terras dele.

— Escuta aqui, Rambo, não sou seu moleque...

— Você está do lado dele... Eu podia denunciar você... Poderia tirar sua licença.

Agora estão de pé a um palmo de distância, um branco como giz, fanático, o outro com uma expressão avermelhada e os olhos vazios de tudo exceto pelo terror de ser denunciado mais uma vez à Ordem dos Advogados, e dessa vez seria o seu fim.

— Retiro o que disse — diz Joseph, abatido, quando O'Dea avançou para ele com socos pródigos.

— Você pode retirar o que disse... Mas leva seu lixo junto — O'Dea diz entregando uma pasta que está abarrotada e então o empurra para fora em direção à escada.

Ele tropeçou na rua com a pasta. Estava sozinho e despejado. Comprou uma garrafa de uísque e dirigiu direto para a montanha. Estacionou o carro no ponto onde o trabalho na estrada de Bugler começara e parou. Olhando para dentro daquilo era como olhar para uma cratera, um buraco molhado com algumas latas e garrafas boiando.

Subiu a montanha gritando, praguejando contra Bugler, que criou tanta dor e tanto mal em sua vida. A cada gole de uísque ele ficava mais valente, as pragas mais belicosas, como os machos de antanho através das províncias gritando os comandos de seus reis e rainhas. Sentia-se valente. Sentou-se em uma elevação de pedra, bebendo e de vez em quando praguejando, para confirmar o pedido. A montanha ficou mais próxima e mais querida, como se fosse uma mulher, como se ele a pudesse abraçar, como se a pudesse levantar e abaixar de novo, como se a pudesse defender contra todos os ladrões.

Foi Boscoe quem o encontrou abrigado no mato, afundado em si mesmo, cantando uma canção que era triste e belicosa.

— Olá, Joe.

— O que você quer? — perguntou, com a voz rouca e sufocada devido a todo o uso que lhe dera.

— Vem para casa... Não é uma noite adequada para ficar fora de casa.

— Estou bem.

— Não está.

Eles brigaram então, lá no alto, na solidão cinzenta, como duas figuras em um tablado ao vento, xingando, gritando palavrões um ao outro que ninguém ouvia por causa da chuva forte; tropeçaram e arrastaram um ao outro morro abaixo e se levantaram novamente e no final se cansaram e se apoiaram um no outro para equilibrar e desceram perigosamente tão fartos em elogios e solidariedade mútua quanto pouco antes em insultos.

— Ele nunca vai possuir a montanha, porque... — Boscoe prometeu.

— Por quê? — Joseph desafiou.

— Porque ele não sabe falar com ela.

— Certo... E, além disso, ela nunca vai falar com ele.

Quando chegaram à cratera pararam e olharam para ela.

— Que tal descarregar nossa artilharia pessoal? — Boscoe falou e com uma poderosa veemência seus jorros encharcaram as pedras e os detritos.

Cheios de voragem agora eles perguntavam e respondiam às próprias perguntas. Seriam abatidos, seriam despossuídos; não, não, e nunca. A longa campanha começava.

* * *

Depois disso Joseph se tornou um recluso. Era encontrado na sala de estar toda noite enfiado em livros de direito que espalhava na mesa, uma lâmpada suspensa sobre a cabeça, os primeiros cabelos grisalhos acima das orelhas lamentavelmente prateados. Lia e relia com grande concentração e sublinhava passagens que interessavam, achando nelas migalhas de esperança, e enchia seus cadernos com citações de casos similares aos deles, dos quais havia milhares. Ela passava os olhos por um dos livros, numa seção dedicada a brigas entre vizinhos mas se aplicava apenas a pessoas da cidade, a discussões sobre jogos e bola ou lixo de jardim. Ele jantava sozinho.

— Você não toma ar puro — ela dizia de pé ali, esperando que ele falasse, para pelo menos lhe dizer o que pretendia fazer em seguida.

Com uma sagacidade agora próxima da loucura ele nunca mencionava Bugler e parou de vigiá-la, instando-a a ir à cidade se divertir. Ele sabia que podia confiar nela, sabia que não o desapontaria. Contou a ela a fábula de Esopo sobre o cão que agarrava a sombra e perdia a carne. O cão era Bugler.

No caminho de saída da missa quando lhe perguntavam como estava, respondia no mesmo tom quieto mas convincente — "Oh melhor impossível... Impossível".

*

O velho não recebe uma visita há anos. A cabana reflete todos os sinais de abandono, o caminho de subida repleto de mato. Ele pula quando ouve o trinco levantar e seu nome chamado algumas vezes, uma voz dizendo "Dan... Danno".

— Deus Todo-Poderoso, mas é você... Meu único amigo — ele diz a Joseph segurando-lhe as mãos, com muita força, e repete o nome de Joseph e seu próprio choque pela visita. Uma enfermeira vem uma vez por mês mas nunca uma visita. Muitas vezes ele desejou isso e agora finalmente aconteceu. É um velho, não é querido; seus olhos estão fracos, quatro operações no total, duas de catarata e duas de glaucoma e outra virá breve para a córnea se o colírio não resolver. Joseph é como que uma mancha para ele, mas a voz é familiar, a voz do tempo quando ele o levava montanha acima ainda rapazola para lhe ensinar tiro ao alvo. Ele relembra o boné do homem que Joseph usava, o alvo do rifle de brinquedo que eles fizeram e seu contentamento quando deu o primeiro tiro e depois o seguinte e o outro e depois de um tempo acertando na mosca. Anos se passaram, mas a memória é viva, o poste quebrado com a placa grudada nele, os grãos de chumbo espalhados um furor no vazio.

— Eu lhe ensinei primeiro o rifle, depois a espingarda.

— Foi mesmo.

— Você era louco pela espingarda porque fazia um estampido

mais alto e eu lhe dizia "Cuidado, a gente pensa que está sozinho aqui em cima mas há sempre olhos vigiando, há espiões em todo canto".

— Espero não estar incomodando — Joseph diz.

— Incomodar! Você traz a luz do sol à minha vida... Você é a única visita que eu desejei receber e vou lhe dizer uma coisa estranha, tenho sonhado ultimamente que nós dois estamos naquela montanha e você usa o boné do homem e me passa os progéteis para eu carregar o pente... Sim, aquele boné xadrez que você usava, deixamos lá... E agora você está aqui e se não é o destino não sei que outro nome dar a isso.

— Eu devia ter vindo antes...

— Você pensa naqueles tempos e em como nos divertíamos?

— Freqüentemente.

— O velho Danno tentando fazer você acertar na mosca e você uma criança... Primeiro você puxava o gatilho depressa demais... Eu tinha que aprender* você a apertá-lo, apenas apertar e finalmente você conseguiu... Cristo, o dia que você pegou o grupo foi o auge... Então você não esqueceu.

Antes mesmo de perguntar Joseph sabe que não haverá recusa. Ele conhece o guarda-roupa no andar de cima, onde ficam guardadas, embrulhadas em trapos e jornais velhos, ele as pode ver como via quando menino, a espingarda, o rifle, o velho coldre de couro e um estojo que pertenceu a um antepassado, a carga de projéteis e cartuchos e quando ele pede para ver tudo de novo os olhos enevoados do velho se iluminam como se o sol brilhasse dentro de casa ou como se eles estivessem de volta à montanha.

Estão em cima agora, a porta do armário rangendo para a

---

* Conforme o original, *to learn you.* (N.T.)

frente e para trás, um cheiro de umidade e mofo, cartuchos velhos e um cinto forrado de poeira, jogado na cama enquanto Danno alterna o riso e o choro. Ele lembra da montanha acarpetada de urze, os maçaricos e os projéteis que punham vida e brilho em um lugar vazio e desolado. Então ele relembra o estranho cachorro que apareceu um dia vindo do nada e avançou sobre eles e teve que ser afastado a coronhadas.

— Sempre penso nele... E vou contar uma coisa, não acho que fosse um cachorro de verdade.

— O que era então?

— Era sobrenatural... Algum tipo de aviso... Depois daquilo não fui mais bem recebido em sua casa... Eles achavam que eu trazia azar.

— Ah, eles não.

— Eles sim... Eles temiam por você — ele fala ressentido e complementa: — Você nunca se casou.

— Não... Alguém tem que ter juízo.

Danno ri novamente e fala das lindas garotas que havia por lá, lindas moças com cabelos grossos e fartos.

— E a pequena Breege, como está? — perguntou.

— Ela agora é uma Breege grande... Vou levar você lá em casa qualquer dia.

— Espera eu fazer a cirurgia primeiro.... Até ver como eu fico... Eu queria olhos bons para ver o velho cenário.

Joseph toma coragem para perguntar. Ele toma a mão do velho e é como se segurasse um junco, sem vida.

— Eu estava pensando — ele começa mas Danno adivinha e com calor na voz diz que não havia necessidade de pedir, que certamente é uma honra dar uma arma a um velho amigo.

— Tranque aquela porta — ele diz, e então alcança o fundo do guarda-roupa e tira a espingarda e uma caixa de munição.

— É sua — diz ele, tirando uma bandagem do longo cano.

— É só por um tempo.

— É pra sempre... Leva pra casa e esconde e quando Danno for pó você vai se lembrar dele.

— Não gosto dessa conversa.

— Vou ser cortado direitinho quando me levarem para o hospital — ele diz e agora chora mas com alegria também por conseguir passar adiante os únicos bens que já teve, seu pequeno arsenal, e os passa a alguém que os reverenciará e não os jogará na vala nem os entregará às autoridades. Para fazer as coisas menos melancólicas Joseph pega o apito de madeira feito para enganar raposas. Enquanto sopra, o grito agudo de um coelho ferido ressoa e eles concordam em silêncio lembrando como uma ou duas vezes ele funcionou e o próprio Sr. Reynard veio correndo para a linha de fogo. O apito também é para ser levado como lembrança.

— Agradeço demais — diz Joseph.

— Faça o que tiver que fazer... Faça o que tiver que fazer — Danno diz e eles empilham tudo na caixa do coldre.

Lá embaixo bebem chá nas canecas e comem biscoitos molhados, falando das escapadas que davam, as fogueiras que faziam na montanha, os ovos cozidos na mesma água que usavam para fazer chá, depois fumavam um pito, a noite chegando, as estrelas como pedaços de diamantes no tecido dos céus.

— Você sabia que os aborígines pensam que as estrelas são buracos no céu? — ele disse então.

— Eles podem estar certos — Danno diz e fala dos males do homem moderno sem fé em Deus ou nas estrelas ou na Mãe Natureza.

— Você podia passar uns dias conosco — Joseph fala, levantando-se para sair.

— Tenho você como amigo... Sempre tive — Danno fala. Ele

reluta em deixar sua visita ir embora, repete os adeuses, profundamente triste, fala das grandes coisas, das coisas selvagens e das coisas estranhas que transpiravam na montanha, como o grito que ouviram uma vez e alguém dizendo depois que aquele grito poderia ter vindo dos bebês em gestação, os bebês em gestação dos namorados que não podiam se casar. Algo naquilo tudo comove Joseph, o emociona pensar que ele deveria se ajoelhar e confessar e dizer por que ele queria a arma. Mas algo o faz parar.

— Você não vai me botar em confusão? — o velho diz como se adivinhasse alguma coisa.

Outubro. Os ventos. Como a canção que ele uma vez deu a ela. Os ventos arrancando tudo à sua frente. As árvores pequenas, os vidoeiros, enfrentando, as árvores maiores como esqueletos, sem folhas. Folhas no ar esbarrando em todas as direções, pilhas grossas delas, ouro e damasco dos lados da estrada, onde os ventos as juntaram aos rodopios, ventos tão determinados arrancando e levando consigo. Umas poucas rosas agarradas ao tronco da roseira silvestre e ela gostou disso.

Na cama à noite ela ouvia o vento pensando se ele estava pensando nela lá em cima. Ela o vira apenas uma vez e ele não pareceu vê-la. Fora na capela e ele vestia um casaco de lã verde que ela nunca vira.

Ela escreveu seus nomes com um pouco de farinha de trigo na tampa do fogão — Breege e Bugler; Bugler e Breege. Limpou com a manga quando ouviu Joseph descendo a escada.

O eu sabe prever antes de mais nada e o eu é impotente para prevenir. As esperanças crescendo e morrendo e crescendo de novo, como lentes diferentes, lentes cor-de-rosa que escorregam entre seu pensamento sombrio e seu desejo. Então não era desejo. Muito cedo uma manhã, voltando do quintal com quatro ovos — um a mais — na palma da mão, ela os deixou cair e se agachando para limpar se sentiu mal e foi à torneira de fora, forçando o vômito.

Na sexta-feira seguinte na cidade ela cometeu um erro, um

grande erro. O açougueiro não tinha mais lingüiça e Niall, o jovem ajudante, disse a ela que havia alguns pacotes no *freezer* lá no Mac's, mas era para correr logo. Ela andou conduzindo a bicicleta até a entrada da rua, a nota de dez libras na mão.

Na loja esperando para pagar ela teve um daqueles súbitos desejos e já via as lingüiças cozidas, fritando, prontas para comer. Então chegou sua vez e a nota não estava mais em sua mão. Aonde tinha ido? Ela não conseguia lembrar quem havia encontrado no curto caminho rua acima. Logo se convenceu de que a devia ter dado à Sra. Mac, sem perceber. Brigaram, com a Sra. Mac abrindo a caixa registradora para mostrar que não estava lá e levantando um pequeno maço de notas presas com um clipe.

— Uma dessas deve ser a minha — ela falou.

— Não é... Prendi estas cédulas eu mesma um instante atrás.

As vozes se levantando, os humores se deteriorando, outros fregueses abismados, de lado. Ela tentou devolver as lingüiças mas a Sra. Mac não quis saber disso, as jogou de volta na mão dela e falou: "Leva e vai fazer negócio em outro canto."

Na rua, pedalou a bicicleta descendo para casa, o tempo todo esperando encontrar, sabendo que não iria e pensando: "Me fiz inimiga de uma mulher a quem conheço há tantos anos."

Cedo na manhã seguinte, ela pedalou até a Glebe, onde morava a holandesa. Ela ouvira falar dela, de sua bondade e como curava as pessoas com ervas. Esperou no pátio pelo primeiro sinal de vida, pelo movimento de uma cortina. No galpão do outro lado um canzarrão cabeludo, do tamanho de um bezerro, a olhava ferozmente mas não conseguia reunir energia para latir. Na estufa próxima alguns panos de vidro remanescentes nas janelas seguravam os vestígios de um gelo branco e belo como renda de mantilha.

Eu sonhei. Um pássaro de ouro. Pousou no meu travesseiro e lá ficou, não um pássaro comum. O bico era macio. Despejava gotas em meu ouvido. De manhã se fora. Eu o procurava sob o travesseiro e sob as cobertas mas se fora. Então uma manhã ele estava morto no travesseiro.

Ela olha para a holandesa, aliviada porque após uma hora de silêncio ela conseguiu falar alguma coisa, em vez de dizer por que está lá.

— Gotas de que cor, Breege?

— Douradas.

— Dizendo o quê?

— Esqueci.

— E morreu?

— Morreu.

— Quem o matou?

— Não sei.

Incapaz de olhar para a mulher ela fixa o olhar nas gravuras e desenhos de flores e plantas, os nomes em latim e suas propriedades curativas escritas embaixo de cada uma delas. São flores amarelas e azuis, cardos, bolas de sementes de dentes-de-leão, flores e plantas que ela vira toda a vida, pisara, levara animais a pisar, sem saber que nelas podia estar uma cura. Ela desvia o olhar para três margaridas-anãs numa jarra, suas pontas em fogo.

— É solidão? — a mulher pergunta. Ela não pode responder.

— É dinheiro? — Novamente ela parece não ter escutado.

— É depressão, Breege... Você está deprimida?

Ela olha para longe para uma prateleira cheia de garrafinhas de remédio, as tampas alaranjadas parecendo bicos de mamadeiras de bebê. Em todo canto há lembretes.

— É um homem — ela então diz, a frase saindo subitamente mas não menos verdadeira.

— É alguém que você conhece bem?

— Eu conhecia... Ele me detesta agora.

— Por que ele iria detestar você?

— Porque... — ela não consegue continuar.

— Talvez ele esteja com medo — diz a mulher.

— Talvez ele esteja com medo.

— Ou talvez ele esteja dividido.

— Há algo que você pode me dar para me equilibrar?

— Vamos ver... Vamos ver o que podemos fazer.

A mulher a sentou em uma cadeira de balanço. Segura uma pedra cor-de-rosa em frente ao seu torso e pelas oscilações a mulher parece entender um sim ou um não às perguntas que faz ao corpo. Ela escreve os nomes dos diferentes remédios que vai receitar. As cortinas estão fechadas, um ninho de velas presas a um prato raso estão todas acesas, chamas se levantando, se inclinando para este ou aquele lado, lambendo-se umas às outras, separando-se, uma música indistinta como a música que ela ouviu uma vez quando Lady Harkness aproximou um búzio de seu ouvido.

O remédio que a mulher pinga em seus lábios a faz lembrar a Primeira Comunhão e treinando para receber a hóstia com Joseph pondo papel de mata-borrão em sua língua, lá fora nos campos. Seu olhar está fixo em uma rosa branca flutuando em um jarro de água bulboso, cada fio dourado do cálice um cisco enquanto a mulher lhe diz para enviar pensamentos a ele, como um pensamento, se for bem forte, pode atravessar campos, atravessar condados, atravessar continentes, atravessar qualquer coisa. Ela se sente aquecida, aliviada, a mulher lhe dizendo que seus medos não precisam mais ser aprisionados, que, em vez de angústia, em vez dos pensamentos ruins e pássaros mortos, ela vai se comover e se lembrar da luz da vela e da pureza da rosa branca. É tudo verdade. Porém. Ela sabe que depois que pagar vai ter que ir embora, vai ter que sair e montar na bicicleta e voltar para casa, empurrando a bicicleta até o topo do morro, os corvos sobrevoando, os sacos plásticos pretos de silagem, um mundo de onde ela tinha saído para esquecer.

E então de repente não é daquele jeito. A mulher teve uma idéia, um lampejo. Em excesso de solicitude e sem saber o coração negro daquele a quem compete ela ouve a mulher perguntando se é possível fazer contato com aquele homem.

— Ele mora aqui.

— Então você deve ir vê-lo.

— Posso?

— Como você vai saber que ele não está esperando isso... As mulheres são sempre as mais fortes... São as mulheres que quebram o gelo.

— O que eu diria a ele?

— Diga o que sente.

Ela já se sentia encorajada, ela se lembrava de como ele a abraçou naquela noite no cemitério, a abraçou contra a noite, contra o frio, contra tudo que ameaçava.

*

Havia acusação nos olhos dele mesmo quando desceu correndo a escada. Eu não tinha ido para o prender numa armadilha. Talvez eu tivesse ido pedir a ele de uma maneira indireta mas vendo seus olhos vexados nem comecei. Era muito cedo e provavelmente ele sentiu que alguma coisa não estava certa. Nem eu mesma sabia. Eu ainda ignorava.

— São seis da manhã, deve haver algo errado — ele falou. Parecia que não nos conhecíamos, tão abrupta foi sua fala. Mas não era para o prender numa armadilha que eu tinha saído escondida de minha própria casa e ido lá. Ele abotoou a camisa como se ver seu peito fosse algo inadequado. Seus olhos estavam apertados, apertando-se, como olhos através de um visor. Metade de seu rosto estava vermelha para aumentar a severidade daqueles olhos e dizer que ele havia dormido sobre algo duro.

Aprendem-se lições num piscar de olhos. Além de se ressentir de eu estar ali ele me temia como se eu transmitisse uma doença. Dizer alguma coisa, uma palavra doce ou uma palavra de súplica, teria sido inútil.

— Eu queria lhe dizer... Rosemary chega nas próximas quarenta e oito horas — ele disse de uma vez e, imediatamente e sem alterar a voz, completou: — Eu não deveria ter ido à ilha... Estar noivo é o mesmo que estar casado e eu jurei... Eu jurei. — Para confirmar ele mostrou uma aliança. O aspecto era vagabundo e brilhante demais à luz da alvorada, como uma argola de frutas secas, que ele usava por precaução. Não se falou em convite para entrar e com o canto do olho eu vi que ele tinha mobiliado a sala de jantar com seis cadeiras de mogno e uma mesa muito comprida, solitária, funérea. Havia um sino de vidro sobre ela. Uma grade de ferro fundido preta e feia com puxadores gordos como bolas de canhão descansava contra a lareira vazia. Então eu vi um berço de bebê, pintado de branco, e era como se já houvesse uma criança lá. Ele me viu engasgar.

— A mulher vendeu aquilo junto com a mobília — ele falou.

Os pés da gente se afastam de um lugar por sua própria conta. Saí de lá. Mas então na estrada de barro eles pesaram como se estivessem caminhando sobre terra arada e minha cabeça corria, corria, por tudo que senti e vi.

Dava para ouvi-lo vindo atrás de mim e estava sem fôlego quando me alcançou.

— Seremos amigos — disse ele, seus olhos olhando dentro de mim através da capa de chuva como se suspeitasse de alguma coisa.

— Não, não seremos... Seremos inimigos — falei calmamente.

— Isso nunca vai acontecer.

— Oh, sim, vai... Eles vão garantir que aconteça — eu disse, contente comigo mesma por conseguir ser também cortante.

— As emoções sempre atrapalham — ele disse com tal veemência e a coisa mais estranha foi que eu sabia então que ele me amava, eu sabia disso pelo comentário.

Meia hora depois ainda estávamos sentados na estrada, a manhã começando a despontar sons, cães, a montanha uma cúpula de ouro, fios de ouro luminosos correndo como um riacho dos céus e ele tentando me dizer como era ser um pastor, viver numa estação de pastoreio, ter sentido uma saudade de alguma coisa e então uma mulher aparecendo, Rosemary aparecendo e agora uma saudade de outra coisa.

— Vai ficar tudo bem quando você a encontrar — eu falei porque sabia que era o que ele queria que eu dissesse, para o deixar livre.

Foi Harry Duggan quem contou sobre a chegada de Rosemary. Ficou contando vantagem no Bar da Nelly. Descreveu a fina dama o escolhendo lá no aeroporto, onde ele deixara passageiros e estava voltando para casa. Ninguém a foi esperar porque ela queria surpreender o noivo chegando um dia mais cedo. Sua bagagem, como ele dizia, era uma coisa — malas, sacolas, caixas, caixas de chapéus, tapetes de pele de carneiro e uma gaiola dourada. Uma moça charmosa de casaco longo de couro preto e botas de camurça que chegavam na xota. Ele descreveu o trajeto de carro, Rosemary rindo e fumando, pedindo a ele para pronunciar os nomes esquisitos dos lugares, e seu bom humor quando três peças da bagagem caíram do bagageiro do carro. Ela se sentou, como contava ele, na sarjeta enquanto ele amarrava as malas bem apertadas com um pedaço de corda que pegou emprestado de uma casa próxima.

À noitinha eles subiram a estrada da montanha e chegando na trilha de lama que levava à casa de Bugler ela olhou e disse "Porra", e então pôs os braços para cima para que ele a carregasse.

Contou então do encontro dos amantes. Nunca vira algo como aquilo, Rosemary tão vivaz e Bugler caminhando para dentro do pátio pasmado, perguntando por que ela não dissera nada a ele. Ele descreveu seus olhos comendo um ao outro, o que não dava para ver direito no escuro, então Bugler a levando para dentro e ele mesmo tendo que carregar o trator até a estrada de terra para descarregar a bagagem, levar estrada acima de novo e estacionar na parte da frente. O momento mais emocionante segundo ele foi quando a dama tirou o chapéu velho de Bugler e apareceu com um novo, idêntico, e disse: — Até o chapéu morrer... Ou até nós morrermos.

Aquilo, conforme ele contava, trouxe o sorriso ao rosto de Bugler.

Perguntavam a ele tudo sobre a altura dela, sua pele, sua idade, o tipo de sotaque que tinha e a resposta dele variava de acordo com o momento mas uma coisa que ele podia garantir a todos ali era o magnetismo dela, como logo eles poderiam ver por si mesmos.

— Vai haver pranto na congregação reunida — disse o Caco.

— O que isso quer dizer? — Nelly falou.

— Ivory Mary.

— Pensei que aquilo tinha arrefecido.

— Sim, mas começou outra vez.

— Como você sabe?

— Tenho motivos para saber.

— Bem... Nenhuma mulher aqui da área gostaria de acender uma vela para Rosemary — Duggan falou.

Quando ele viu a imagem atrás da janela da cozinha Bugler pensou por um momento que estava imaginando coisas. Um caso de consciência pesada. A velha história da culpa. — Não espere milagres. — Estas foram suas últimas palavras para Rosemary quando ela telefonou na semana anterior. Agora ela está na cozinha pondo um chapéu nele, dizendo "Mick, Mick".

— Surpreso em me ver? — Sua voz tão rouca, tão cheia de vida.

— É claro.

Ele segura sua mão quase formalmente, as unhas estão pintadas de vermelho-escuro e longas como garras. Ele lembra que ela costumava roer as unhas e pôr um líquido marrom nelas para perder a mania.

— Não posso acreditar.

— Melhor acreditar.

— Você está mais magra.

— Não é de trepar — ela diz e de uma das sacolas puxa uma pele de carneiro e aproxima dele para que a cheire, para lembrar do cheiro de antigamente.

— Não posso acreditar que você está aqui — ele fala olhando para ela e para a lâmpada nua na qual as moscas mortas do verão estavam grudadas.

— Isso é porque você não espera milagres — ela disse escondendo o rosto dele na pele de carneiro que trouxe tudo de volta, a estação, seu cão favorito que havia perdido uma pata, a escuridão das manhãs, o balido estranho e solitário de milhares de ovelhas, chuva e vento, os velhos pés de cupressácea* sempre rangendo, cheios de pegas, milhares de pegas crocitando e Rosemary indo um dia lá dentro para o carregar para fora.

— Quanto tempo durou a viagem?

— Não sei, umas trinta horas.

— Você deve estar exausta.

— Isso não é muito romântico de se dizer.

— Oh, querida, querida — ele disse sentindo a boca dela em todos os lugares, no rosto, no pescoço, no peito dele.

— Sim, sou sua amada e que você estava começando a esquecer. Ela o puxou para a pele de carneiro e começou a despi-lo com a excitação da lembrança do corpo dele, seus quadris, seu pau sábio, a mesma seqüência de palavras, meio menina, meio puta, palavras que ele mesmo tivera vergonha de contar a seu melhor amigo Stuart quando Stuart perguntou como eles faziam. Palavras que eram o estopim para alguma inexplicável descarga elétrica dentro dele e o seriam para qualquer homem e ele sabia agora que faria amor com ela por dias. Ela sabia também, ela tinha vindo, a sua coisinha gostosa.

* * *

Era igual a antes e também não era igual. Naquele outro lugar com companheiros, ciúme, a coragem dela, havia uma sensação naquilo, um perigo, mas neste lugar não parecia tão bom.

---

* No original, *macrocarpa*: *Cupressus macrocarpa*, conífera original de Monterey, Califórnia. Árvore de grande porte, que chega a alcançar 35m de altura, na Irlanda, com frutos redondos e folhas que vão do verde-escuro ao amarelo, com um aroma levemente cítrico. Do grego *makros* = grande; e *karpos* = fruta/semente.

Não era culpa dela se algo havia mudado dentro dele. Tampouco era dele a culpa. Lembra dos bons tempos, daquele primeiro dia quando ela irrompeu no entreposto de pastoreio de casaco de lã, muito profissional, decidida a ficar por cima, a não ser intimidada por tantos homens. — Como é ser a única mulher por estas bandas? — o sueco perguntou, e Kitty, a cozinheira enrugada, gritou da cozinha — "Ei, lindinho, eu sou fêmea, caso você não saiba". Tudo que Rosemary fez foi dar de ombros.

— Por que todos vocês carregam facas? — ela dissera, olhando para a extensão da bagunça da mesa, as faces castigadas, as facas em forma de totem e a pilha de pratos de ensopado gorduroso.

— Caso a gente precise cortar a garganta de uma ovelha — falou o sueco. Ele não aprovava a idéia de mulheres por lá, mulheres tiravam toda a simplicidade das coisas e faziam dos homens apenas restos. Ele tentou amedrontá-la com histórias inventadas de cachorros selvagens e tosquiadores selvagens tendo que brigar porque sempre tinha que haver um vencedor e um perdedor. Ela o ignorou.

— Já viu uma ovelha sem olho? — ele disse.

— Não que me lembre — ela falou e ele insistiu descrevendo como as gaivotas desceram em bando sobre a pobre ovelha e arrancaram um olho, depois o segundo, como aperitivo.

— Que interessante — ela disse e começou a tomar notas para seu relatório.

Lá fora na trilha os caras estavam apostando qual deles ia conseguir passar a perna por cima dela. Na noite seguinte de sábado com o velho barril, o violão e as cervejas, as coisas começaram a ficar excitantes. Ela se sentava nos braços de diferentes cadeiras de vestido curto de cetim e o violonista começou a se engraçar com ela e a puxou para o sofá. Ela teve que o levar para fora e dar uns tabefes. Foi o suficiente. Dançaram e foram dali para o alojamento dele, os homens na varanda com a orelha na porta, imaginando como diabos ele conseguiu levá-la para a cama tão depressa. Não mais academia. Um pequeno avatar. Igual a ficar com um amigo. Escolheu-o, disse ela, porque ele tinha uma bunda bonita. Amor não tinha nada com isso. Ela não queria amor. Também não o deixou dormir. Para que dormir? Os esquimós dormem. Não pastores. Pastores não perdem uma farra, perdem?

Dentro de uma semana as coisas mudaram. Ela recorria às coisas antiquadas como dar as mãos, beijar, e na última noite admitiu estar "completamente sensibilizada por dentro". Passou a gostar dela mais pelas cartas. As histórias da infância na praia, queimada de sol, meninos e meninas fazendo besteira nos chalés de bambu e então aos quatorze anos decidiu que queria estudar. Queria isso para ele também. Seus apetites insaciáveis pela paixão tornaram tudo mais essencial. Ela o ia tirar de lá. Era um desperdício ele ficar numa estação de pastoreio. Ele fora feito para coisas maiores e um pastor não era nada. Prometeu a ele a viagem de seus sonhos, não apenas na cama mas no trabalho. Ele ficava na cama puxando os ramalhetes do tecido da colcha e imaginando-a nua e úmida embaixo do *jeans* e da camiseta, os mamilos da cor de chocolate derretido. Ele sentia saudade de casa, saudade de Rosemary. Escreveu poemas e cartas edulcoradas. Logo estava na cidade trabalhando como vendedor numa sapataria, o que, como ela dizia, era o passo número um. Papai arranjaria o passo número dois. Papai uma mentira certa, ostentando seu ateísmo.

* * *

Ela acorda intrigada, sem certeza de onde está. Ele a estivera observando enquanto dormia. Observa as chamas de fogo lambendo a superfície escurecida de fuligem na torre da chaminé e pensa no que diria. Por um momento ele estava calado. Olhando para ele ela sentiu que desde que a deixara ele havia mudado.

— Você está bem?

— Atravessei meio mundo e você nem me perguntou por quê.

— Diga por quê.

— Eu estava começando a me sentir insegura, Mick.

— Não tinha por quê.

— Acho que a paixão profunda não mudou... Mas suas cartas... Suas cartas me deixavam muito zangada... Não espere milagres. Porra.

— Eu sou assim, Rosemary.

— Não, não é... Você está escondendo alguma coisa.

— Você está cansada.

— Estou só cansada — ela diz e segura o anel de noivado à luz do fogo, que vivifica a pequena pedra azul. Ele lembra com um sentimento de dúvida o sábado em que o comprou, o segundo mais barato na bandeja coberta com veludo, só o que podia pagar.

— Você pensou que isso ia me fazer ficar quieta? — ela diz segurando o anel.

— Eu sei que você não ficou.

— Não sei... Talvez você tenha pensado vou fugir de volta para a Irlanda e deixá-la pendente... Eu não estava bem, Mick.

— Eu sei, eu pedi a você para vir comigo.

— E eu disse que viria quando nos casássemos... Tente compreender, Mick... Minha família... Eles querem o melhor para sua filha... O país é pequeno, mesmo sendo grande, a sociedade é pequena, eles querem um casamento.

— Eles vão ter um.

— Você não entende quanto eu te amo — ela disse.

— Eu entendo — ele falou.

Pela primeira vez ele percebeu que não havia cortinas na janela e que qualquer um poderia ter olhado para dentro. Levantando de um pulo ele correu e puxou as persianas afiveladas que não haviam sido deslocadas em anos e ao fechá-las houve um forte barulho oco. E uma borboleta fechada voou e se abriu perante seus olhos em uma teia tingida de bege e laranja como casco de tartaruga.

— Uma visita... — ele disse enquanto gotas de umidade vazaram das fibras finas e assustadas.

— Trinta! Ela nunca vai fazer trinta anos de novo, ou trinta e um ou trinta e dois.

— E a pele — amarelada.

— Desculpa, Josephine... É amarela mesmo... É icterícia.

— E o que vocês acharam do sotaque?

— Horrível, Olive... Horrível.

Como elas riam, como se compraziam demolindo Rosemary. Estavam voltando da missa, haviam comungado e empurraram duas mesas para um canto do bar, sentaram-se nos banquinhos e nos batentes das janelas, cada uma se esmerando mais na dissecação dela. Para Breege era como se as palavras viessem do vento, desencarnadas, palavras feias, sobre uma mulher que não existia para ela até um pouco antes quando a viu junto de Bugler fora da capela e as pessoas os felicitavam.

— Os seus são bem passáveis — disse Derek, trazendo a bandeja de *Irish coffee* enquanto o Caco predizia que elas tentariam ultrapassar umas às outras na escolha dos presentes de casamento.

— Junho, eu diria.

— Oh, def...

— O que você acha, Breege?

Ela não responde. Pensa: "Se eles entrarem, vou ter que sair, mas não posso sair ainda, posso dar com eles chegando", e assim ela ficou sentada lá, meio atenta e então o viu pôr a cabeça na porta e sair. Ele a viu imediatamente e levou a mão ao chapéu, mas o olhar que lhe deu era inescrutável, nem bom nem ruim, um vazio como se algo tivesse se apagado nele.

Em poucos minutos eles voltavam e houve algo quase ensaiado acerca de sua chegada, o jeito como Rosemary grudava nele enquanto era apresentada a cada pessoa. As mulheres exageravam nas boas-vindas, cada uma oferecendo seu lugar enquanto pediam a ela que mostrasse a mão para admirarem seu anel de noivado. Se maravilharam com o azul, uma hora era safira, outra era ametista, avaliando-o como sendo muito mais original do que os diamantes comuns que a gente vê nas vitrines das joalherias. Foi a Srta. Carruthers que lhe perguntou se tinha saudade de casa.

— Ainda não tive tempo — ela falou e olhou para Bugler e sorriu como quem sabe das coisas.

Ela anotou cada nome e disse que todas teriam que ir à festa de Natal deles e trazer seus maridinhos.

— Natal! — Josephine exclamou.

— Ele me prometeu neve — disse Rosemary.

— Você nunca viu neve?

— Nunca vi nevar... Nunca vi essa coisa mágica, não é Mick?

— Vamos rezar para que venha uma tempestade de neve — a costureira e sua irmã gêmea falaram.

Breege pensaria sempre que Rosemary a seguiu até o banheiro porque ela viu, ela adivinhou. Havia duas Rosemarys lá dentro, uma no espelho e outra no banheiro de verdade, os saltos altos batendo no chão de cerâmica.

— E o que você faz Breege?

— Nada... Tomo conta de meu irmão.

— Não tem namorado.

— Não — Breege falou, distante.

— Se Mick me desse um bom motivo para raspar minha cabeça, eu a rasparia — ela disse abrindo uma embalagem cheia de potinhos chatos de batom que eram como as tintas da caixa de Aziz, apenas mais limpos. Ela misturou as cores, passou um pincel, apertou os lábios e sorriu para si mesma. Depois ela levantou a mão e olhou para o anel e como se ele tivesse um poder encantatório disse: — Ele vai sempre voltar pra mim... Porque eu tenho isto.

Breege ficou lá, sem olhar no espelho, sentindo a verdade fria das coisas subir e descer por seu corpo e então aconteceu. Quando tentou falar alguma coisa para si mesma as palavras não saíam. Era como se uma pedra ou outro empecilho tivesse sido posto em sua garganta, cortando-a, cortando as palavras e quando ela tentou dizer qualquer palavra, qualquer uma para readquirir confiança, nada saía. Abriu a boca e olhou para suas gengivas, que estavam úmidas, e forçou e tentou desesperadamente dizer as letras do alfabeto como aprendera na escola, mas não conseguiu. Não vinham. Apoiando-se numa borda e na outra e depois na maçaneta de vidro da porta, ela disse a si mesma para se lembrar das coisas lá fora, normalidade, café, conversa, biscoitinhos, Rosemary, Bugler.

— Estou tendo um derrame — sua mente dizia, embora ela não soubesse o que era um derrame. Alguma coisa terrível acontecera e nada mais havia em seu mundo partido.

Derek, que a viu correr, disse que ela correu como alguém chamado para o Dia do Juízo Final.

A senhorita Noonan, a sacristã, já fechando, ouve ruídos no fundo da igreja e volta à sacristia gritando "Socorro, socorro!". Levanta o interfone da casa do padre e espera, temendo que não haja resposta. Ninguém lá, ninguém para a ajudar apenas as roupas arrumadas para a missa da manhã seguinte, vestes brancas, fantasmagóricas no escuro. Ela já tinha apagado as luzes e agora está com medo de caminhar de volta para o lado do altar e acendê-las de novo. Seu coração bate forte. Ela que tinha medo de cadáveres nos caixões que eram deixados lá para passar a noite agora tem mais medo de vândalos. Metade dela quer fugir pela porta da sacristia e sair ao jardim mas seus longos anos de serviço a obrigam a ficar. Sair agora seria permitir ao intruso, quem quer que fosse, roubar as caixas de coleções das quais ela tem tanto orgulho — os azulejos esfregados, os estanhos encerados e as jarras de frutas nos degraus do altar, já que não há flores na estação. É dezembro. Ela pensa nesse vândalo como um homem, lá fora, um sacrilégio para o brilho vermelho da lâmpada do santuário, para a hóstia no tabernáculo, para os valiosíssimos vitrais, com rios de azul sobre azul, virgens e mártires com crianças nascendo não lá de baixo mas saindo dos peitos em encarnações limpas e imaculadas, e outras em êxtase, segurando o Sagrado Coração de Jesus.

Ela espera, escuta, abre uma fração da porta e nada ouvindo decide que deve ter sido o vento ou as folhas que sopraram e então se aventura do lado de fora carregando seu molho de chaves numa argola de metal e uma vassoura. Lentamente desce a nave e no escuro ouve o que poderia ser uma prece ou não. Dividida entre voltar para detrás do altar, para onde fica a caixa de interruptores, ou descer mais, ela continua, tateia na grande arandela de bronze procurando fósforos e reacende as velas ainda fumacentas, apagadas momentos antes. São velas finas, cortadas ao meio para economizar, e os feixes de luz pálida já são suficientes para guiá-la em direção à origem do murmúrio. Ela está apavorada. Um corpo crescido subiu no berço, um corpo de mulher como pode ver pelos sapatos. Debruçando-se sobre ele ela vê Breege Brennan deitada na palha com o burro, a zebra, o menino Jesus e a Sagrada Família. Antes de gritar ela se benze sabendo que algo profano acabou de acontecer na Casa de Deus e logo ela a está cutucando com as chaves de metal e o cabo da vassoura que trouxe para se defender.

— Breege Brennan, se não sair vou puxar você daí — então sem ter resposta ela primeiro puxa um braço, uma perna, com força, sem resultado. A atrevida se afunda na palha para ficar invisível. Ouvindo alguém lá fora ela corre gritando por auxílio e agora a Srta. Carruthers e ela mesma estão lidando com seu fardo teimoso. Puxam em vão, tapas no rosto, falam das conseqüências para ela própria. Ela se sentou no fundo e está olhando pela palha com olhos enormes, aterrorizados.

— Está possuída.

— De quê?

— Posso adivinhar — diz a Srta. Carruthers, com irritação na voz.

— Melhor chamar o padre.

— Ele não está, foi para a fazenda dele.

— Se ele fosse menos fazendeiro e prestasse mais atenção aos fiéis não teríamos esta catástrofe.

— Srta. Carruthers, não vou ouvir uma palavra contra o padre — diz a Srta. Noonan caminhando para a porta de entrada para tocar o sino, para pedir a ajuda da comunidade. As badaladas altas e agudas tocam poderosamente consternadas, e Breege sabe que todos estão ouvindo, dentro e fora, as estações da Via Sacra, o pavio do santuário em sua cumbuca de óleo, a meia cortina roxa da porta do confessionário e que muito em breve a gente da cidade vai entrar em bando.

São principalmente as mulheres que se ajuntaram à frente. Perguntam se ela está bêbada, drogada ou fora de si. Debruçam-se para farejá-la e então Josephine indaga se ela está *compos mentis** e pergunta testando — "Breege, que dia é hoje, Breege, qual o nome do presidente deste país, o nome do presidente dos Estados Unidos da América". Ela não responde.

— Ela quer chamar a atenção.

— Insolente é elogio pra ela.

— Biruta... Biruta — Lydia, uma moça mais nova, fala e gostando tanto da palavra e de sua importância em dizê-la a repete várias vezes perguntando se não deviam chamar um médico. Tentando tirá-la dali e acabar com aquela bobagem, a Srta. Carruthers a puxa pelos ombros mas escorrega, seus óculos sem aro caindo antes dela no chão de cerâmica. A Srta. Noonan, que havia saído depressa, voltou com um jarro de água e com uma determinação que só podia ser chamada de vingança dá-lhe um banho, pés, meias, casaco e finalmente o rosto. Estão todos rindo agora, todos rindo de quão grotesca ela está ali, meias molhadas, cabelo molhado, encolhida como um porco-espinho molhado. Alguém se lembra de ter pressentido que isso ia acontecer, Breege Brennan indo à casa da Sra. Mac e acusando a pobre mulher de

---

* No exercício de suas faculdades mentais. (N.T.)

roubar suas dez libras. Elas todas especulam sobre o que ela faria depois disso, xingar, gritar, talvez até mesmo morder alguém.

— Afastem-se, afastem-se — alguém diz agora, e todos afirmam que algo mortal aconteceu. Ouvindo-os, Breege levanta a mão e move os dedos para falar.

— Psiu... Psiu... Ela quer dizer alguma coisa.

— O que é, Breege?

Ela tenta mas as palavras não vêm.

Quando eles me trouxeram aqui dentro e me mostraram minha cama com a pequena cômoda para meus pertences e para os presentinhos que pudesse ganhar aqui, tais quais biscoitos de chocolate ou laranjada, eu queria morrer. Vinte camas na enfermaria, quase metade vazias. A colcha era de um troço florido e pálido e áspero ao toque. Uma mulher veio e parou ao meu lado e se ofereceu para ser minha amiga — Millie. E me mostrou tudo.

— Aquele é o refeitório, aquela é a sala de pintura, aquela é a sala de televisão e aquele é o Quarto do Silêncio. — Quando ela falou Quarto do Silêncio fez caretas e pôs a língua para fora. Se alguém grita ou rosna, ou quebra janelas, ou foge, ou fica de sacanagem e fazendo besteira vai direto para o Quarto do Silêncio. Lá, sozinho, pode gritar até botar as tripas para fora. Há um colchão no chão. Um quarto à espera de rugidos. Os lamentos que ele já ouviu. Se eu fosse posta lá e talvez ainda seja, não sei o que pode acontecer. Será que eu gritaria ou me encolheria. No final alguma coisa teria que ser retirada de mim. Não sei. Eles também não sabem — as enfermeiras, os médicos, os psiquiatras. Eles fazem perguntas. Nossas mentes estão apostando corrida? Achamos que há alguém lendo nossos pensamentos? Eles escrevem tudo que dizemos; e então três vezes ao dia alguém vem com um cálice de plástico com comprimidos e pára ao nosso lado para ter certeza de que os engolimos, certificando-se de que não os esmigalhamos entre os dedos e espalhamos nos vasos de planta. Há enfermeiros e enfermeiras. Outros funcionários se sentam em escritórios com seus aquecedores elétricos ligados, com pilhas de anotações em suas mesas, tentando desfazer o nó de nossas vidas. Gente da roça. Gente da cidade. Idosos e jovens. Desviados. Uma mulher do lado de lá nem uma vez abriu a cortina florida ao redor da cama. Suas refeições são levadas até ela. Somos de todas as idades. Duas das moças têm ursinhos de pelúcia, estão estudando para as provas no verão.

Millie, que me mostrou tudo no primeiro dia, ficou contra mim pelo fato de eu não falar com ela. Testei minhas cordas vocais no banheiro e um som saiu mas não era fala. No espelho, vi o terror saltando de meus olhos. Terror de quê. Terror de tudo. Millie acha que a detesto. Ela está apaixonada por um médico, anda para lá e para cá de calças de padrão geométrico, berrantes e apertadas demais para ela, e diz que vai lhe escrever no Natal e que ele virá. Ela pode esperar até o Natal mas nem um segundo mais. Aí vai explodir. Me chamou de Loretta no dia que cheguei e me pediu para abraçá-la, disse que ninguém jamais a abraçava, nem mesmo esse médico por quem ela sonha, a quem ela manda suas vozes. Ela xinga com freqüência. Rói as unhas e as cutículas de seus dedos nodosos. Tudo uma merda, tudo uma merda.

— Eu sou assim por dentro — ela diz e me dá os dedos para que eu os beije. Minutos depois ela se eriçou, disse que eu não gostava dela, que eu falava mal dela, coisas feias.

Prefiro ficar do lado de fora, no jardim, pelo menos estou fora e posso respirar. Therese cuida de nós. Um dia ela me cobre de atenções e no outro está aos gritos. Ordens, ordens. Ela remexeu os amores-perfeitos que eu plantei. Ficaram jogados no chão, suas carinhas roxas amarfanhadas, suas raízes argilosas mortas. Uma outra do grupo de jardinagem se chama Nancy. Ela não é daqui. O marido morreu queimado dentro de casa, na cadeira de rodas. Ela ri, se contorce toda contando isso. Levou a casa com ele. Foda-se ele, ela diz. Não lhe deixou nada. Ela conta isso para todo mundo, até para o mocinho que passa as bandejas de bolos e pães e salgadinhos de lingüiça. Ela lhe diz e a outros como a chamada telefônica veio para o escritório, como uma enfermeira teve que lhe contar a novidade e logo depois que elas duas entraram num carrão para ir para casa devido ao enterro. Nada para enterrar além daquela pequena caixinha de cinzas. Ela ri. Não sei se ela fala a verdade ou não. Você nunca sabe. Às vezes lá fora alguém sussurra "O que você fez?". Eles gostam de exagerar. Os homens estão morrendo por um beijo, até os idosos. Sentam-se nos bancos de madeira e fazem ruídos estranhos. Tentam nos fazer conversar.

Ninguém me diz quanto tempo vou ficar aqui e não perguntei. Há quem já tenha perdido a vontade de ir para casa porque tem companhia aqui, mesmo se é companhia para brigar. Todas as refeições têm o mesmo sabor — os ensopados e os assados e o toucinho e repolho, tudo igual. Os doces têm um pouquinho mais de gosto. Nunca tenho fome. Pelo contrário.

Meu irmão me pôs aqui. Ele e o Dr. McCann. Quando ele me viu olhando para trás para a casa e minha horta ele disse "Não me culpe por isso, Breege". Ele estava no assento da frente com o motorista, Tom Liddy. Eles conversavam entre si o tempo todo como se estivesse tudo em perfeita ordem. Falavam que agora não era como antigamente, as pessoas não ficavam mais amarradas em camisas-de-força. Não é tão diferente, ainda é tudo trancado. Tivemos um tio aqui mas meu irmão não mencionou isso. Ele ficou em nossa casa uma vez. Fumava como uma chaminé e ria à toa. Tom Liddy disse que março era o mês quando muita gente ficava biruta, como as lebres de março.

Foi depois que entrei no berço que Joseph somou dois mais dois. Um papel que ele achou no painel do trator. Tinha chovido em cima dele mas ele adivinhou meu segredo, meu apelo enxovalhado. Eu pedia a Bugler para me encontrar só uma vez. Eu implorei. Detesto lembrar que implorei. Meu irmão disse que era uma doença. McCann e ele disseram que isso era paixonite de criança dentro de uma mulher de vinte e dois anos, uma loucura. Talvez fosse, talvez seja, mas como se consegue parar de gostar de alguém, até de amar alguém, como. Eu teria entrado no tabernáculo aquele dia se coubesse. Era uma solidão que me aproximava de Jesus ou do Espírito Santo. Ou então desaparecer, sumir. Bugler abriu uma veia em mim e não é culpa dele mais que minha. Eu o vou conhecer de novo, eu vou ser aquela que o vai ter nos braços quando morrer, a que o vai enterrar. Eu sei disso. Terra dura, terra tão dura e enraizada quanto as pessoas, incluindo ele. Podem passar anos e anos de vida normal, todo dia, cada dia, ordenhando, alimentando, dizendo as coisas necessárias, e então um dia algo se abre dentro da gente, selvagem e maravilhoso, como os regatos descendo a montanha com a chuva, rápidos, jorrando, transformando tudo que tocam em coisa viva: um tronco limoso de repente tendo a intenção e o movimento escorregadio de um crocodilo.

Na clínica, o Dr. McCann e meu irmão tentaram arrancar alguma coisa de mim. Não conseguiram. Eu tinha silenciado. Era meu jeito. Não era a primeira vez. Anos atrás, outra pessoa, uma médica, me operou em nossa cozinha, sem anestesia, sem nada, os homens me segurando enquanto ela enfiava a faca. Semanas depois ela nos visitou e me pediu para dizer seu nome. Não disse. Não podia. Me puseram numa cadeira para ficar à altura de seu rosto e de seu chapéu de veludo mas eu não falei. Ela ficou lívida.

Como eles também, McCann e meu irmão. Em meio à pressão que faziam me deram cascudos e McCann pôs uma pequena lanterna em minha garganta, depois uma espátula na minha língua me obrigando a dizer "Aaaaaaa...".

— Irreal.... porra, irreal — ele disse e tirou outra enciclopédia. Joseph me deu uma pastilha de tosse para chupar, pensando que daria jeito.

Ao deixar o mundo você o vê com mais clareza. É como as coisas perdidas, brincos ou broches, eles ficam no olho da mente. Pessoas também. O jeito como vejo Bugler em suas variadas formas; no palco do baile de camisa vermelha estampada, a garganta macia mas retesada, emoção nos olhos.

Era um lindo dia de inverno quando saí de casa, as árvores nuas, seus troncos tão elegantes e úmidos, o céu apaziguador, nuvens de todos os tipos, de beiradas rosadas se sobrepondo, como as ondas do mar. O pôr-do-sol feito um esplendor, feixes de luz saindo dele, ouro branco branco. Pensei como no verão as árvores se juntam pela folhagem mas no inverno se isolam, nuas, desfolhadas. O mesmo com as pessoas. Na felicidade elas parecem se unir mas na tristeza se separam. Teria sido inútil desafiá-los. E eu não tinha para onde ir. Certamente não para ele. Não vou ouvir o som de um trator no futuro.

Passando pela subestação as torres luziam, cabos pesados de mensagens, mensagens de amor e ódio e piedade e condolências. Adeus Bugler.

Não havia portões de entrada, apenas um vão largo onde caberiam dois portões e meu irmão se virou para mim e havia lágrimas em seus olhos — "Eu faria qualquer coisa para ver você melhor".

— O lugar é bom — Tom Liddy disse. Ele não podia estar

falando sério. A pedra e o gesso do prédio principal estavam derrocados, telhas de ardósias caídas, a parede externa cheia de rachaduras com trepadeiras crescendo por elas. Foi a primeira vez que vi Therese. Todos nós a vimos, indo em direção à capela no térreo. Ela segura a chave da capela e a mantém trancada segundo sua vontade. Quando nos viu chegando pôs a pá no chão e veio nos pedir cigarros e dinheiro. Liddy falou que não tinha e ela disse para a gente se foder, se foder. Uma mulher roliça de botas pretas com uma pá. Se se fizesse um desenho dela seria isso.

Eles estimulam desenho e pintura. Uma das moças mais jovens, Dolours, obedece. Ela desenha artistas populares com um olho só. O terceiro olho, ela chama.

Sempre carvão preto e inclinado. Ela assina o nome com letras ornamentadas. Quando não é isso ela se torna escrava da moda — *jeans*, corpete justo e sapatos de plataforma muito altos. Alta como um flamingo. Carrega seu estojo de maquiagem com ela, aonde quer que vá; ao banheiro, à sala de pintura, ao refeitório, todo lugar. Sua sombra na pálpebra é lilás-claro e faz com que pareça estar de luto. Era tempo de ter alta mas não teve. Foi ao banheiro umas noites atrás e cortou o pulso, pelo menos o arranhou. Com uma garrafa quebrada. Sua amiga Chrissie o fizera, então por que ela também não o faria. Chrissie lhe dissera que ver o sangue e assistir aos seus pingos era ótimo, lhe deu um sentimento maravilhoso de liberdade. Elas tinham que estar estudando mas só pensam em homem. Chrissie diz que não há homens suficientes no mundo; ela faria qualquer coisa por um beijo e um amasso.

McCann ficou furioso com meu irmão por ter me deixado consultar a fitoterapeuta, a holandesa; ele era contra ela porque muitos de seus pacientes debandavam para ela. Ele disse que ninguém com um pingo de bom senso pagaria por café de dente-de-leão ou leite de cardo ou um emplasto de raiz de mil-folhas.* Eles continuavam perguntando coisas. Por que eu tinha entrado no berço. Se eu estava em pleno domínio de minhas faculdades mentais naquela ocasião. Onde estava minha laringe. Por que eu não me ressocializava. Por que eu havia cortado uma echarpe de seda ao meio e depois costurado de novo. Todo o tempo eu sabia que eles estavam tentando chegar a Bugler porque o queriam preso. A essa altura eu tinha uma caneta e um bloco para responder às coisas. Minha cabeça estava imprecisa como peso de papel de vidro com neve dentro, não neve limpa, mais como neve revirada. Passava da meia-noite. Os cinzeiros estavam transbordando dos cigarros fumados pela metade. Eles me perguntaram se eu havia coabitado com Mick Bugler e neguei sacudindo a cabeça. Ninguém sabe da noite na ilha, só eu e ele e as ondas. Eles disseram que isso não tinha nada a ver com telefonar para o puto. Vamos perguntar a ele disseram. Fui levada para a sala de espera. Rezei para que ele estivesse num sono profundo ou que tivesse ido dançar com Rosemary. O telefone deve ter tocado muitas vezes porque pude dar uma olhada nos gibis e nas revistas espalhadas no chão. Me chamaram de volta lá para dentro. Não sei o que ele pode ter dito ou mesmo se conseguiram falar com ele. Tudo que fizeram foi anunciar o meu diagnóstico — histeria em último grau.

McCann tirou os formulários e começou a escrever.

— Seu erro foi ter acreditado — meu irmão disse, arrasado. Ele queria que eu o perdoasse pelo que estava me fazendo.

* * *

* *Achillea millefolium,* da família *Compositae*, conhecida como "mil-folhas", da qual deriva o azuleno. (N. T.)

Dolours está na ponta da cama de saia preta de cetim, o corpo magro rígido, os olhos com o brilho da marcassita. Ela quer saber se eu gostaria de uma tatuagem. Seu novo namorado é tatuador, é sua profissão, ele esquenta a agulha com um isqueiro, fura o desenho e então pinta em cima. Ela me mostra a sua. É uma pequena serpente. Ele precisa do dinheiro. Ela espera sair em surdina quando ficar de noite para se entregar a ele. Ela vai paquerar o enfermeiro. Não há nada que ela ame mais que se entregar a um homem. Ela já teve vários. Diz que cada centímetro de seu corpo está coberto de mordidas de amor. Ela se raspa toda porque eles preferem. De repente, ela está grudada em mim, aos prantos, soluçando. Por que estamos aqui, por que estamos aqui. Ela berra as perguntas. Explica. Explica. Ninguém pode.

Será a serpente? É porque amamos demais? Ou é porque não sabemos amar?

— Aaaaaaa! — O bebê grita no carrinho. Oh não, não de novo, amamentei aquele bebê uma hora atrás, diz a mãe.

— Aaaaaaa! — O bebê grita no carrinho. Pobre bebê, deve estar com fome, vamos lhe dar algo pra comer, diz a mãe.

Duas reações diferentes para o mesmo chamado de um bebê em necessidade. Duas mulheres, mães. Uma é o exemplo do egoísmo mundano e a outra querendo se sacrificar por seu filho.

É o terceiro Domingo do Advento e a capela está cheia, a nave, a entrada, as laterais, a galeria, tudo lotado; pessoas chegando e tentando pôr as crianças à sua frente, olhando ao redor para ver onde ainda pode haver assentos vagos. Outras crianças já numa orgia de gritos e Canon Daly, um homem de pouca paciência, irritado pela confusão, encara os pais como se os pudesse silenciar. Sem se intimidar, ele descansa os braços na beira do púlpito e se adapta àquela posição meio desaforada que assume antes de um sermão comprido.

— Não sabemos o dia nem a hora, diz o Senhor — ele começou, afirmando que esse tema do dia serviria bem para as mulheres, as grandes reconciliadoras, mulheres feitas à semelhança de Maria, mãe de Jesus, sua irmã Maria de Cleofas e Maria Madalena, a pecadora arrependida. Continuou a falar de como essas mulheres em seus modos diferentes conheciam a dor e a alegria por intermédio de seus filhos muito amados, mulheres sobre as quais se poderiam dizer as palavras do Evangelho — "Suas próprias almas uma espada perfurara". Ele mudou para penitência, a penitência que era preparatória para o período do Natal, para o nascimento do salvador menino, que acabaria por sua vez no crucifixo quando crescesse.

— E... — ele disse, sua voz aguda e alta agora, quando com olhares enfurecidos ele se esforçou, a fim de dizer aos pais presentes para dar palmadas em seus filhos para puni-los, levá-los lá fora e dar-lhes uma boa sacudidela, pois estavam merecendo.

— E... — ele continuou — o período do Natal não é somente de amor e alegria mas um tempo em que deveríamos pôr um ponto final no ódio e no ressentimento que está no coração de nossa sociedade. Por que odiamos nosso vizinho? Por que sentimos inveja quando nosso vizinho tem um carro maior ou uma cavadeira maior, por que toda essa rixa...

O'Dea ficara vigiando a porta, esperando que Bugler viesse lembrando que ele quase sempre chegava no final do sermão. Ele então o viu, os viu, Rosemary enfeitada demais, caminhando pela nave e olhando para trás para Bugler segui-la, o que ele não fez. O'Dea lhe havia dado uma piscadela.

Eles vão para perto do berço que devido ao recente problema com Breege agora tinha uma guirlanda grossa e forte de azevinho como proteção.

— Esperei por você ontem à noite no cais — O'Dea falou.

— O que você queria?

— Você foi visto no lago com ela... ficaram a noite inteira. O'Dea falou entre os dentes embora sem exatamente sussurrar.

— Você não tem nada com isso.

— Se o irmão ficar sabendo disso você já era.

— Só porque eu quero abrir uma estrada.

— Não é somente a porra da estrada... E você sabe disso... Você a beijou?

— Não vou responder.

— O que significa que sim... Você tirou o selo?

— Que porra de conversa é esta.

— O que significa que você tirou. Seu cachorro... Seu crápula.

— Não fiz nada para machucá-la.

— Bem, se você não fez alguém fez. Ela está numa confusão danada... Uma moça nova que pára de falar... Ela não quer ser descoberta... Está fugindo... A opinião da minha mulher é que ela está de barriga.

— Isso é um absurdo.

— Talvez você tenha ajudado com a Imaculada Conceição... Imagino que você tenha feito do seu jeito.

— Por que você está tão preocupado, é o advogado?

— Gosto da menina... Ela não tem ninguém.

— E o que devo fazer?

— Vá vê-la... Falar com ela... Ouvi-la.

O sermão terminara sem que percebessem. A coleta está sendo feita. Boscoe e a Srta. Carruthers, descendo de cada lado, carregando os sacos de tricô dentro dos quais moedas e uma nota ou outra são jogadas. Canon Daly está sentado numa plataforma baixa, as mãos sobre a pança, um sorriso satisfeito agora, indulgente com as crianças, que continuam chorando.

— Quem lhe disse que estivemos lá?

— O de sempre... Fofocas.

— Isso não quer dizer nada.

— Quer sim... caso ela tenha se apaixonado por você.

Havia somente seis pessoas na enfermaria, algumas tinham ido embora para sempre e outras tiveram licença para sair por causa dos feriados de Natal. T. J., um homem jovem vestido de Papai Noel, entra correndo se desculpando pela fuligem em suas bochechas, conseqüência das chaminés que teve que escalar.

— Aceitam presentes de homens pequenos — ele pergunta. Está carregando dois pacotes embrulhados em papel prateado e amarrados com barbante prateado. Na outra mão segura um coador de tortas com recheio de carne e frutas picadas quentes, descrevendo como ele encharcou as passas, groselhas, casca cristalizada e angélica, primeiro em cerveja, depois em uísque, depois em rum e ele pressente que todo mundo incluindo ele mesmo vai ficar bêbado.

Para cada um ele tem uma palavra especial, um caso especial para contar. Para Kevin, o menininho visitando a mãe e que está andando para cima e para baixo com roupa de vaqueiro, ele brinca de policial bobo. Sempre brinca em seus turnos e agora já pegou o jeito — "O menino se levanta, o policial corre atrás, o menino dá a volta, aparece com uma arma serrada, põe o policial na mira, uns trinta centímetros entre eles — o menino puxa o gatilho. Bam. Bam-bam". T. J. cai no chão com um ataque de riso, os sapatos de corrida contrastando com o crepe vermelho do macacão e a barba embaraçada de algodão. Kevin pisa nele, gritando "Eu ganhei... Ganhei", enquanto por trás da cortina sua mãe ainda chora, recusando-se a sair, e fala para ele se comportar, ser um bom menino.

Em seguida é a vez de Millie. "Como vai minha namorada?" T. J. fala e a tira para dançar. Ela joga seus braços ao redor dele e tenta seguir as instruções, dedo-calcanhar, dedo-calcanhar, seus quadris rebolando enquanto ela se agarra a ele dizendo que aquele é o melhor dia da sua vida, o melhor dia da porra da sua vida.

— Gosta dos meus passos? — ele pergunta e a resposta dela é o som de um beijo. Imediatamente começa a chorar. Ele diz que a vida é curta demais para lágrimas. Fala que apenas algumas semanas atrás ele foi com um amigo às finais de *hurling*, um dia lindo, cadeiras ótimas, jogo ótimo, maravilhoso, daí foram até Kildare, ficaram uma semana e adivinha o quê — o cara teve um infarto carregando gado num caminhão poucos dias depois. A vida é curta. Ele queria que ela soubesse disso.

— Não nesta casa de loucos maluca — ela diz batendo nele agora, socando-o e arrancando a barba colada no queixo. Ele brinca com ela contando a pior piada que conhece — "Se você se lembrar do aniversário da esposa, esqueça imediatamente", então brinca com o nariz dela até que ela ri. Logo ela está se trocando, pondo os saltos altos e ajeitando as coisas numa sacola para sair com ele.

Com a mulher mais velha ele usa um sotaque de camponês — "Qui trem bão é este país, sô". Ela olha para ele sem entender, só olha, enquanto ele a abraça e diz que ele não é um daqueles *leprechauns** de Tir-na-N-og.** Ele desembrulha seu presente, uma medalhinha milagrosa minúscula, dourada, que ele leva aos lábios dela. Kevin está pedindo para brincar de polícia de

* Como são chamados os duendes no folclore irlandês. (N. T.)

** O país da eterna juventude, cenário de *Oisin in Tir-na-N-og*, história da tradição oral irlandesa. (N. T.)

novo, Millie dança sozinha e Chrissie, uma jovem ainda esperando que a venham buscar, aumenta tanto o som do gravador que a enfermaria inteira ensurdece, as paredes parecendo inflar e soprar com a pulsação.

— Você é malpassada ou eu sou malpassado? — T. J. pergunta a Breege, que está sentada na beira da cama de vestido preto com gola de organdi branca. Somente agora ele se dá conta de que ela é uma paciente também e curvando-se ele lhe dá uma das caixas de Natal. Ele a observa abri-lo. É uma esferográfica, incrustada com filigrana castanha e prateada e ele testa a cor da tinta fazendo um pequeno x nas costas da mão dela.

— Estava pensando que se ninguém cantar vou ter que cantar eu mesmo... mas agora tenho você.

Ela olha para longe, e então olha para Chrissie para a salvar.

— Ela não pode... Ela não consegue — Chrissie fala.

— Só pra mim... vamos... meu presente de Natal... Jingle Bells... White Christmas... qualquer coisa.

Era a canção que Bugler lhe tinha dado:

— "Ventos de outubro choram ao redor do Castelo de Dromore,

Mas nos espaços habitados dela ainda há paz

Que meu tesouro amado reservou."

A voz dela dominou, clara e pura, e preenchendo o corredor da enfermaria mas como ela estava fora do alcance dos olhos dos outros, virada para a janela, Ger não sabia com certeza de onde vinha a voz e a seguiu na ponta dos pés, até perto dela, sua boca meio aberta temendo que ela perdesse as forças ou sucumbisse.

Não há vento mau para nos separar, meu amor indefeso e eu —

O mau espírito das margens de Blackwater, a feiticeira louca de Clan Eoin,

E a Virgem Maria de mim tem piedade, na graça do Céu ela está,

Canta lalalá, laralá, lalali,
Canta lalalá, laralá, lalalu.

Kevin pensou em correr para ela, mas os outros se aglomeraram à sua volta e uma enfermeira chegando com uma bandeja de limonada caiu sentada numa cadeira com o choque.

— Você está curada... Jesus, você está curada — Ger falou, sua voz cantante, cheia de excitação e descrença.

— Bem eu nunca — a enfermeira falou pegando a bandeja para passar os copos para todos.

— Isso foi fantástico — T. J. falou.

— Essa foi fantastitica — Millie disse.

— Fala alguma coisa, Breege... fala oi — disse Ger.

— Oi — ela disse olhando em volta e sorriu, tão indefesa para lhes dizer que podia falar quanto havia estado naquele dia no banheiro de mulheres no hotel quando sentiu isso chegando, um tipo de tempestade cerebral com palavras tropeçando sem rumo por dentro, como roupas na máquina de lavar, palavras que não eram de muito amor nem de muito ódio nem de declaração de algo a ser dito, e sua luta para dizê-las mas descobrindo que elas não viriam, como uma pedra, um caroço de ameixa que lá ficou preso. Ela passou a mão pela garganta mas nada achou de diferente.

— É um milagre — Ger falou e saiu para procurar a responsável e lhe dizer.

T. J. está ajoelhado perto de Breege, convidando-a a ir à sua loja logo que saia dali. Chama-se A Despensa. Ela a reconhecerá pela bicicleta de homem do lado de fora da porta com alhos-porós e provisões numa cesta e na janela um sino grande e centenário de bronze. Promete? É demais para Millie, ela foi relegada a segundo plano, senta-se no chão, chutando os sapatos para o alto, tirando a meia-calça cinza, levanta as pernas e as mexe como se abrisse e fechasse uma tesoura indecente.

— Olha, olha... sem criar caso — T. J. fala e se dirige a ela segurando um maço de cigarros, dizendo que pode tirar dois.

— Eu sou feia? — ela vocifera.

— Você não é feia... é linda.

— Eles disseram que eu era feia.

— Quem disse?

— Elas... essas merdinhas. — Ela olha de Breege a Chrissie, a Ger, a Kevin, e de volta, fazendo caretas, a língua para fora, sem se decidir a quem odeia mais.

— Tudo bem, tudo bem, todos vocês são bem-vindos à Despensa, todos vocês — fala T. J. examinando cada rosto e então olhando no relógio corre para a chaminé, grita abracadabra para ela e some pela porta aberta.

Do lado de fora Bugler está correndo de pessoa em pessoa, de um prédio para o outro à procura da enfermaria certa. Veste terno de sarja escura e uma camisa branca sem gola e carrega um maço de urze que tenta esconder.

Um porteiro o encaminha ao prédio principal e ao entrar correndo ele dá com um homem saindo e diz "Estou perdido... completamente perdido". O homem lhe diz que está mesmo, porque somente funcionários ocupam aquele prédio e logo será demolido.

— A máquina escavadeira está quase chegando — ele diz com um certo prazer. Relutantemente, passa para o outro lado da mesa, abre uma gaveta e tira uma pasta aos pedaços, desamarra o cordão e passa o dedo pela lista de nomes até achar Breege.

— Brennan... Mary Nonnie — ele diz, vitorioso.

— Não... Breege.

— Viúva?

— Ela é bem jovem.

— Ah bem... Deve estar em outra lista — ele diz insistindo que todo paciente é listado e arquivado e então ele ri e diz que é óbvio que ele se confundiu porque não é que ele está procurando no ano errado. Conclui dizendo que a melhor coisa que o visitante deve fazer é ir à ala leste, onde tudo, todos os dados, é mantido atualizado.

A ala leste não é mais que uma ruína, janelas quebradas, uma porta coberta com tapume, ninhos vazios pendurados de pedaços de trepadeiras. De lá ele atravessa para um prédio baixo de telhas corrugadas onde pelo menos vê uma luz. Dentro um rádio toca a toda a altura mas o escritório está vazio. Ele chama, espera, chama de novo e ouve passos vindo de dentro. Uma enfermeira excitante com um chapéu de papel sai e diz, alegre, "Papai Noel, Elvis", acrescentando que, sem ela, o lugar ficaria de pernas para o ar. Caso ele estivesse interessado, ela é Fiona, que para alguns significa cisne branco. Quando ele fala o nome de Breege, ela franze as sobrancelhas e se lembra das jovens, pestinhas, mimadas demais, nada de errado com elas, é tudo de mentira.

— Ela veio uns dez dias atrás.

— Eu sei. Eu sei... O cabelo sempre na cara, para não olhar para ninguém... Uma pateta.

— Você me deixaria vê-la?

— Eu faria mais que isso por você — ela fala toda coquete mas vendo que ele não está no clima de flertar concorda em sair e encontrar uma freira responsável. Quando ela desaparece no corredor interno, vira-se para saber se pode trazer para ele qualquer coisa, chá, café ou algo mais forte.

Logo estão atravessando um caminho de cascalho para mais outro prédio e ela lhe pede para adivinhar qual é o problema da maioria dessas lunáticas. E responde por ele. Sexo. Sexo. Sexo — eternamente tirando a roupa. Diz que ele não acreditaria nas coisas que ela já viu, *strip-tease*, manhã, tarde e noite, as mulheres piores que os homens, transformando aquilo ali numa colônia de nudismo. No escritório um porteiro jovem e rechonchudo usando um boné de beisebol fica procurando, irritado por ser incomodado. Ele diz que a Irmã foi atender a uma chamada.

— Tenta ela, Jimmy — Fiona diz e pisca para ele.

— Ela saiu agora — ele diz, segurando o telefone, depois

franze as sobrancelhas e fala: — Jesus, ela está fazendo aquilo de novo... Ela nunca pára.

Nada a fazer a não ser esperar. Fiona diz que se não voltar à sua enfermaria pode haver um homicídio. Dá um beijinho e diz que se algum dia ele quiser uma boa parceira para dançar já sabe onde encontrar.

A supervisora é uma mulher dura e troncuda cuja paciência se esgotou porque a enfermeira Egan, que a viria substituir, não apareceu. Quando põe os olhos em Bugler ela se retesa. É o tipo de homem que ela não suporta, o cavaleiro férreo montado em seu cavalo. Ela lhe diz sem rodeios que não pode ajudar. As portas de todas as enfermarias já estão fechadas e ninguém, somente o pessoal da noite, pode entrar.

— Sempre trancadas ao toque do ângelus.

— Estou esperando há quase uma hora.

— Não é culpa minha — ela diz. Seus olhos se encontram, os dela quentes e inchados dos três cálices que tomou, os dele calmos demais, seu maxilar travado sob a barba aparada. Ela vê determinação nele e pensa que o botãozinho de pérola que prende a gola está para saltar.

— Vou ficar só um minuto.

— De jeito nenhum.

— É Natal.

— Tem que obedecer às regras — diz ela, incorporando um falso sotaque, para ver se o despacha, a respiração irregular.

— Isto não está certo — ele fala, olhando ao redor como se houvesse mais alguém a quem apelar.

— Quer deixar as flores ou não? — ela diz, oferecida.

Ele pensa por um momento, detesta a idéia de passá-las às mãos dela, temendo que acabem ficando na recepção.

— Preciso escrever um bilhete — ele falou, dando as costas para ela.

— Como quiser — ela disse e saiu dizendo a Jimmy que ninguém poderia ser admitido além daquela porta.

Ele ficou ao lado de uma maca, o olhar fixo no cabeçalho do brilhete amassado no qual ele escrevera as poucas palavras — *Colhi estas flores perto do local onde vimos o salmão saltar.*

Não era suficiente. Havia algo a mais que ele queria dizer e apesar da sua natureza reservada ele pediu ao rapaz uma folha de papel do hospital e então se sentou e escreveu.

O pássaro foi cozido em demasia e jaz desprezado numa panela de molho empelotado, maçãs cortadas e castanhas saindo de dentro dele. Está esfriando. Rosemary o interroga por mais de uma hora. Por que não havia telefonado. Por que está todo arrumado. Ela dormia quando ele saiu, todo emplumado. No final ele admitiu, disse que tinha ido ao hospital ver uma amiga

— Oh, a louca lá embaixo... ela?

— Sim, ela.

— Por que não me levou junto?

— Não achei que seria justo para com ela.

— Merda... Sou sua noiva e você pensa que não seria justo para com ela.

— Ela é muito tímida.

— Eu tive uma confiança inabalável em você e você sucumbiu.

— Não é nada disso... Rosemary.

— Oh, o que é então... descreva pra mim... ela é uma alma gêmea... Caithleen Ni Houlihan.

— Você a conheceu.

— Claro que a conheci... como vai, Breege... Nada foi sua resposta... nenhuma auto-estima...

— Olha, ela sabe que sou comprometido com você.

— O irmão dela tomando de nós cada tostão que temos e você todo doce com ela.

— Ela nunca quis guerra entre o irmão e mim... ela me implorou.

— Isso foi muito mais longe do que eu pensei. Você lhe levou flores ou chocolates, ou ambos?

— Olha, ela está doente... está sozinha... está assustada.

— Pouco me importa se ela morrer.

— Essa é a coisa mais feia que já ouvi de você.

— Me sinto ameaçada Mick... Não quero acreditar que há algo entre você e ela.

— Meus companheiros estavam certos quando diziam que o que você tinha de mais macio eram os dentes... seu próprio irmão disse isso.

— Entrei nessa... nessa canoa furada com você... meus pais embarcaram nessa com você... sem eles você não teria conseguido nada.

Ele virou de lado implorando a ela que deixasse aquilo de lado, para servir o jantar, para tomarem um copo de vinho, se desejarem Feliz Natal, deixando o passado para trás. Mas, quando ele começou a pôr a mesa, ela já havia começado tudo de novo, incapaz de se controlar, falando do sacrifício que estava fazendo, as coisas que deixara para trás, uma vida maravilhosa, uma carreira deslumbrante, um clima quente para vir para onde Judas perdeu as botas, no meio do nada, sem amigos, sem estímulo, somente um caralho molhado de uma montanha. Ela então pegou o presente que ele lhe trouxera e que não havia aberto. Jogou-o violentamente ao chão. Ouviram os pedaços de vidro se despedaçando, o despedaçar louco e abrupto do vidro, e então os gritinhos que eram quase animalescos quando os pedaços quebrados se rearrumavam.

— O que era?

— Perfume.

— Eu não quis dizer aquilo sobre querer que ela morresse — ela falou e se agarrou desesperadamente a ele, para fazê-lo saber que havia uma Rosemary sob a Rosemary perversa.

— Tudo bem, tudo bem — ele disse pegando a caixa.

— Estou disposta a perdoar se você me prometer uma coisa.

— O que é?

— Quero que você me leve lá... Quero entrar naquela enfermaria de mãos dadas com você... Quero isso... Quero que ela veja isso.

— Não posso. Não vou fazer.

— Você a beijou, não beijou?

— Uma vez.

— Você fodeu ela?

— Você me enoja — ele disse e se debruçou para cortar um pedaço da pele do peru para mostrar que estava com fome. Ela não agüentou. Pegou a panela e andou com ela, movimentando-se desequilibradamente como se fosse atirá-la nele. Vendo que ele saía correu para bloquear o caminho e disse que não passaria mais uma noite naquela casa a menos que ele lhe dissesse tudo, tudinho.

— Como quiser — ele disse, correndo para o pátio e pulando o muro em direção ao campo lá fora.

* * *

Estava completamente escuro e começava a chover. Ele caminhou a extensão e a largura de três campos como se estivesse tentando descobrir o que devia fazer. Três novilhas bem novinhas, não acostumadas ao novo ambiente, mugiam, pouco à vontade com os outros animais em número muito maior. Estava escuro demais para vê-las. A única luz na escuridão vinha da casa de Brennan. Seria tão fácil ir até lá e bater à porta e dizer o que passava em sua cabeça. Ou como seria fácil voltar e dizer a Rosemary que o ciúme dela não tinha fundamento. Mas não era possível, porque não era verdade.

Ela estava sentada de pernas cruzadas no chão da cozinha com um cobertor sobre o corpo, como uma inválida. Havia chorado. Olhou para ele com um ar perdido, disse que havia sido o choque de tudo, a novidade de tudo e a falta de um amigo com quem desabafar. Ele teria que ser amante e amigo, uma coisa difícil para um homem. Ela tinha tido uma idéia brilhante. Deviam se casar mais cedo. Não esperariam pelo grande casamento em junho com família e amigos, coisas que, de qualquer forma, ele detestava, se casariam em segredo e então tudo ia ficar bem, porque ela não se sentiria tão ameaçada. Ele se lembrou da superstição ouvida em sua infância, que o noivo nunca devia ver o vestido da noiva. Estava lá no guarda-roupa, os quase vinte metros dele, creme e com uma cauda. A clemência que ele sentiu caminhando de volta, a culpa que sentiu por tê-la trazido de tão longe e o remorso por ter ido ao cemitério haviam passado agora, e ele estava novamente brusco.

— Nós nos amávamos.

— Sim, era.

— E agora?

— Honestamente não sei que nome dar a isso.

— Não se preocupe... Tenho amor suficiente para nós dois.

* * *

Foi na escuridão do quarto que ela desabou completamente.

— Mick — ela falou, depois esperou. — Não posso voltar pra lá... Por favor não me mande de volta.

— Não vou mandar — ele disse. Ele sentia sua respiração acelerada e sentia o corpo dela inteiro soluçando. A cama estava apertada demais para eles, o quarto pequeno demais, não havia ar suficiente para os dois, ele pensou que estava sufocando.

— Tenho me sentido esquisita há uns dias... Talvez esteja grávida.

— O que a faz dizer isso?

— Meus hormônios.

— Você não está grávida — ele disse e a lembrou cruamente como sabia.

— Você não tem a intenção de casar comigo... você ficou me enrolando... vejo tudo agora.

— Você está louca.

— Você me deixou e veio pra cá quando eu estava grávida... Lembra... o óvulo continuou um óvulo... não se transformou numa pessoinha... já se perguntou como me senti... Fiquei arrasada... Estou arrasada... Eu falei agora há pouco que estava grávida porque queria testar você.

— O que há de errado com você... você é uma pessoa pragmática... isso não combina com você.

— O erro está nela.

— Ela é carta fora do baralho.

— Vou acreditar em você se me prometer que nunca mais a verá. — E, para ter certeza, acendeu a luz da mesinha-de-cabeceira e levantou a lâmpada tão perto do rosto dele que ele podia ler a sua voltagem nas letras pretas chamuscadas.

Estão fazendo um piquenique, Ger, Breege e a Sra. Hegarty. As luzes do teto foram apagadas e no parapeito da janela há uma grossa vela vermelha de Natal em um arranjo de azevinho. Há uma felicidade entre eles e sorriem dos sons dos roncos monótonos, constantes, de dois pacientes adiante. A Sra. Hegarty se arriscou a sair no último instante, porque sendo a luz tão fraca ninguém poderia ver que seu cabelo está caindo. Somente ela mesma testemunha os tufos no pente, todas as manhãs, deixando-a alarmada.

— Uni-du-ni-tê, pega o ladrão pelo pé, se ele gritar vai ter, u-ni-du-ni-tê. — Enquanto Ger recita ele mesmo já adivinhou que vai caber à Sra. Hegarty contar a primeira história.

— Vou mesmo — ela diz como se estivesse esperando esse momento desde o dia em que deu entrada no hospital. Ela começa sentando na cama mas, à medida que a coragem aumenta, se levanta, gesticula, se movimenta aqui e acolá de acordo com a raiva que sente e que teve que ser refreada.

Eu tinha uma casa que meu tio me deixou... Uma casa bonita com um nome bonito, "Casa do Musgo". A estradinha que dava lá era cheia de musgo e a gente podia escorregar. Às vezes eu a alugava, às vezes quando estava vazia eu ia e me sentava na sala de estar e olhava minhas coisas, meu tesouros. Então um dia meu marido me perguntou se sua irmã Ida podia ficar lá por um tempo. Ela não tinha onde morar... Seu marido a tinha posto para fora e ela estava morando num trêiler... Era para ser temporário... Aquilo foi um ano atrás e ela ainda está na Casa do Musgo. Ela não vai sair. Todos os meus pertences estão jogados no sótão, meus retratos e minhas almofadas de lã, umedecendo e mofando lá. Ela vem para mim na última Páscoa na capela, era Quinta-Feira da Paixão e na frente do sacramento abençoado ela cochicha, dizendo "Eliza, vamos repartir a propriedade da Casa do Musgo, é justo".

Ela interrompe e se vira para eles quase chorando — "É isso que eles me fizeram, meu marido e a irmã, é por isso que estou aqui".

— Tudo bem... Tudo bem — diz Ger e lhe serve mais limonada.

— Você é o próximo — Breege fala para Ger.

— Cruzes, não tenho história mas tenho um sonho engraçado... Bem não é tão engraçado assim... *Minha mulher e eu estamos em algum lugar... Lá em casa em Cappaderragh provavelmente e então não estamos mais lá... Estamos na cidade e há um bebê num degrau, chorando, pondo os bofes para fora e minha mulher me diz "Jesus, vamos ter que fazer alguma coisa", e ficamos numa confusão terrível procurando para cima e para baixo na rua pela mãe para vir e levar o bebê e ninguém aparece e o bebê continua chorando e gritando e minha mulher me diz "Vamos ter que levá-lo, veja, é um órfão"*, e olhando primeiro para a Sra. Hegarty e então para Breege ele diz, admirado, "Eu não tenho nem mulher nem filho... Nem sou casado".

No corredor eles vêem uma figura caminhando em sua direção com alguma coisa grande nos braços. É Nuala, a enfermeira robusta, reclamando, falando e vendo os restos do piquenique pergunta se é num hotel cinco-estrelas que eles pensam que estão.

— É Natal, Nuala.

— Natal! Dei um plantão de doze horas, fiz duas entradas e aquela tal de Ryan quebrou janelas novamente.

— Senta aqui, Nuala... Estamos contando histórias.

— Histórias! — ela fala e entrega a Breege o embrulho de urze com um certo sarcasmo.

É um ramo enorme de urze de duas cores amarrado com cipó. Segurá-lo no colo é como segurar uma criança e ela sente o cheiro da montanha emergindo dele, a montanha úmida e triste dominando tudo. Ela pensa que deve ter sido Bugler mas também pensa que pode não ter sido.

— Um baita de um almofadinha... tentou passar por mim — a enfermeira falou. Quando ela o ouviu descrito e o chapéu que usava ela sabia que sim, que era ele.

— Ora, Nuala, você está com ciúme — Ger disse.

— Claro que estou com ciúme... são sempre as jovens que ganham as flores... que ganham os diamantes... quem me deu flores? Ninguém.

— Aqui está — ele diz, oferecendo a ela uma das tortas com recheio de carne e frutas picadas, que ela rejeita, dizendo que massas lhe dão indigestão.

— Você é uma mulher durona, Nuala. Devia tê-lo deixado entrar.

— Regras são regras — ela diz mas não está mais irritada, vai para casa fazer um lava-pés dali a uma hora.

Foi quando a enfermeira arrancou as flores de Breege, para pôr na água, que o bilhete caiu. Breege o pegou e olhou para ele. Ela não o queria ler na frente deles e percebendo isso Ger e a Sra. Hegarty se afastaram. Ela pensou "E se eu não abrir, se eu inventar o que está escrito", e então ela se lembrou da manhã na estrada, como ele estava frio e fechado, quando tudo que ela queria era uma palavra, uma palavra não para ferir o futuro dele mas para fazer o dela menos desamparado. Ela quisera tão pouco, pedira tão pouco, mas aquele pouco teria sido muito. Ela abriu o bilhete de repente e sem pensar e olhando para as palavras ela as leu muitas vezes.

Querida Breege

Colhi estas flores onde nós vimos o salmão saltar. Algo acontecerá para melhorar as coisas. Vou estar pensando em você e espero que você não pense em mim sem carinho.

Com amor.

Mick

Se ela continuar olhando fixamente para a chama da vela, ao modo como ela oscila, ela vai conseguir segurar as lágrimas. Mas não consegue. A ternura das palavras se torna mais difícil de suportar que toda a crueldade. As lágrimas, as lágrimas retidas de vergonha e amor saem dela, escorrem.

— Já vai parar — ela fala, constrangida, quando Ger lhe passa uma flanela úmida para limpar o rosto.

— Estou bem agora — ela diz embora ainda esteja chorando.

— Esse cara... É por causa dele que você está aqui?

— É.

— E a canção que você cantou esta manhã... É a sua história?

— É a minha história mas não posso contar — ela fala.

— Bom Deus... Um filho do amor — ele diz, respeitosamente, e levanta as mãos como se estivesse rezando.

— Meu irmão vai me matar.

— Ninguém vai matar você... Vamos cuidar de você.

— Como, Ger... Como?

— Falaremos com ele por você.

— Ah não... Eu mesma digo.... Tenho que dizer.

— Ele é livre... Esse cara?

Ela se voltou para a janela e olhou para as estrelas, as mesmas estrelas que o viram dirigir de volta para casa. O que ela não teria dado por apenas um minuto de sua presença, se tivessem permitido que ele entrasse, somente um minuto para alguma coisa ser dita para os unir. O que não teria dado.

— Se ele fosse livre, eu não estaria aqui — ela falou e então numa voz sumida: — Por uma noite eu soube que havia encontrado a felicidade.

Assim como coube a Duggan trazer Rosemary aqui, coube a ele a levar de volta. Eles estavam de pé como ele disse parecendo duas pilastras, perto do trator, lá embaixo no final do caminho, sem falar, Rosemary segurando uma mala e de lenço na cabeça.

— Me avisa quando chegar — Bugler disse depois que ela entrou no carro.

— Me procura — ela falou, gritando pela janela entreaberta.

Ela tremia tanto que ele teve que acender os cigarros para ela, seu humor mudando a cada minuto, saudade de Bugler, raiva de Bugler, chamando-o de todos os palavrões que sabia, então pedindo para pararem num bar para conseguir para ela uma dose para os nervos. Ela bebia no carro. Depois ela amoleceu e então ficou um tanto sentimental e chorosa e disse que a vida com Bugler seria um inferno mas a vida sem Bugler seria um inferno ainda pior. Ela lhe perguntou se ele já tinha se apaixonado mas nem esperou pela resposta.

Quando passaram os portões verdes e o declive gramado do castelo ela perguntou o que era e ele lhe disse.

— Vamos entrar — ela falou.

— Vai te custar o olho da cara.

— Não interessa... Não interessa porra nenhuma... Deixa o puto pagar.

E subindo o caminho ela tirou um espelhinho para se fazer atraente antes de entrar lá.

✷

Uma neve fina foi o que veio ao encontro de Bugler quando ele levantou a persiana. Nunca vira neve antes a não ser em um peso de papel na sala de visitas da família de Rosemary. Parou à janela e observou, o simples prazer de ver os flocos girando, perseguindo um ao outro no ar, um casaco de arminho nos pinheiros e sobre o abrigo do portão embaixo do qual Gypsy descansava. Dia de Ano-Novo. Um dia de decisões.

Caro Brennan

Aqui é Bugler escrevendo e principalmente escrevendo num dia auspicioso. Estou desistindo da briga pela montanha e com isso eu poderia dizer que estou desistindo de uma parte de mim mesmo. Faço-o por sua irmã. Vamos nos encontrar e conversar.

Mick.

* * *

Barbado, trêmulo, Joseph começou a caminhar sem rumo digerindo o conteúdo da carta. Sua brevidade era irritante. Ele via traição nela, algo nela acima e por trás do que era dito. Bugler tencionava cortejá-la, o que foi a causa de Rosemary ter levado o fora. Andando pela cozinha ele sorvia o chá com ruído, e a cada nova leitura ficava mais enlouquecido, via tudo vermelho, como ele expressou. — Estou vendo tudo vermelho — ele disse e ante seus olhos vinha uma imagem esquecida de um touro sangrado, suas vísceras saindo. Ainda havia tempo. Ele a podia convencer, e, se ela o desafiasse, ele a poderia manter presa lá por muito tempo, para sempre.

Ele se ajoelhava agora, implorando a ela e era como se ela respondesse e dissesse que não tivesse medo, que seus temores eram infundados. Em sua loucura ele a viu entrar pela cozinha com o casaco de lã com a pequena gola de pele de esquilo e por um instante ele teria jurado ouvir sua voz. A cozinha sem ela não era cozinha, fria, vazia, tudo sobre a mesa — geléia, açúcar, mostarda, cereais derramados, colheres, facas, garfos, paninhos com gravuras de pássaros silvestres, tudo precisando de uma limpeza. Três rosas leitosas com a cor rosada eliminada de suas pétalas estavam numa jarra dentro da qual ela as havia posto na manhã em que partiu. Quando ele falou para ela, ela não respondeu, não revidou, ainda muda, mas o olhar que ela lhe deu ele nunca esqueceria.

Ele fez que ia jogar a carta de Bugler no fogão, mudou de idéia, voltou e a pôs no bolso da camisa, tirou o fone do gancho e o devolveu com força, amaldiçoando o burocrata que havia cortado a linha. A conta não tinha sido paga. Contas não estavam sendo pagas. Um feito de Bugler. Seu rebanho agora estava reduzido a sete cabeças e teria que vender mais duas — "O que você me fez, o que você me fez", ele gritava invocando o nome de Bugler. Sufocado, abriu a porta para fazer entrar ar fresco e estava ainda falando consigo mesmo, revidando, gesticulando, quando o Caco chegou, uma crosta de gelo no nariz e um gorro preto de ponta que o deixava parecendo um duende de madeira.

— O que o segurou?

— Tive que pegar a comida. — E com isso ele jogou o pão de fôrma e o pacote de toucinho defumado e uma conta com um selo vermelho.

— Não são toucinhos de lombo... Não têm carne — disse Joseph, aborrecido com a conta, a vergonha.

— Você ainda está com febre — disse o Caco, andando até o fogão para aquecer suas mãos protegidas do frio apenas nas palmas e nas costas. Vendo os cadernos de capa cor de laranja plastificada nos quais Joseph escrevia as coisas do mês, ele exclamou: — Homem de Cristo... Você não vai queimar estes... Seus pensamentos.

— Pensamentos — disse Joseph, abrindo cada caderninho na página central para poder agarrar vários e jogar ao fogo. A visão deles sendo sugados e os feixes de chama quente que dançavam em seu rosto o deixavam quase jovial.

— Ninguém pode dizer que não acendo a lareira da casa — disse, amargo.

— Você está todo arrumado.

O paletó de seu terno novo estava pendurado numa cadeira mas ele vestia o colete e na casa do botão tinha uma vergôntea de trevo murcho do mês de março.* Havia, como o Caco contaria depois, uma irracionalidade naquele homem e uma insanidade em seus olhos. Ele disse coisas conflitantes como ter se correspondido com conselheiros do condado, senadores e o deputado local e ter obtido garantias dessas pessoas de que a justiça seria feita em relação à montanha. Segundos mais tarde ele falou em vender a terra e ele e Breege fazerem um cruzeiro.

— Como ela está?

— Não sei... Sem telefone... Sem correio... Nada... Vou vê-la mais tarde hoje à noite. Estou pensando em ficar num hotel... Para ficar perto.

* No original, *shamrock*, o trevo símbolo da Irlanda, distribuído no dia de São Patrício (17 de março). (N. T.)

— Quem vai ordenhar... Quem vai dar de comer aos bichos? — perguntou o Caco.

— Estou contratando você para isso.

— Nunca trabalhei com máquina de ordenha.

— Vem aqui fora então.

Quando atravessaram o terreiro os flocos de neve pareciam mais grossos, mais direcionados e eles atolavam neles. As vacas acabaram de ser ordenhadas um pouco antes e Biddy, a primeira, amarrada, escoiceou assim que sentiu os bocais ajustados em suas tetas. O estábulo era subitamente um covil de gemidos e coices. Biddy balançando as ancas como se um instrumento de tortura tivesse sido colocado nela. As outras, entendendo a situação, começaram a lutar para se livrar dos alteres de ferro enferrujado. Gotas de leite passando pelo tubo de vidro pareciam azuladas e aguadas. Lá fora Goldie latia para que a deixassem entrar.

— Jesus, parece um circo — falou o Caco.

— É um maldito asilo de loucos — Joseph disse, batendo nos lombos dos animais até que o pedaço de pau se partiu ao meio, o que o frustrou ainda mais.

Dentro eles se sentaram perto do fogo enquanto Joseph acendia um cigarro no outro e tinha um colóquio resmungado consigo mesmo. Para o distrair, o Caco perguntou em voz alta se Breege ia conseguir, falou de uma outra jovem com o mesmo problema, Eily O'Grady, que nunca mais voltou, morreu lá aos noventa anos, barbada. Quando não ouviu resposta ele se voltou para a panela de cinzas que transbordava.

— Você podia cozinhar ótimas batatas naquela cinza.

— Em nome de Jesus quer calar a boca e ir embora... Você é um horror.

— Uma hora você está todo bonzinho pra mim, me implorando para vir aqui em cima, e no minuto seguinte me manda embora... Não sou uma bola de futebol humana... Para mim chega... Vai chutar a bunda de outro. — Quando se levantou para sair, Joseph bloqueou o caminho e lhe pediu em nome de Deus para ficar, para ter piedade. Então pegando a carta do bolso ele disse "É por causa disto... É por causa disto que estou do jeito que estou". O Caco leu lentamente primeiro perto do fogo e depois perto da janela, e balançou a cabeça solenemente.

— Oh... Helena de Tróia... Mares azuis... Mares azuis e uma mulher assanhada.

— De jeito nenhum... Ela não se misturaria com um homem que prejudicou seu irmão.

— Ele foi vê-la naquele lugar.

— Quem lhe disse?

— Uma enfermeira que trabalha lá... Uma prima... Sentou na cama dela o Bugler.

— Oh Jesus, Meu Pai que vos castigou com chicotes mas vou castigar-vos com escorpiões — Joseph clamou à gravura do Sagrado Coração cuja lâmpada votiva se apagara por falta de óleo.

— Sobe lá... Bota pra fora... De homem pra homem.

— Eu não vou subir lá.

— Está com medo dele?

— Não tenho medo de ninguém — ele disse, agarrando a carta e subindo as escadas correndo como se uma estratégia brilhante lhe tivesse ocorrido. Lá em cima podia-se ouvi-lo abrindo e fechando gavetas e armários, cantando, parando apenas para gritar para baixo que precisava de um *toddy** quente.

— Não tem nenhum... Nós o bebemos todo.

---

* Bebida feita com uísque, brande, água quente, açúcar e temperos. (N.T.)

— Arranja algum.

— Onde...? Não há dinheiro.

— Em qualquer lugar.

— Já sei o que vou fazer... Eu podia ir dirigindo até minha madrinha, ela sempre tem um pouquinho de dinheiro.

— Não demora... Vou precisar da caminhonete para ir até Breege.

Descendo as escadas ele parecia ao Caco ter renascido, o cabelo para trás encharcado de óleo e seu rosto mais vivo e mais firme por causa disso.

— Suba e diga a Bugler para me encontrar aqui.

— Digamos que ele diga que não.

— Diga a ele...

— Vai ser um encontro e tanto — o Caco disse. De repente ambos pularam quando a porta rangeu e se abriu. Na rajada de ar frio um passarinho entrou voando, suas penas marrom-ferrugem empedradas de gelo de forma que não parecia um pássaro real mas um presságio. Deu três voltas ao redor da cozinha enquanto eles pularam para o matar, e então voou em direção a seus rostos, e bateu repetidamente contra o vidro da janela.

— Jesus, que estranho — disse o Caco, perseguindo-o agora com as pernas abertas de uma tenaz.

— Não o deixe subir — Joseph gritou. Tarde demais. O pássaro havia se enrolado no primeiro degrau. O Caco se arrastou a uma cadeira e esperou para estar à mesma altura do pintassilgo quando ele chegou aonde a escada fazia uma curva e havia um espaço não iluminado. O pássaro se movia atrapalhado, caindo a cada degrau com uma pancada surda e na hora certa a mão à espera se fechou em torno dele, macia, disfarçada, assassina. Houve dois ruídos então, um guincho de puro delírio, quase feliz quando seus dedos espremeram o pescoço, e depois um grito suprimido quando ele o estrangulou, o som terminando em uma crepitação. Aproximando a mão, ele o exibiu orgulhoso, o pescoço curvado para um lado como se tivesse acabado de ser desatarraxado, os olhinhos semelhantes a uma conta escancarados.

— Quanto você me dá por ele?

— Joga fora — Joseph disse, agressivo. — Livre-se dele imediatamente.

— Calma homem... Calma... É apenas um amigo emplumado. — E com isso ele o guardou no bolso para que o pudesse mostrar no hotel mais tarde, assustar as mulheres com aquilo. Havia um jantar de cinco pratos e com um truque daquele ele podia até comer de graça.

* * *

Joseph ouviu seus passos. Se encontraram no portão enquanto ele tentava recolocá-lo no trilho.

— Você ainda não consertou isso — disse Bugler.

— Você não está congelando? — Joseph falou. Bugler estava com a cabeça descoberta com neve no cabelo e em seus cílios compridos.

— Coração quente — ele disse e desejou um feliz Ano-Novo como bom vizinho. Estavam perdidos, sem saber exatamente como começar e olhando vagamente para os flocos que caíam, amontoados.

— Quer entrar?

— Não posso... Tenho um encontro — e havia algo oculto e insinuante no modo como ele falou.

— Feliz Natal? — foi Joseph então quem falou.

— Fiquei bêbado... Até acho que fiquei com pena de mim mesmo.

Sua gargalhada, se gargalhada era, parou enquanto Joseph esperava, seus olhos irritados por não dormir e pelo resto de gripe.

— Recebeu a carta? — falou Bugler.

— Recebi. Você não deveria ter visitado Breege no hospital... Incomodando-a.

— Não a incomodei.

— O que isso quer dizer?

— Que eu gosto dela... Muito.

— Ela está doente... Não precisa de você.

— Eu a chamei pra subir pra casa.

— Ela não irá.

— Ela disse que sim... Ela tem algo importante para me dizer.

— E o que seria isso?

— Deixo que você como homem adivinhe.

— Não a toque... Não brinque com ela... Não chegue perto dela.

— Eu já a toquei — Bugler respondeu, sua voz calma, sem pressa mas no tom confiante que tem um homem que encontrou o que procura. Não havia mais tempo nem maiores explicações; ele se virou e se afastou depressa.

Joseph se segurou no portão porque precisava, seu mundo estava escapando dele, se o que ouvira era verdade. Então, com um grito objetivo e de necessidade infantil, gritou para o Caco chegar, Jesus, imediatamente para que pudessem ir lá. O pensamento de que ela podia ter se entregado, que o sangue de Bugler pudesse estar misturado ao deles o enlouqueceu e ele mergulhou o delírio de seu coração quente e o desespero de seu coração quente nas barras do portão.

Virou-se para entrar em casa mas não conseguiu.

Por um minuto ele pensou que a espingarda havia sido roubada de tão bem que a havia escondido. Sentia o cano como um bastão de gelo e seus dedos nele grudaram. Pôs os cartuchos em bolsos diferentes para não ficar aparecendo. Precisava andar, andar e falar. Falava o tempo todo enquanto subiu o campo de trás e sob as cercas para o outro campo e para o seguinte. O gado de Bugler estava ao redor de uma manjedoura, um grupo balindo se voltou para ele, seus gemidos como súplicas, como ameaças, a escuridão descendo sobre eles e sobre ele.

No campo seguinte havia algo que o irritou porque ele não tinha certeza de estar sonhando ou não. Um potro nascia. Mais da metade estava de fora, sacudindo a cabecinha, movendo-se da esquerda para a direita. As pernas da frente já haviam saído, a cara acastanhada instável acima delas, respirando, olhando ao redor, o revestimento branco da placenta enrolado em seus ombros como um xale e a égua forçando, forçando para a traseira e as pernas de trás saírem. Era a égua baia de Bugler. Aproximando-se ele viu que imediatamente ela se agitou e tentou se levantar e embora odiasse o homem ele não odiava o animal. Ela tinha ido para debaixo das árvores, pois como toda égua não gostava de ser observada quando paria. Em dez ou quinze minutos, se ele continuasse andando, o potro estaria fora e de pé e mamando. Então ele continuou.

Coelhos estavam à vista no campo seguinte, um tanto distantes uns dos outros, farejando nada, seus queixos trêmulos, medo em seus olhos como se esperassem perigo e ainda assim quando ouviram seu passo nada fizeram, apenas correram para perto um do outro e se agrupar. Segurança em número, seus rabos como espanadores sujos e quase brancos e suas costas grudadas umas nas outras numa camuflagem inútil e humilhante.

A escuridão descia célere e corvos encontrando-se no céu frio. Enfiando os cartuchos, ele sentiu algo da antiga habilidade, o jeito como eles entravam, tão bem, tão certo. Ao passar o dedo pelo gatilho, ele os ouviu gritando, os ouviu rasgando o céu e então ele atirou e o som dos tiros veio estranhamente plácido e sem susto. Um ou dois caíram mas ele não foi ver se estavam mortos. Como ele a tinha respeitado. Se ela tinha passado uma hora com Bugler, os momentos melhores e mais doces e de maior confiança entre eles estariam destruídos. Ele ainda falava consigo mesmo quando se abaixou entrando numa trilha de drenagem do solo, seus sapatos quebrando o gelo, como se quebrassem um prato de pão, e subindo ele avistou O'Dea alimentando o gado pela porta aberta de sua caminhonete. O gado se amontoava pela caminhonete porque ele nunca aprendera direito como afastar os animais. Eles não se falavam desde aquele dia da briga mas cada qual agora gritava ao mesmo tempo e com o mesmo nervosismo agudo "Feliz Ano-Novo, feliz Ano-Novo".

Ele acelerou, fazendo de conta que procurava um animal perdido. Desceu ao rio para ver se estava marrom ou azul ou verde-garrafa, como se aquilo importasse. Os cisnes, os mascotes de Aziz, deslizavam serenos como se fosse uma noite quente de verão. A montanha estava pavimentada de branco, fileiras de pedras aparecendo com um negrume mineral. Cada árvore pesava de neve mas dentro de seus galhos negros havia linhas amortalhadas como os pensamentos loucos correndo sem controle em sua mente.

— Pula para dentro — disse O'Dea quando se aproximou dele.

— Ah não... Prefiro andar.

— Eu ia visitar você... Vamos dar uma festinha hoje à noite... Por que não vem?

— Ah... você me conhece... Eu e as festas.

— Vai te fazer bem... E Brunhilde vai gostar de te ver... Você é praticamente o único que ela tolera.

— Vamos ver.

Estavam na mesma altura agora e vendo o rifle O'Dea perguntou: "Quando você conseguiu o bichinho de volta?".

— Umas semanas atrás. — Ele falou com a maior naturalidade possível. Observando O'Dea se afastar, lhe ocorreu que ele devia voltar ao rio e esconder a arma. Mas algo o impediu. Ele a descansou no chão por um momento e bateu os braços para se aquecer. Batendo e cantando baixinho, ele sentiu uma coisa estranha, um aquecimento que faz arder os membros e que se segue a um frio intenso. Seu humor melhorara depois do convite de O'Dea.

Quando voltou ao maciço de árvores égua e potro haviam sumido. Ele os viu caminhando a distância em direção a um estábulo no alto, suas formas escuras recortadas na escuridão da noite, numa conjunção certa e milagrosa. Vendo-os tão juntos seu coração se congelou em uma agonia relativa a como externamente a tudo e todos ele se sentia um estranho no mundo, exceto por Breege, e ele sabia que contando a ela aquele fiapo de verdade ela não o abandonaria e então em uma longa ausência de razão ele viu suas vidas retornarem ao normal, ao padrão dos dias seguros de outrora. A seus pés estava o pós-parto, um amontoado de algo gelatinoso brilhando à luz da lua, pontos vermelhos como carne moída, onde a mãe havia cortado com os dentes. Ela fizera tudo certo.

Caminhou agora com urgência, atrapalhando-se com a própria sombra, aborrecido quanto ao tempo grande já desperdiçado, relembrando a vanglória insolente e presunçosa de Bugler, que seria nula e sem efeito assim que conversasse com ela. O telhado do celeiro surgiu, um painel de branco puro, elegante como napa, sem um único rastro de pássaro para maculá-lo, e então um ruído em sua respiração e ele pensando que detestava barulho, o ronco do trator rompendo sua certeza recém-adquirida.

Sem saber ainda o que está por fazer e ainda com a repetição daquele som detestado, sabendo disso, porque sempre estivera lá, como um sonho, querendo ser sonhado. Como um trovão no pátio, música saindo dela, a cabine enfeitada com galhinhos de azevinho para dar um aspecto festivo. A charrete nupcial veio carregá-la embora. E então, o pior de tudo. A casa toda acesa, iluminada, as janelas de cima e de baixo, o jeito dela de avisar "Voltei para casa".

— Ora, ora, ora — disse ele, juntando as nefastas peças do quebra-cabeças. Eles planejaram tudo.

A luz externa, alegre, caía como enfeite de carnaval sobre o feixe de neve, avermelhando as pedras. Quando Bugler saltou do trator, ele levantou a espingarda, seu dedo se enrodilhando no gatilho como se fosse um anel e atirando ele viu o chapéu marrom voar com uma facilidade fantasmagórica. Tudo agora caía assim, fácil e fantasmagórico e inevitável. Nada havia de loucura ou descontrole nele, era tudo muito lúcido, as balas voando com uma inequívoca rapidez e Bugler se voltando, dizendo "Não... Não"; e então um grito mais alto quando a última bala saiu e o peso alto do corpo do homem caiu de frente sobre as pedras avermelhadas. Era como ver alguém cair no palco. Uma névoa de luar, perolado.

Seguiu-se então o silêncio, mais alto que qualquer tiro, os corvos em silêncio, calados, sobrevoando as árvores e então uma onda enorme de terror quando ele abaixou a arma e caminhou, como um alucinado, para sua caminhonete, e partiu com a tamanha velocidade que o portão quebrado girou violentamente nas dobradiças.

Os guardas Sheehy e Flynn estavam trocando de plantão quando Joseph entrou no quartel como que bêbado e cego também, uma das mãos para fora com algo dentro, como se ele tateasse em direção à mesa e parasse antes de a encontrar.

— Atirei em seu homem lá no pátio — ele falou, espalhando cinco cartuchos sobre a mesa.

— Quem?

— Quem mais senão Mick Bugler.

— Por que atirou nele, Joe? — Flynn pergunta embora não acredite nisso, o homem não tem coragem suficiente para matar.

— Estava com medo dele.

— Como assim?

— Era ele ou eu.

— A que distância você atirou nele? — Sheehy, o guarda mais velho, pergunta, dando ordem a Flynn para sair e telefonar pedindo uma patrulha.

— Quase trinta metros, eu diria.

— Tem certeza de que o matou?

— Não sei... Não cheguei perto dele.

— Ele caiu?

— Caiu.

— Ele disse alguma coisa?

— Ele gritou mas não deu para ouvir.

— Por que você estava com medo dele, Joe?

— Desde o dia que seu trator entrou em nosso pátio tudo desandou... Ele nos arruinou... Durante o Natal todo fiquei louco... Minha irmã internada... Fatal... Eu queria me matar.

— Quer beber alguma coisa — Sheehy então falou, vendo o terror se espalhar do crânio e dos olhos petrificados para o corpo todo se sacudindo.

— Quero um pouco de água.

Quando lhe entregaram a água ele não conseguiu segurar o copo e seus lábios não lhe achavam a borda.

— Espero não o ter matado... Será que alguém pode subir para ver?

— A patrulha está indo para lá agora.

— Por que está demorando tanto?

— Acalme-se... Acalme-se... Pode ser que ele não esteja morto... Apenas ferido.

— Minha irmã está lá sozinha.

— Cadê a arma, Joe?

— A arma está lá no chão, onde a joguei. — E subitamente o terror se transforma em dor e ele corre da porta à janela e volta como um animal enjaulado.

— Não fique tão agitado, acalme-se.

— Estou com medo.

— Não tenha medo... Você está seguro aqui.

— Não estou mais seguro — ele diz e se senta e olha fixamente para a frente.

Do corredor o telefone toca e eles ouvem e esperam no maior suspense sabendo que terão a resposta em um minuto ou menos.

Sheehy entra na sala, onde Flynn está de pé intensamente chocado.

— Morto como Lincoln — ele diz.

— Como sabe?

— O Guarda Tracy, de Birdhill, estava caçando perdizes na montanha e encontrou o corpo e a irmã em cima dele... Um banho de sangue.

— Jesus... Cristo.

— Vamos contar a ele juntos — fala Flynn e quando eles entram na sala Joseph sabe o que eles vão dizer. Caindo de joelhos ele geme e geme e olhando para eles disse em voz sumida — "Eu não fiz uma coisa terrível, caras?". E eles nada podiam fazer para dizer que não.

De repente ele começou a se despir, dizendo que as roupas estavam ensangüentadas, jogando-as no chão e o Guarda Flynn correndo para ele, dizendo que não podia fazer aquilo, que não podia brincar com evidências cruciais.

— Fodam-se as evidências — ele disse e atirou o segundo sapato num canto.

— Monstro fodido — Flynn disse e avançou para bater nele.

— Deixa ele quieto — Sheehy falou.

— Ele é um animal... Não mostrou um pingo de remorso... Nada.

— Deixa ele quieto.

E ele ficou de pé na frente deles nu, os braços balançando de leve como uma crucificada figura de pesar e desolação encarando o espaço que era apenas uns poucos passos adiante e para dentro de um cárcere tão longo como ele não podia ainda sequer imaginar.

Breege o segura, tremendo. Alguns momentos depois de o som dos tiros chegar a ela, Breege correu para fora, desligou a música insana e se ajoelhou ao lado dele.

Ele respira. Ela coloca sua boca sobre a dele e lhe dá mais ar e mais ainda. Ela ouve. Ela leva a vida em forma de oxigênio de volta para dentro dele.

— Você não está morto, Mick... Você não está morto — ela fala e sabe que é verdade porque ele ainda respira e parece vê-la ali, parece ouvi-la e falar com ela embora incapaz de dizer as palavras.

Não há cortes nem sangue, o que ela imagina ser um bom sinal. O fato de que seu rosto está ficando azulado é somente por causa da neve, o reflexo da luz da neve vindo das estrelas. Ele olha para ela e ainda está vivo.

— Pode me escutar — ela diz e desce a mão ao longo das roupas até as botas de cano alto, que ela arranca. Subindo a mão pelo outro lado do corpo ela encontra um espaço úmido, úmido e quente, ficando mais úmido, como água vazando por detrás de uma pedra, exceto pelo fato de que não é pedra, deve ser sangue. Ela então grita e reza, seus gritos e preces unidos, no ar, no céu, na terra, cobrindo toda Cloontha com eles. Ela não permitirá que ele morra, ele precisa viver para o bem dele e dela. Então ela vê o olhar fixo fugindo dos olhos dele, aquilo que um momento antes o prendia a ela; e então ele se foi, já não respira e ela começa a puxá-lo pelo terreiro até a casa, para lhe devolver a vida.

Há passos e Goldie corre para fora e rosna.

— Em nome de Jesus, o que está havendo aqui?

— Quem é você? — ela devolve sem olhar.

— Sou um guarda — ele diz e corre e se ajoelha perto do corpo e começa a examiná-lo com uma fria habilidade. Quando o declara morto, olha para ela como se fosse a criminosa e ela aconchega a mão no rosto de Bugler, recusando-se a o deixar ir embora.

— Deixe-o ir... Não o toque.

— Por que não?

— Não pode tocá-lo.

— Posso sim — ela fala, beijando o rosto morto e ele a puxa para trás e a empurra como se ela estivesse sendo sugada a uma distância violenta.

— Ele é meu — ela diz.

— Não é... Ele não é sua propriedade.

— Propriedade de quem ele é? — ela grita para ele.

— A primeira conduta é sempre a preservação da cena do crime. — E, pondo as mãos sob as axilas, ele puxa o cadáver devagar de volta ao lugar em que um desenho escuro e irregular, debruado na neve, mostra onde ele havia caído.

Agora a estrada da montanha está cheia de carros, carros chegando, carros partindo, os dois cachorros em casinhas diferentes, rosnando sem cessar. O médico foi o primeiro a chegar, e depois mais guardas, e então o vigário, um guarda-pó branco sobre o casaco, carregando sua vasilha com a água-benta. Abaixando-se, tocou cada um dos orifícios, deu o perdão e perguntou a ela se queria alguma ajuda espiritual.

O superintendente, ladeado por dois guardas, foi o mais ríspido. Saiu do carro e olhou em volta aquela paisagem despida e o pátio desarrumado, e pareceu retroceder. Parou, formal e perscrutante, um cachecol vermelho no pescoço, e perguntou se alguém havia tocado no cadáver desde a ocorrência da tragédia.

— A jovem estava tentando levá-lo para dentro de casa — o guarda falou.

— Preciso lhe pedir que vá pra dentro — o superintendente falou, friamente.

— Não posso... Não vou.

— Leve-a para dentro — ele então falou para um deles.

— Por favor... Por favor... Deixe-me ficar... Não me aproximo dele... Tudo que quero é ficar aqui... Olhar de longe.

— Ela não está bem, senhor... Está em estado de choque... Ela conhecia o homem — o Guarda Sheehy falou e a empurrou para trás delicadamente quando os outros guardas começaram a isolar a área com uma fita amarela.

Era um espaço do tamanho de uma sala e ela se sentaria depois dele, separada dele na morte como fora em vida.

Um guarda jovem e estranho ficaria com o resto, recebendo instruções precisas de não deixar ninguém se aproximar, o que logicamente significava ela.

Pouco depois deles irem embora ela entrou e trouxe para ele um bule de chá, depois entrou de novo e voltou com duas cadeiras de cozinha e dois cobertores. Ele tomou o chá e comeu a fatia de bolo mas se sentou de costas para ela.

Algum tempo depois ele se virou de lado e disse "Ainda bem que você está aqui... Eu ia detestar ficar aqui sozinho... É meio assombrado".

— Qual o seu nome?

— Fergus... Fergus Flynn.

— Quanto tempo vamos ficar aqui até eles chegarem?

— Horas.

— O que eles vão fazer?

— Vão cortar ele todo.

— Açougueiros — ela disse baixinho.

— Olha — ele falou, sou cinqüenta por cento policial e cinqüenta por cento humano. Vou andar até aquele portão... Vou lhe dar dois minutos para se despedir.

Mas quando ela olhou dentro do rosto já estava distante, uma máscara pálida sem tristeza nem raiva nem nada; um endurecimento sem expressão sob o lençol frio e as estrelas frias.

Ficaram a noite toda, levantando-se para caminhar de vez em quando, para aquecer os pés, aos poucos aproximando as cadeiras.

— O que você pensa quando as pessoas morrem, Fergus?

— Não sei... Não gostaria de dizer.

— Você nunca pensou nisso?

— Na verdade não... Talvez eu seja jovem demais.

— Eu também sou jovem.

— Ele era o seu amor?

— Era.

— E você era o amor dele?

— Acho que sim.

— É doloroso... É muito doloroso.

A noite fria e pesada desembocou na luz teimosa que antecede a manhã e as estrelas pálidas começaram a voltar aos céus à medida que as pessoas se ajuntavam, quietas, solenes, no lado mais distante do portão caído que um policial havia removido; medrosos demais para entrar, ficavam lá, horrorizados, falando pouco, redimidos por um instante pela morte inesperada que os pôs em contato com a sua própria compaixão mas que não trazia Bugler de volta à vida. Preces foram balbuciadas pelo que acontecera, pelo que tivera que acontecer, pelo assassinato se tornando um instrumento de paz. Ódio e derramamento de sangue. Um espinheiro e um cadáver. Expiação. Perdoai as nossas ofensas assim como nós perdoamos a quem nos tem ofendido.

✷

Delegacia de Polícia de Cloontha

Sou membro da Polícia lotado em Birdhill. Estava na montanha caçando perdizes e no caminho de volta um cão uivava recusando-se a sair da estrada. Tentei afastá-lo, mas ouvi uma mulher chorando ali perto. Ao entrar no pátio vi o corpo de um homem deitado de costas perto de um trator. Era um adulto musculoso de cabelo escuro, barba e costeletas. Vi um relógio de pulso jogado no chão com o fecho aberto. Parece que o fecho caiu quando ele bateu no solo. As pupilas estavam dilatadas e fixas; o coração estava ausente, sons respiratórios e pulso ausentes. O rosto apresentava uma mancha arroxeada nas bochechas e as mãos estavam manchadas de graxa e calosas. A genitália tinha aspecto normal. O sangue vazava das costas pelo pulôver. Presente na cena estava uma mulher muito desesperada, que se recusava a se afastar apesar dos reiterados pedidos. Eu a puxei de perto do corpo explicando que ele não deveria ser tocado mas ela não parecia entender uma só palavra. Imediatamente pedi ajuda ao policial da delegacia mais próxima e pedi assistência espiritual e médica para o local do crime.

A vida no castelo estava organizada, ordeira, um local conhecido pela atmosfera que combina esplendor com liberdade, hóspedes entrando e saindo com suas crianças e cães e apetrechos de pesca, jogando os casacos no salão principal como se estivessem em casa porque a verdadeira essência do castelo é fazer com que os hóspedes se sintam em casa. Eles vagam pelo salão e examinam as pinturas dos ancestrais, em marrons e vermelhos, uns bochechudos, outros magros demais, se aquecem a uma das duas lareiras, comentam o cheirinho agradável da turfa e talvez se sirvam de uma bebida no pequeno bar improvisado onde há lápis e caderno para anotarem o que consomem. O relógio bate de quinze em quinze minutos, os volumosos pesos de bronze uma diversão para as crianças, que podem correr para cima e para baixo no corredor nos trinta minutos que antecedem o jantar.

Rosemary gosta de seu novo ambiente, foi, de qualquer modo, como ela imaginara sua chegada, uma espécie de lua-de-mel. Ela passou quatro dias sem se abater e até mesmo diminuindo o número de vezes que ligava para ele. Ela imagina que até domingo ele já terá ido atrás dela. Ele deve perguntar a Duggan onde a deixou. Quando ela telefonou não houve resposta. Conseguiu convencer o gerente de que seu noivo virá se juntar a ela no fim da semana, vindo expressamente para discutir os planos do casamento. Ela acredita que isso é verdade. Escreveu várias cartas, cartas belas, cartas horríveis, cartas altivas, cartas humildes e se orgulha do fato de que todo dia quando o carteiro chega para entregar e recolher a correspondência ela não foi tentada a correr e as entregar a ele. Releu cada carta na ordem em que foram escritas, a hora do dia ou da noite de cada uma anotada no alto da folha — como ele a enganou, enganou seus pais, quebrou sua confiança, como ele havia maquinado tudo, como estava desiludida nos últimos dias, como tinha sido boba por ter permitido meses de separação sabendo que homens desejam mulheres, qualquer mulher que esteja à mão. Depois de dar voz a tais sentimentos ela se desculpava por eles e dizia que não podia se expressar de modo diferente e se não fosse assim ela ficaria corroída por dentro e faria o futuro deles insuportável. Escrevendo, deixava tudo para trás. Disse a ele que desde que viera sentira algo faltando mas agora que tudo estava sendo esclarecido ela perdoaria seus pecadilhos de luxúria e no mais o fato é que eles eram o que havia de mais importante na vida um do outro.

Naqueles poucos dias ela decidiu se presentear, pediu os melhores vinhos, massagens no apartamento e comprou roupas elegantes das butiques do hotel. No quarto, olhando o laguinho onde havia sempre um barco ou dois com homens pescando com isca, ela age de maneira estóica. Pesca e peixe fazem parte do lugar, peixes grandes e pequenos nos aquários com fiapos de plantas e o verde ao redor e a data em que cada um foi apanhado, a isca com que foi pescado e o nome do orgulhoso pescador. Sim, suas cartas haviam sido duras, ela dissera coisas que precisavam ser ditas, coisas amargas, coisas cortantes mas ela também lhe deu a certeza de seu amor. A cama, a cavalgada noturna de Bugler vale a pena acima de tudo. É noite quando ela já tomou algumas doses de gim e de vinho e liga para ele e não tendo resposta pensa nele, está a caminho vindo ao seu encontro, faminto, querendo ceder, tanto quanto ela. Se ele não aparecesse até domingo ela tomaria um carro até lá e vestiria o paletó vermelho comprado numa das butiques do hotel.

Quando a recepcionista ligou para seu quarto e lhe pediu que descesse ela estava certa de que era sobre a conta e as várias extravagâncias. Foi descendo a escadaria acarpetada, movendo-se com a elegância calculada, que ela viu os dois guardas uniformizados, um homem e uma mulher, de pé à escrivaninha, e ela teve a certeza de que deveria ser seu pai que estava doente. Ela o disse enquanto ia ao encontro deles.

— É Michael Bugler... Ele sofreu um acidente — a guarda falou.

— Que tipo de acidente?

— Sério.

— Me levem até ele — ela disse, olhando para cada um.

— Olhe... Vamos lhe dizer logo... Joe Brennan atirou nele... Está morto.

Levou um minuto até ela entender e então começar a desabafar, com palavras, com os punhos, com a raiva mais que justa. Por que não a tinham procurado antes. Será que não sabiam que ela era sua noiva, o que há de mais próximo de uma esposa. Onde estava o corpo. Ela queria ser levada até lá imediatamente.

— Ninguém sabia onde você estava — o guarda foi categórico ao dizer.

— Me tirem daqui... Tenho que organizar um funeral.

— Já está tudo organizado... Breege Brennan o está enterrando... O corpo vai vir de Dublin hoje, mais tarde... Tiveram que fazer uma autópsia.

— Ela não o vai enterrar... Eles são assassinos. Aquela gente Brennan.

— Bem, ele está no túmulo deles ou vai estar.

Ela então foi para trás do balcão do bar e pegando uma garrafa de brande se serviu, bebeu de um só gole e depositou o copo decidida: — Eu mando desenterrá-lo de lá.

— O Estado deu permissão a ela — a guarda falou.

— Foda-se o Estado... Isso é antinatural... Isso é bizarro — ela falou, gritando agora enquanto a guarda segurava seu braço dizendo que sabia que devia ser terrível.

— Eu o amava... Eu o adorava... Suba e leia minhas cartas... Estão sobre a cama... Ele era minha alma gêmea... Meu pastor.

— Eu sei... Eu sei — disse a outra mulher.

— Você não sabe... E nunca vai saber — ela disse e então fez algo que os encheu de pena dela. Foi até onde o velho relógio estava, abriu a porta de vidro e pegou os pesos com ferocidade para os imobilizar e então pôs a mão no mostrador para mover os negros ponteiros enfeitados, atrasando-os em meia hora e por um instante o relógio gaguejou como se fosse bater as doze horas mas parou e não bateu e apontando o mostrador amarelado pelo tempo ela disse "Meia hora atrás eu não sabia de nada, meia hora atrás ele estava nos campos, seu chapéu, meu chapéu, inclinado para a frente para proteger os olhos da luz", e ela tomou o copo e o levantou num brinde ao homem que ela amara, amara de verdade.

De repente ela olhou ao redor como se estivesse envergonhada e perguntou à guarda se podia lhe pedir uma coisa em particular. Foi com uma cara de criança e um ar infantil que ela pediu — "Sobe comigo e me ajuda a arrumar as malas... Estou fora de mim neste instante".

Um arco-íris se esticou pelo céu e ficou, dentro de um segundo arco-íris, uma visão menos intensa, a faixa de cores estranhamente invertida. Mais cedo tinha havido uma chuva de granizo, pelotas caíram sobre o caixão como ovinhos, e então a primeira pá de terra foi jogada de acordo com a tradição. Não havia muita gente acompanhando o enterro, o cônego alegando artrite havia mandado um cura visitante, que não conhecia os habitantes locais e hesitava em começar as preces. Era um funeral pequeno, em parte porque Bugler não era sociável e também porque havia apenas dois barcos no cais para atravessar as pessoas. Lady Harkness usava chapéu preto com um arranjo de penas pretas e as irmãs rezavam em voz alta.

Breege era aquela a quem as pessoas cumprimentavam, porque era o túmulo da família dela e ela pensou "Eles acham que sou uma mulher arruinada e logo vão ter certeza".

Foi na segunda parte do rosário que se ouviram passos e uma voz soando através do ar frio de inverno — "Esperem... Esperem por mim". Era Rosemary de paletó vermelho vivo carregando uma rosa vermelha e um envelope. Passando depressa pelos coveiros enquanto jogavam terra com suas pás, ela beijou a rosa e o envelope e os jogou lá dentro e olhou ao redor como para se defender mas foi silenciada pelo cantochão da reza, a repetição de Santa Maria, Mãe de Deus, Orai por nós, pecadores, agora e na hora de nossa morte. Amém.

Depois quando se afastavam lentamente ela chamou Breege — "Quero falar com você". Postaram-se rígidas como se algo violento estivesse por acontecer.

— Não vou embora... Não vou desistir dele... Eu o amava e ele me amava... Pode entender isso? — A voz calma, calma demais, cada palavra dita com clareza.

— Sim — Breege disse, quieta, parada.

— Isso é tudo que quer dizer?

— Ele não gostaria que falássemos mais nada.

Elas se encararam, temendo uma à outra porque cada uma tinha um segredo que nunca seria revelado.

A chuva aumentava, o arco-íris ainda mais belo, prestes a desaparecer, os verdes e os azuis e os violeta desaparecendo numa indescritível suavidade, quase transparente agora que a água entrava nas cores. As pessoas olhavam e comentavam. O'Dea temendo que houvesse um escândalo foi até as duas mulheres e disse "Vamos adiar, senhoras... Vamos beber à saúde do bom homem".

Enquanto esperavam sua vez para entrar no barco ele puxou Breege de lado e sussurrou — "O arco-íris duplo, aquilo foi alguma coisa... toma conta de você e da criança".

Ela agradeceu sem ter que dizer uma palavra.

Prisão de Mountjoy

Querida Breege

Eles me transferiram para cá há quatro dias. É pior que o lugar anterior, é mais grosseiro. Às seis da manhã descemos ao pátio para fazer exercício. Um sujeito grita para descer e subir, e então você desce e sobe. Daí é voltar às celas, tendo o dia inteiro pela frente. Todos que aqui se encontram são da cidade. Tentam fazer de conta que sou maluco. Um cara foi jogado aqui dentro ontem, bebendo há dias, a camisa para fora. Tentou me matar. Um guarda cismou comigo. Me faz esvaziar os penicos de nossa ala. Eu não esvazio penico. Disse a ele. Me mandou ao psiquiatra. Ai, meu querido Jesus! Os campos e o ar puro, eu daria qualquer coisa por um minuto disso. Estarei velho quando voltar para casa. Velho e acabado. Pensei num poema que aprendi na quarta série. Talvez você também tenha aprendido — "Para uma criança dançando ao vento". Estou contente que você tenha escrito para mim... não imagina como foi importante. Pensei que talvez você me odiasse para sempre. Agora sei que não me odeia. Tenho algo por que viver. Um minuto louco se alonga por toda uma vida.

Seu querido irmão

Joseph

É Breege agora quem está à frente das coisas. Os mesmos campos, áridos nas profundezas do inverno, algum gado confinado, um pouquinho de neve, a geada negra e a geada branca, ambas, manhãs cruas e ainda a seiva arroxeada das borbulhas da primavera dentro dos galhos finos. Tudo tão silencioso e em paz, o Brejo de Yellow Dick uma vida parada de relva tranqüila e galhos rosados levando à estrada da montanha acompanhando a umidade.

Rosemary está lá em cima. Breege sabe pelas luzes nas janelas cada noite e às vezes ela olha para cima na direção dela e se pergunta se as antigas guerras continuam fermentando de novo e se elas, mulheres, serão chamadas a lutar a luta insaciável em nome da honra e da terra e da família e do sangue. Se seus corações também se tornarão traiçoeiros.

Criada naquele lugar e naquela solidão ela pensa que o desejo que correu em sua audição e que correu em suas veias foi correspondido e segurando o ventre ela volta, volta no tempo àquelas forças sem nome e espectrais de que ela é feita e chegam até ele na esperança de que haja comunhão entre os vivos e os mortos, entre aqueles que mesmo em seus íntimos mais desamparados estão do lado da vida e anunciam o amor.

Romance